軍神王は不淫士女を堕とす

sakura yukari
佐倉 紫

illust
すらだまみ

シェリーLoveノベルズ

Contents

第一章

地平線を埋め尽くすがごとく、敵の騎士や兵士が平野に集まっている。

丘の上に集結したエアロン軍は、想像以上の大軍団を前に少なからず腰を引かせた。

「スナブジの奴らめ。自棄を起こして戦力を全部つぎ込んできやがったか」

「何万いるんでしょうね、敵軍の総数。平野が埋まっちまっている……」

丘に一列に並んで正面を見つめる騎士たちが、ざわざわと落ち着きなくつぶやく。

弱気な空気が流れる中、戦場に似つかわしくない凛とした声が響いた。

「戦力をいくらつぎ込もうとも、すでにスナブジに戦う力はあらず」

騎士たちがハッと振り向いた先には、白馬をゆっくり歩かせながらやってきた、小柄な騎士の姿があった。

それはただの騎士ではない。身につける鎧は特注のもので、胸元がやや盛り上がり、腹部はずいぶん細くなっている。華奢な肩から流れるマントは稀少な染料で染められた藍色で、金糸でエアロン王家の紋章が刺繍されていた。

騎士たちが左右に道を空けるまま、列の中央にやってきたその騎士は、頭部を覆っていた兜を外して素顔をさらす。

現れたのは、騎士らしい屈強さとはほど遠い、華やかで美しい顔だ。

真っ白な肌に切れ長の紫の瞳——その瞳に影を落とす睫毛はびっしりと生えそろっており、意志の強さを感じさせるまなざしをより美しく際立たせている。

引き結ばれたくちびるは赤く、戦場では毒に思えるほどになまめかしい。

実際、横に並ぶ騎士の何人かがごくりと唾を呑む気配がしたが、当の本人——エアロン軍を率いる大将にして第一王女であるオデットは、まるで頓着せずに兜を脇に抱えた。

「半年前の戦でも、我らエアロン軍はスナブジ軍に小さくはない痛手を与えた。すでに敵は虫の息。数を集めたところで知れたこと。すでに奴らに戦う気力はないであろう」

男性ではあり得ない、よく響く美しい声で、オデット王女は冷静に告げた。

「物資も底を尽きて、武器も錆びついたものを使っているとの報告も入っている。そのような相手に、何を臆することがある」

オデットは馬の向きを変え、後方に整列していた兵士たちに向き合う。

槍や剣を手に緊張の面持ちでたたずむ彼らに対し、腰の剣を引き抜いたオデットは声高らかに断言した。

「この二年、奴らの猛攻を幾度となく撥ねのけ、勝利を手にしてきた我らエアロンに死角はない！」

肩につくかつかないかくらいの長さで整えられた黒髪が、どこからともなく吹いてくる風に舞って軽やかに踊る。

まるでこれから起こる戦なぞ、取るに足らない塵のようなものと言わんばかりに。

「勝機は我らにあり！　エアロンの名の下、全軍、進撃——‼」

「おおおおおお！」

オデットが剣を振るうのに合わせ、雄叫びが上げられる。大地を震わすほどの大声に、敵も応えるように前進した。

双方とも相手に向かって走り、大地はたちまち怒号と土埃、剣戟《けんげき》の音で満たされる。

兜をかぶったオデットも剣を振り上げ、襲いかかる敵に情け容赦ない一撃を繰り出していった。

＊＊＊

今宵もまた、王宮の大広間はまばゆいシャンデリアの光に満たされる。

その下を行き交う男女もまたきらびやかな装いだ。

羽扇《うせん》で口元を隠しながら、貴婦人たちは楽しげに微笑み合った。

「――お聞きになりまして？　オデット王女のご活躍を」

「スナブジの残党軍を一晩とかからず殲滅《せんめつ》されたのでしょう？　さすが、【王女将軍】の名は伊達ではありませんわね。王女様が率いる兵は必ず勝ちを収めると評判ですもの」

そのとき広間の入り口が軽くざわついて、うわさ話に花を咲かせていた貴婦人たちもようようと振り返る。

「あら、うわさをすればね」

「オデット王女は今回もあのような装いなのね」

貴婦人たちの……いや、広間に集まる人々の視線は、入場したばかりの王女オデットに注がれる。

さらりとした黒髪を流したまま入場した王女はドレスではなく、身体にぴたりと沿うように作られた軍服姿だった。

かかとが少し高い軍靴を鳴らして歩く姿は泰然としていて、自分に向けられる視線などものともしないという雰囲気だ。

だからこそ、人々も無責任で勝手なうわさを遠慮なくささやき合う。

「そりゃあドレスなど着てきた日には大変なことになりますもの」

「あの美貌を前にすべての男性がひざまずくから？」

「うふふ、そんなことになったらもっと大変ですわね。……ひざまずいた男たちの首を、陛下が余すことなく落とすことになるでしょうし」

そのとき、今度は広間の奥にしつらえられたひな壇のほうが騒がしくなる。

オデット王女の入場時とは違い、集まった人々はすかさず頭を垂れる。オデット王女も、胸に手を当て騎士のように頭を下げた。

そんな中、ひな壇の奥の王族専用の扉から、国王を先頭に王妃、王太子、王女……とぞろぞろと入場してくる。

彼らがそれぞれに用意された席の前に立ち挨拶をするのも、皆が頭を下げてそれを聞くのも――聞くフリをしながらちらちらとオデット王女に視線を向けるのも――舞踏会ではお決まりの流れであった。

「舞踏会に先立ち、勲章の授与を行う。先のスナブジ王国との戦闘において、功績を挙げた者の栄誉を称える。名を呼ばれた者は前へ――」

ひな壇のすぐ足下に立つ宰相が声を張り上げる。

二週間前に行われたスナブジ王国との最終決戦では、多くの騎士たちが敵の首級を挙げて、大手を振って帰還してきた。

将を討ち取ったり、何かしらの重役に就いていた者はもれなく名前が呼ばれていたが――軍を率いた大将であるオデット王女の名前はついぞ呼ばれない。

そうこうするうちに勲章の授与式がはじまる。皆神妙な顔をしながらも、オデット王女に対しクスクスと笑ったり、扇の陰であれこれ口にするのは止められなかった。

「まぁ、一番大きな勲章を受け取るべき大将が、今回も見事に無視されておられますね」

「仕方ありませんわ。オデット王女は国王陛下にとって王家の汚点そのもの」

「今回も陛下は内心ではお怒りだわ。また生きて戻ってきた、と」

一人一人の話す声はひそひそと抑えたものであっても、広間にいるほぼ全員が同じ話をしていれば、内容はオデット王女当人に筒抜けのはずだ。

だが彼女はまるで聞こえていないように、自分の部下たちが勲章を受け取っていくのを、背筋を伸ばしてただただ見つめている。

そのうち授与式が終わり、国王が再び挨拶をした。

「皆、先の戦ではご苦労であった。スナブジの軍は壊滅し、我が国はまた永き平和の時代に戻ることができる。この宴はその祝いだ。存分に飲み、歌い、騒ぐがいい！」

国王の言葉を皮切りに、楽団が陽気な音楽を奏で出す。広間の中央には自然とダンスの輪ができて、人々は思い思いに舞踏会の空気を楽しみはじめた。

そんな中、王族でありながら招待客と同じ扉から入場した王女オデットには、まだちらちらとした視線がまとわりついている。

本人は一顧だにせず壁際に下がり、まるで警備兵のように気配を殺して立っているが――。

あらかたの人間と挨拶を交わした国王が彼女のもとへまっすぐ歩いて行くのを見て、人々は舞踏会を楽しむフリをしながらじっと二人の動向を見守った。

「このような華やかな場におまえほど不似合いな者もいないな、王室の面汚しよ」

「――ご機嫌麗しく、我が国の太陽、ゼア国王陛下」

国王の唾棄するような呼びかけに対し、オデット王女は胸に手を当て、その場に膝をついて深く頭を下げた。

――バシャッ！

舞踏会に似合わぬ水音が響く。ゼア王が手にしていた杯を傾け、中に入っていたワインをオデット王女の頭にぶちまけたのだ。

艶やかな黒髪からボタボタと水滴を垂らしながらも、オデット王女は動かない。

ゼア王は「チッ」とこれ見よがしに舌打ちし、杯を床に投げ捨てた。

「貴様のおかげでわたしの機嫌は悪くなる一方だ。どの面を下げてこの場に来ている。またも死なずにおめおめ戻ってくるとは。我が王宮の寄生虫め」

「……」

オデット王女は何も言い返さない。

ゼア王はそれからも彼女に対して罵詈雑言を連ねていたが、すぐ側に立つ宰相も王妃もそれを止めようとはしなかった。王妃に至ってはむしろ扇の陰で楽しげに微笑んでいたほどだ。

「おまえがいなければ今宵の祝杯もさぞ美味に感じただろうに。……もういい、下がれ。貴様の母親にそっくりな毒婦の顔を、このわたしに見せるでない」

「かしこまりました」

「次の戦では必ず死んでこい」

ゼア王はそう吐き捨てると、もう興味もないというそぶりで王女の前を立ち去った。

「オデット、大丈夫？」

代わりにオデット王女の前に立ったのは王妃だ。手にはシルクのハンカチを握っている。

「これで髪を拭くといいわ。さぁ」

「いえ、王妃様のお手を煩わせるわけにはまいりませんので」

無駄のない動きですっくと立ち上がったオデット王女は、すかさず下がって王妃と距離を取る。

王妃は「そう？」と残念そうに首をかしげた。

「陛下がごめんなさいね。今回の戦は大勝利だったとはいえ、死者や怪我人も多く出ただけにお怒りなのよ。……あ、別に指揮官だったあなたを責めているわけではないからね？」

「承知しております」

「ほら、陛下は潔癖な方だから、あなたにはどうしても厳しくなってしまうのよ。自分は正統な王妃の息子でありながら、父親を同じくする妹王女は娼婦の娘であるというのが、あの方にとっては耐えられないみたいね。……あ、だからといってあなたを非難する気はないのよ、オデット。だってわたくしたちは義理の姉妹ですもの。ねぇ？」

「恐れ入ります」

胸に手を当て軽く頭を下げたまま素っ気ない返事ばかり寄越すオデットに、王妃は「相変わらずね」と困ったように微笑む。

そして扇を広げ口元を隠すと、そっと近寄りささやいた。

「――でも、わたくしも陛下と一緒で、きれい好きなの。そんなワインまみれの汚らしい姿なんて祝宴で見たくないから、さっさと消えてくれないかしら？　目障りな母親ごとね」

王妃はにこっと微笑み「ごきげんよう」と彼女の横を通り過ぎていく。

オデットは頭を下げたままそれを見送り、国王も王妃も完全に離れたことを確認してから、広間を出て行った。

彼女が歩くたびに服に染み切らなかったワインがこぼれ、ぽたぽたと床にシミを作っていく。

「まぁ、なんとも汚らわしいこと」

「陛下もおっしゃった通り、まさに『汚点』だな」

「生きているだけで目障りな、この国の汚物ね」

くすくす、くすくす……。

笑い声が大きくなる。オデットが広間から遠ざかるごとに、少しずつ。

しかしオデット王女は明らかな嘲笑にすらなんの反応も見せずに、ワインを滴らせながら堂々と広間を歩き去って行った。


大広間から離れると、舞踏会の喧噪や熱気がふっと遠のく気がした。

廊下を進み、階段を下り、そこそこ長い道を慣れた様子で歩いて行くオデット王女は、やがて王城の外へと出た。

騎士団の宿舎があるほうへ出てきた彼女は、途中の井戸でようやく足を止めて上着を脱ぐ。井戸の水を頭からかぶりワインを流して、短い髪をぎゅっと両手で絞った。

ついでに、新たに汲んだ水で上着も洗う。絞ったそれを適当な物干しに引っかけ、オデットは疲れた様子で井戸の縁に腰を下ろした。

顔を上げれば満天の星が目に入る。そして夜風に乗って、舞踏会の物音がかすかに流れてきた。

王侯貴族が集まった祝いの舞踏会では、今も王女オデットのうわさ話が盛んになされていることであろう。

(王家の汚点だの、王宮の汚物だの、さんざんにな)

オデットははぁっとため息をついて、髪が早く乾くようにふるふると首を横に振った。

そのうち、王宮女官がぱたぱたと忙しなくやってくる。オデットを探していたようで、彼女を目にするとあからさまにほっとため息をついた。

「オデット様、すぐに離宮にお戻りください」

女官のこの言葉で、オデットは何が起きているのかピンときた。

「すぐ向かう」

すっくと立ち上がったオデットは上着を手に大股で歩きはじめる。

幾度となく戦場を渡り歩き、普段から騎士たちと剣や馬術を競う彼女の動きは、王宮勤めの女官にはとうてい追いつけないほどに速い。

呼びに来た女官が走っても追いつけなくなった頃、オデットはみずからの住まいでもある離宮へと到着した。

王城の敷地内にあるとはいえ、うっそうと茂った森に半ば隠されるようにして立つ離宮は、貴人の幽閉場所でもあった。

無言のまま玄関を開け放ち、オデットは一番奥の部屋へとどんどん進んでいく。そして、バンッ！とわざと大きな音を立てて、扉を開いた。

「――うわ！　あっ！　オ、オデット王女……！」

奥の寝台から驚きの声が上がり、若い騎士がギクッと身をこわばらせる。

つかつかと歩み寄ったオデットは、表情を変えることなく言い捨てた。

「去れ」

「は、ははっ！」

騎士はあたふたと寝台を飛び下り、床に散らばっていた衣服を掻き集めると脱兎のごとく逃げていった。

代わりに寝台からは「あ～あ」という残念そうな声が聞こえてくる。

振り返ったオデットは、寝台に寝そべっていたもう一人が気だるそうに前髪を掻き上げるのを、きつく睨《ね》めつけた。

「――どこからまた新たな男を引き入れたのです、母上?」

するとと、身体を起こしたその女は楽しそうにクツクツと笑った。

「引き入れた? 人聞きが悪いことを言うねぇ。あの男が勝手にやってきたに決まっているだろう?」

「見え透いたうそをつかずとも結構です。ここは厳重に管理され、監視されている。あなたがあまりに多くの男を閨に引き込むから」

「向こうが勝手にやってくるのさ。でも、それも仕方ないことだろう? 虫というのは、あでやかな花の香りに寄っていくようにできているのだから」

花は花でも毒花だな……とオデットはため息をつく。

彼女に母と呼ばれた女――前国王の愛妾であるマドリンもまた、きかん気の娘を前にした母親のごとく肩を落として見せた。

「まったく、あたくしがこれだけの美を誇っているというのに、娘のおまえときたら今日も色香のない格好だこと。軍服にぐちゃぐちゃの髪なんて、あたくしだったらとても耐え切れないわ。あ、そもそも胸が入らないでしょうけど」

自身の豊満な乳房を見せつけるように腰までの黒髪をゆっくり掻き上げる母に、オデットは込み上げる吐き気をこらえた。

「……わたしは国王陛下から女の格好をすることを禁じられております。監視をどれだけ強化してもすぐに男を引きずり込む、忌々しい前王の愛妾を思い出させるからと」

「あっはははは！　相変わらずお堅くて、わけがわからないことを言う男だねぇ、ゼアときたら。よほど自分の父親をあたくしに取られたのが気に食わないと見える。母親のほうからも、いろいろと陰湿なことをやられたものだよ」

当時の国王の寵を競った前王妃のことを思い出したのか、マドリンの顔に凶悪な笑みが浮かんだ。

「あたくしの飲み物に毒を盛ったり、靴や椅子に針を仕込んだり、階段の上から突き飛ばしてきたり。ホント、幼稚すぎて馬鹿みたいな愚行の数々をね！」

普通の令嬢だったら震え上がって引き籠もってしまうような嫌がらせも、元高級娼婦として繁華街を牛耳ったこのマドリンにかかれば、赤子の児戯にも等しいものだ。

いずれもオデットが物心つく前の出来事だから、彼女自身は当時のことをみずからの目で見たわけではない。

だが、幸か不幸か、母マドリンの所業について話したがる者は引きも切らない。

皆、嫌がらせに対し倍以上の報復を行うマドリンのことを非難しながらも恐れていて、美女の皮をかぶった悪魔だと口汚く罵っていた。

実際、杯に毒を盛った使用人はマドリン自身の手で鞭打ちをされ、背中の皮がすべて剥がれた状態で下町に捨てられた。

あちこちに針が仕込まれていることを知った彼女は、自分付きの侍女や女官を集めて部屋中を探索させた。そして見つけ出した無数の針で全員の目を突いたという。

階段から突き落とされたときは、犯人の家族や親戚、関わりのあるすべての家に油を撒き火を放った。

マドリンの報復に恐れを成した者が、みずから罪を告白してくることもあったというが……。

マドリンは笑顔で告白を受け入れ、直後、暖炉から抜き出した火かき棒を、その者の胸に突き刺した。

そのときに響き渡った断末魔の悲鳴と、マドリンの高笑いは今でも恐怖とともに語り継がれているほどだ。

聞けば聞くほど背筋が寒くなる話ばかり生み出しているのに、なぜか男たちはそんな彼女に魅力を感じるらしい。

監視を強化しても、監視の家族を人質に取っても、なおこの女の閨に忍び込む男はあとを絶たない。

マドリンはどこからともなく男を引き入れてはたちまち骨抜きにし、自分の手足、耳や目として彼らを使役するようになるのだ。

もう四十歳近い年齢であるのに、その美貌にいっさいの衰えや陰りが見えないのもまた恐るべきことだ。

魔性――この母親を一言で言い表すならそれだと、オデットは思っている。

きれいな花が咲いていたら虫はそこに寄ってくるものという母の言葉も、あながち間違いではないとも。

――この女には、毒とわかっていても近寄らずにはいられぬような、常人にはない何かが備わっている。

(そして自分はそんな女の血を継いでいる)

オデットにとってそれは、戦場に出て何千もの兵と戦うよりも恐ろしいと思えることだった。

「――いずれにせよ、また男を引き入れていたことは国王陛下に報告いたします」

「律儀だねぇ。それで罰を受けるのはあたくしではなく、おまえだというのに。ゼアの坊やは、なんだかんだとあたくしには手を出さない。根っからの臆病者だから、あやしげなものには近寄りたくないのさ。――だからこそ、簡単に膝をつくおまえに狙いを定める」

髪を掻き上げながら、マドリンはゆっくり寝台を下りる。

衣服を纏っていないため、真っ白な裸身が月明かりに浮かび上がった。なんとも妖艶な身体だ。吐き気がするほどに。

「臆病者なのはおまえも変わらないけどね。はぁ、興が冷めた。せっかく楽しい一夜になりそうだったのに」

「……どこへ？」

「湯殿に決まってるだろう？　監視はたくさんいるのだから、おまえまで見張りに回る必要はないさ」

蠱惑的に微笑みながら、全裸のままマドリンは寝室を出て行く。この世に自分を害することができる者など、一人もいないと言わんばかりに堂々と——。

オデットは小さく息をつき、母とは反対の方向にある扉から外へ出る。すれ違う衛兵や侍女に監視を強化するように言いつけるが、無駄骨に終わるのは明らかだ。

階段を上がり、三階の自室にやってきたオデットは、自身も裸になって浴室へと入る。

なみなみと湯が張られたマデリン用の湯殿とは比べものにならない、小さな水汲みが場あるだけの浴室だ。昼に汲んでおいた水はかなり冷たくなっている。

その水で震えながら身体を洗って、オデットはなんら意味のない一夜を一人で終えた。

＊＊＊

「——イーディン王国軍との合同演習、ですか」

「そう言っているだろう。いちいち聞き返さなければ理解もできないのか？　愚鈍めが」

ゼア王はチッと舌打ちしながら吐き捨てた。

この手の嫌味や小言はいつものことだけに、オデットは口をつぐんで無言を貫く。下手に反応すればより王の気分を害すだけだし、話も進まなくなるのだ。

「愚鈍かつ無才の貴様でもイーディン王国のことは知っておろう。何せ我が国同様、この大陸の二大王国の一つと位置づけられている国だ」

オデットは軽く顎を引いて答える。

我がエアロン王国とイーディン王国は、この大陸において五百年を超える歴史を持つ大国同士であり、国土の大きさも風土もよく似た文明国だ。

エアロン王国もここ十数年は、近隣の大小の国に攻め入られたり攻め返したりということを続けているが、山を越えた隣国イーディン王国もまた似たような状況にあったと聞く。

だが若くして国王となった男がなかなかの戦上手で、イーディン王国は永きにわたり常勝無敗を貫き、現在の東側諸国はイーディンを中心にずいぶんと落ち着いているとも語られていた。

（確か、その勇猛果敢な戦いぶりから、国王は【軍神王《ぐんしん》】とあだ名されたとか）

自分の【王女将軍】というのも大概だが、【軍神】というのもまた大層なふたつ名だ。

（山を挟んだ隣国同士ゆえ、戦になることはほぼなく、互いに文明を高めてきたわけだが）

その国から、よもや合同での軍事演習を持ちかけられるとは。

「我が国軍の評判を聞いての申し出らしいが、そのようなものは建前で、我が軍の強さや規模を知るための調査のようなものであろう。忌々しいことよ」

全軍がぶつかる戦なら、さっさと叩き潰せばいいだけだ。しかし演習となれば、互いの手の内を見せ合う場面も出てくる。

相手がどれほどの規模で出てくるかはわからないが、互いの軍事力を確認する上でもそれなりの人数は必要になってくるだろう。

「だがこれを好機として、イーディン側の戦力や戦術を探るという手もある。貴様には此度の全軍の指揮官を命じる。かの軍のほころびを徹底的に洗い出せ」

「……承知」

「逆にこちらの弱みになるようなことは見せるなよ。言われるまでもないだろうが……。まぁ、貴様以上の汚点など我が国にはないがな」

ゼア王はハッと鼻で笑って、おざなりに手を振る。退室せよという合図だ。

オデットは一礼して玉座の間を出て行く。

小国との戦はただ相手を蹴散らせばいいだけに楽なものだが、大国同士での軍事演習とは……。何事も起こらなければいいがと思いながら、とにかく軍に指示を出すべくオデットは長い廊下を歩いて行った。

＊＊＊

——合同演習の実施が決まったのは、それから三週間後だった。

エアロンとイーディン——二つの王国のあいだには、まるで大陸を分断するように北から南へ一直線に山脈が続いている。

だが、ちょうどその中央に開けた場所がある。そこが二国間の——いや、山脈によって東西で分断された、多くの国々の交易の要所となっていた。

途中で切れている山脈をあえて繋ぐように、北から南へは一直線に高い壁が建てられている。どちらにも監視用のそれなりに大きな建物が備えつけられているため、要塞とも城壁とも言っていい規模の高い高い壁になっていた。

壁はエアロン側が建てたものと、イーディン側が建てたものが平行にそびえ立つ仕様になっており、東から西へ、あるいは西から東へ向かう者たちは、二つの壁を越えることが必要になってくるのだ。

とはいえ壁と壁のあいだはそれなりの距離がある。そのため多くの商店や宿屋、換金所や衛兵の駐屯所、病院も建てられており、一つの小都市が形成されていた。

いつもは東西を行き来する商人で賑わっているこの小都市だが、今日ばかりは物々しい雰囲気だ。それもそのはず。今日はイーディン王国の国軍が、二つの関所を越えてエアロン側へと入ってくる日である。

大陸の二大大国、エアロンとイーディンの合同軍事演習は大陸中に早々と報じられ、人々の関心を呼んでいた。特にイーディン国軍を率いるのは、若くして王位を継いだ国王ジョセフ本人というから驚きである。

軍事演習と銘打っているが、実際は互いの国が争わぬよう牽制し合うのが大きな目的であろう。イーディン国軍には贈り物を山ほど載せているとおぼしき、きらびやかな馬車も随行していて、語られるうわさはますます信憑性を増していった。

「イーディン国王は何を考えているんだろうねぇ、あんなに贈り物を携えて」

「まさか『うちの国を攻めないでおくれ』と命乞いにでも行くつもりか？」

「あり得るな。それくらいエアロンの【王女将軍】の猛攻はすさまじい。つい一ヶ月前も、スナブジのなけなしの軍を一掃したとか」

「まだ二十歳にもなっていない娘っこだっていうのに、恐ろしいもんだな」

そんなうわさが飛び交う中、イーディン国軍は悠々と小都市を通って、エアロン側の関所へと向かう。

山脈から広がる高原地帯を抜ければ、そこはどこまでも広がる美しい草原。

国境を越えてやってきたイーディン国軍に対し、整列していたエアロン国軍は槍で地面を叩き、歓迎の意を示した。


イーディン国軍側が寝泊まりのための天幕を張るあいだ、国王のジョセフがエアロン国側の一番立派な天幕へと姿を見せた。

磨き抜かれた甲冑に身を包む国王はかなり背が高く、威風堂々とした立ち姿だ。

だが兜の下から現れた顔は勇猛というよりは典雅な雰囲気だった。さらりとした濃いめの金の髪に青い瞳の貴公子然としていて、宮廷服を着れば多くの婦人たちがため息をつきそうな面立ちだ。

（ずいぶんな優男だな……）

侍女のお仕着せに身を包み頭を下げながら、オデットはそっとイーディン国王の様子をうかがった。

兜を脇に抱えた国王は、出迎えた王女ににこやかに挨拶する。

「イーディン国王ジョセフである。貴殿が【王女将軍】と名高いオデット姫であるな？　エアロンの王都よりはるばるの遠征、痛み入る」

「イーディン国王陛下と軍の皆様を歓迎いたします。実りある演習にしてまいりましょう」

影武者を頼んだ女は、王女としての挨拶をそつなく返した。

彼女はオデットが劇場で見繕ってきた女優だ。一ヶ月の生活費と引き換えに、王女の影武者を頼んだのである。

本来なら王宮の女官や侍女に頼みたかったが、彼らは皆ゼア王に倣ってオデットを敵視するか無視するかだ。下手《したて》に出て頼み込むより、金を積んで女優にそれらしい演技をさせるほうが話は早かった。

ただ相手がかなりの優男だったせいか、女優の目に捕食するようなキラリとした光が宿る。オデットはあわてて会話に割って入った。

「王女殿下、殿下の隊の副隊長が相談があるとおっしゃっておりましたので、そのへんで……」

「あら、そうだったかしら。ではイーディン国王陛下、また是非お話しいたしましょう」

「もちろんです。わたしも天幕の用意が進んでいるか確認してこなければ。それでは演習開始時に、また」

イーディン国王ジョセフはほがらかに笑って、二人の部下を引きつれて天幕を出て行った。

彼らの足音が遠ざかるなり、女優は「ふふっ」と小さく笑い声を漏らす。

「王女殿下」

「わかっているわ、よけいなことをするなということでしょう？　はいはい」

王女らしく振る舞えるのが楽しいのか、女優はおざなりな返事をするなり天幕の奥に入った。

オデットも一緒に入っていき、女優が脱いだ甲冑を身につける。

「あたしはあくまで、あんたが兜を外すときだけの代わりだからね。それ以外はあんたががんばりなさいよ、王女将軍サマ」

下着姿になって、積み上げたソファに寝転んでケタケタと笑う女優にため息をこらえながら、甲冑にマントを羽織ったオデットは天幕を出る。

天幕の外にはオデットの直属の部下にあたる『王女隊』の面々が整列していて、彼女が姿を見せると一斉に敬礼してきた。

「我が軍の天幕の用意はすべて完了いたしました。イーディン側もすでに天幕の用意は終わっているようです」

「もう……？　早いな」

エアロン軍でさえ全軍が収容できる天幕を張るとなると、ゆうに三時間はかかるものだ。

それなのに相手は到着から二時間で、もう支度を調えたとは。

演習が決まってから作られた櫓《やぐら》に登って見てみれば、確かにエアロン軍は天幕を張り終えて、馬の世話も済んでいる様子だ。

「……ん？　イーディン軍は、やけに派手な馬車を連れているな」

即席の厩舎の脇にきらびやかな馬車を見つけて、オデットは目をまたたかせた。

「それなのですが、馬車を含め我が国に対する贈り物ということで、目録も受け取っております」

副隊長のリックが分厚い書類を渡してくる。受け取ったオデットは兜の瞼甲《めんぼう》を上げて、ざっと目を通した。

東側で流通する宝石や高価な絹のほか、美術品や宝飾品も連なっている。宝飾品にいたっては指輪やイヤリングが主で、女性ものが大半を占めるということだった。

(……国王への贈り物なら男性用の指輪や腕輪を主にするはず。女性用ばかりということは……)

「よもやイーディン国王は軍事演習と銘打って、我が国の王女に求婚するつもりなのでしょうか?」

オデットが持った疑問を副隊長リックが口に出した。

エアロン王国の王女はオデットを入れて三人いる。いずれもゼア王の妹で、年齢も十八歳から十五歳と、結婚適齢期にあたる。それだけに、いつ誰が求婚されてもおかしくない状況だった。

ゼア王は妹王女たちを政略の駒と見なしているため、嫁ぎ先を決めることには以前から慎重になっている。だが大国イーディン国王と繋がりが持てる婚姻であれば、きっとオデットの上の妹である第二王女を嫁がせようと即決するだろう。

ただ憶測でものは言えないので、オデットは「さぁな」と軽く答えるに留めた。

「いずれにせよ、今回の目的は軍事演習だ。行うべき訓練は事前に擦り合わせ済みだが、天候によって左右されるものもある。相手と連絡は頻繁に、そして綿密に行うように」

「はっ!」

「――王女殿下！　さっそく演習をはじめたいとイーディン側からの申し出が」

新たにやってきた兵の言葉に、オデットはうなずいた。

「では、我々も所定の位置に。演習と言えど気を抜くなと全軍に伝えよ」

「ははっ！」

両軍ともそれなりの距離を移動し、この国境近くの草原に集まったばかりだ。

だがそんな疲れはいっさい見せずに、互いの国の威信を賭けてさまざまな演習を日が暮れるまで重ねていったのであった。

＊＊＊

大軍同士をぶつけての戦いもあれば、個人同士を対戦させるものもあり、予定していた演習は一週間でほぼすべての日程を終えた。

オデットは演習のときは兜をかぶり、顔を完全に隠した状態で指示を出した。

一方のイーディン国王ジョセフはどんなときでも兜を取り、顔をさらして指示を飛ばす。兜をかぶっているより何倍も声が通るため、エアロン側でも、つい彼を振り返る兵も多かった。

ジョセフの典雅な美貌はあっという間に全軍の話題になり、エアロン軍の何人かが突っかかるように手合わせを願ったこともあった。どうせ顔だけの優男だろうから、戦いになればさほどの実力ではないと、あなどった上での申し出だ。

一国の王相手に無礼千万であるとイーディン側の兵は気色ばんだが、ジョセフ王本人は憤るどころかほがらかにうなずいた。それどころか、飛びかかってきたエアロン兵をあっさりと返り討ちにした。

その戦いぶりは雅な顔に似合わぬ豪快なものだった。振り回す武器も大ぶりのものが多く、彼自身の身長と同じほどの大剣であることもあった。

それを軽々と振り回し、相手をなぎ倒す強さには、オデットも驚きを通り越して唖然としたほどである。

そして当然の流れながら、イーディンの指揮官がそれだけ剣を振るったなら、今度はエアロン側の指揮官も出てこいという話になる。

「うわさの【王女将軍】の実力を是非とも見せてくれ！」

とイーディン側にはやし立てられ、エアロンの者たちはたちまち「何をぅ！」とけんか腰になった。

「やっちまってくださいよ、王女殿下！　殿下の強さを見せつけてやってください！」

「奴ら、女には剣は振るえないと思っているんですよ」

オデットは兜の下で小さくため息をつく。

(こちらの手の内をさらすようなことは、できればしたくないのだが……)

だが部下にも請われた上で引き下がっては、エアロン軍の士気を著しく下げかねない。

オデットは仕方なく腰の剣を抜いて、開けた場所へ進み出た。

「我らが王女将軍の登場だ！　挑みたい者は前へ！」

おおおお、と雄叫びを上げて三人が前に出てきた。一人ずつだと促す副隊長リックを手で制して、オデットは剣を構える。

「三人一緒に来い」

王女のその言葉に、イーディン軍の三人はきょとんとして、それから大声で笑った。

「さすがは王女将軍閣下！　それでは、遠慮なく――――！」

三人が一気に距離を詰めてくる。オデットはとっさに横に転がり、一番端の一人に足払いをかけた。

「ぐえっ！」

一人が転んだところで、打ち込んできたもう一人の剣を、受け止めずに横に流す。

「うお！」

兜をかち割ろうとしてきた兵はたたらを踏む。その隙を突いて、オデットは三人目へ突撃した。

低い位置から首めがけて、細い剣先を思い切り突き込む。

「うっ！」

相手は上体を後ろに大きく反らして、とっさに避けた。

（速いな）

たいていの兵はこの一撃で首を貫くことができるだけに、オデットは相手の反射速度に純粋に驚き、拍手したくなった。

「野郎！」

たたらを踏んだ二人が背後から襲いかかってくる。オデットは横に身体をずらして、相手の攻撃をさらりと流した。

「おいおい、逃げてばかりで卑怯だぞ――――！」

イーディン軍からヤジが飛ぶ。実際にオデットは攻撃を受けずに剣先で流してばかりだ。その動きを利用して身体を回したりひねったりして、反撃の隙をうかがう。

どうやったって膂力《りょりょく》では男に勝てないのだ。その彼女が戦場で生き残るために編み出したのが、この受け流す戦い方だ。

消極的な上に、端から見るとひらひら、くるくると踊っているようにも見えるから、おちょくっているのかと相手に怒鳴られることもしばしばだ。

逆に味方からすると、オデットが相手兵を手のひらの上で転がしていると感じるため、笑いと喝采が湧き上がる。

「王女将軍を見くびるなよ！　ただ避けているだけじゃないさ――――！」

副隊長のリックがそう大声を出す。

しかしオデットはある程度の時間、攻撃を避け続けたところで、あえて一撃を正面から受け止める動きに出た。

「えっ……!?」

オデットの動きに、彼女の戦い方をよく知るリックや直属の兵から驚きの声が出る。

オデットは気にせずに巨漢の相手兵と競り合い、最終的に力負けしてがっくり膝をついた。

だが相手は油断すまいと思ったのか、膝をついたあとも剣をぐぐ……っと押し込んでくる。それを受け止めるオデットの剣が、彼女自身の肩に食い込もうとしたときだ。

「――そこまで！　グウェン、それくらいにしておけ」

快活な笑い声が聞こえて、巨漢の兵もオデットもハッとそちらを向いた。

勝負を止めたのはほかでもない、イーディン国王ジョセフだ。

「力でやり合ったら、どうやったっておまえの勝ちだ。おまえの得意にわざと乗ってくださった王女将軍に感謝するんだな」

「へ、陛下。そりゃあ……まぁ、そうですね」

改めてまっすぐ立った自分と膝をついたオデットの大きさを比べてか、グウェンと呼ばれた騎士は後ろ髪を掻いて軽い口調で答える。イーディン軍側からも、それはそうだとばかりに失笑が漏れた。

一方のエアロン軍の兵たちは、膝をついたままのオデットを厳しい顔で見つめる。副隊長のリックも困惑顔だ。

いつものオデットであれば、相手がどう出ようと最後は仕留めるとわかっているだけに、なぜ力を加減したのかが理解できないのだろう。

だがジョセフ王が再び手を叩くと、全員の視線がそちらに向いた。

「己の戦い方を捨て、我が軍に華を添えようとしてくださるとは、さすがオデット王女。貴殿の気遣いに、わたしから心よりの感謝を。何より、あなたの戦い方は大変理に適っていて素晴らしかった。エアロン軍の王女将軍の名は伊達ではないな」

大剣を軽々と振り回していた王が手放しで褒めるのだ。そうなると誰も不満は顔に出せなくなる。エアロン軍の面々は不本意な心を多少残しつつも、納得の面持ちでうなずき、オデットたちに拍手を送った。

「そろそろ昼飯の時間だ。午後の全体演習に備えて、皆、腹一杯食っておけ！」

わざと俗な言い方をして兵たちを促すジョセフ王に、イーディン軍のみならずエアロン軍の者も従っていく。ほぼうっかりという形で移動をはじめているが、ジョセフ王の言葉には素直に言うことを聞きたくなる不思議な力が宿っているのだ。

（おそらくそれが、王の持つ魅力《カリスマ》というものなのだろう）

立ち上がり剣を収めながら、オデットはふぅっと息を吐いた。

「――よい剣筋でしたな。特に、突き。その細剣は突きに特化したものとお見受けする」

全軍が動き出したのを見届けて、ジョセフ王が声をかけてくる。

オデットは軽く頭を下げて、影武者の女優を真似た声音で答えた。

「ありがとうございます。お褒めいただき恐縮ですわ」

「ふむ。それでは、また午後に」

ジョセフ王は特に違和感を覚えなかったようで、いつものように笑顔で挨拶して去って行く。

その後ろ姿を見送ってから、オデットも自軍の天幕に戻った。

午後は行軍の演習だった。わざと山間部に近いところに入り、足場の悪い道をいかに早く行けるかという訓練だ。

しかし、山の天気は変わりやすい。

これまでも何度か急な雨に見舞われたが、このときも運悪く雨に打たれてしまう。おまけにかなり濃い霧まで出てきて、演習は取りやめすぐさま下山することとなった。

「前の者の肩に手を置いて歩け！　兜は外し、互いの声を聞きながら慎重に下っていくように」

自身も兜を外しながら、オデットは背後に付き従う自軍に向け声を張り上げた。

「隊列は多少乱してもかまわん！　行方不明者を生むことがないように！」

「はっ！」

だが雨脚はどんどん強くなるし、霧のおかげで前も見えない状態では、どうやったって想定通りには進まないものだ。

「う、うわあああ！」

という悲鳴とともに、何かが滑り落ちていく物音が響く。どよめく隊列にオデットは「静まれー！」と声を張った。

「滑り落ちた者の救助は天候が回復してから行う！　今はここから離れることを第一に考えろ！」

だがそれからも何人か滑り落ちる音が響く。オデット自身も泥や木の根に足下を取られることがあり、骨が折れる道中だった。

ようやく下山できたときには、先ほどまでの大雨がうそのように、霧もさぁっと風に流され晴れ間がのぞいてきた。一時的な雨にさえ損失を被るというのが、山の天気の厄介なところだ。

「半数はここに残り食事と怪我人を迎える用意をしろ。残り半数は捜索隊として、わたしについて来い」

兜をかぶりながらオデットは大声で指示する。すぐに出発しようというとき、少し遅れて下りてきたイーディンの軍も合流した。

「捜索に出るのか？」

「はい。そちらは被害は？」

「我々は反対側を進んでいたから、下山直後に少々降られただけだ。こちらからも、そちらの霧がひどいことは見て取れたから、捜索が必要かと思い急ぎ下りてきたところだ」

ジョセフ王が説明するあいだ、イーディン軍からも捜索隊が立ち上がった。

「うむ、ちょうど霧も晴れた。捜索に向かおうぞ！」

「お――――う！」

ジョセフ王の言葉に両軍の兵が声を上げて、来た道をすぐさま戻りはじめた。

捜索隊は怪我人を見つけた際の応急処置道具も運んでいるので、どうしても足が遅くなる。

身軽なオデットは先んじて山道を歩き、動けないでいる負傷兵を見つけると大声を出して位置を報せた。

中には転げ落ちるまま茂みの中に入って見えなくなったり、蔦が絡んで四苦八苦している者もいる。

雨がやんでも地面はぬかるんでいるだけに、重たい甲冑を身につけて動くのは生半可なことではなかった。

さすがに一時間もそのような状態だと息も上がってくる。

おまけに再び雲行きがあやしくなってきて、ゴロゴロという雷の音まで聞こえてきた。

「オデット王女、ここにいたか」

不意に背後から声がかけられた。見ればジョセフ王が坂を下ってきているところだ。

「ジョセフ王」

「大部分の負傷兵は収容できたのではないだろうか。天候もあやしい。そろそろ我々も山を下りるべきだ」

「そうですね」

まだ助けられていない人間がいるとしても、一度戻って状況を把握しておいたほうが今後の捜索も楽になる。兵たちも疲れているし、天幕に戻って態勢を立て直したほうがいいだろう。

今一度周りを見渡し救助するべき者がいないことを確認してから、オデットは部下が待機している坂の上を見やる。そこそこの距離があるため、彼女は兜を取って大声で指示した。

「捜索はいったん中止だ！　再び大雨になる気配がある。疾《と》く下山せよ！」

「はい！」

オデットの声が聞こえたのか、兵士がすぐに返事を返す。その兵士もオデットの指示をまた別の場所にいる兵に伝えたようで、指示はどんどん遠くへと届いていった。

「女性の声は高くて通りやすいからよいな。わたしが同じように言っても、うなり声にしかならぬ」

ジョセフが笑いながら声をかけてくる。オデットはあわてて兜をかぶり顔を隠した。

「恐れ入ります。我々も山を下りましょう」

「うむ――」

ジョセフの返事を掻き消すように、稲妻がピカッと光り、ほどなく轟音を響かせる。気づけば雷雲がすぐ頭上にやってきたようだ。

「かなり早いな。さすがは大陸を二分する山脈の膝元だ」

軽口を叩きながらも真剣な面持ちで、ジョセフ王は身軽に坂道を下っていく。

オデットもあとに続くが、疲労のせいでぬかるみから足を出すのが遅れ、二人の距離はどんどん開いていった。

そのうち雨も降ってくる。ぽつぽつ、と兜に雨粒が落ちたかと思えば、まばたきのあいだに滝のように降り注ぎはじめた。

「ぐ……」

ただでさえ重たい甲冑が倍の重さになったようだ。先にも雨に打たれているだけに、中はぐしゃぐしゃに濡れて気持ち悪い。

視界も悪く、オデットは仕方なく兜を外した。だが外したところで、雨が強くて目をしっかり開けていられない。

ピシャン！　ゴロゴロ……と雷も容赦なく迫ってくる。

周りにこれだけ木があるのだ。まさか自分に落ちることはないだろうが……と思ったときだ。オデットの左手側にちょうど開けた場所があり、その中央に立っていた枯れた大木に、ドンッと恐ろしい音を立てて雷が落ちた。

「っ！」

枯れた木がメキメキと縦に割れる。落雷の衝撃は根をも揺るがしたのか、その足下が揺らぎ、崩れ……坂道を滑り落ちていく。

地滑りの範囲はかなり広く、オデットも足を取られた。

「――姫！」

落雷で振り返ったジョセフ王が、一緒に流れていくオデットを見てあわてて駆け寄ってくる。なんとか逃げようともがくオデットだが、泥が足にまとわりついて重たい甲冑はあっという間に搦め捕られる。自然の力には勝ちようもなく、彼女はたちまち泥に呑まれて意識を失った。

「……う……」

「――気がついたか？」

頭上から声をかけられ、オデットはハッと目を開く。

見れば自分の顔をのぞくようにジョセフ王の美麗な顔が近くにあって、彼女は驚きのあまりひゅっと息を呑んだ。

「ジョセフ王……」

「うむ、わたしがしっかり見えているなら心配はいらないな。滑り落ちていくときに頭も打っていたようだから、異常はないか案じていた」

ジョセフ王はカラッと笑い、身を起こそうとするオデットを助けた。

「ここは……」

ふと振り向くと、未だ豪雨が続いていた。だが二人は濡れていない。

「滑り落ちた先にちょっとした崖があってな。その一部がいい感じにえぐれていたのだ。浅めの洞窟のように。おかげで二人で避難できた」

オデットが寝かされていた場所には枯れ葉が溜まっていて、二人が並んで寝られる程度の乾いたスペースが広がっている。脇にはたき火が赤々と燃えていた。

ついでに二人とも重たい甲冑を脱いでいた。オデットはいつの間に脱がされたのかとぎょっとしたが、泥と雨水をたっぷり溜め込んだ甲冑など、早々に脱がすべきだったのは間違いない。

「すまないな。姫君が身につけているものに手をかけるのは避けたかったが、雨と泥まみれだっただけに仕方がなかった。甲冑と鎖帷子《かたびら》以外はさわっていないから許してくれ」

濡れた金髪を掻き上げながらジョセフが困ったように微笑む。彼もまた鎖帷子や厚い靴下を脱いだ身軽な服装で、足を投げ出していた。

「いえ……緊急事態ですから」

「その通りだ。この雷雨ではな」

言った端からまた雷が鳴る。だが音はずいぶん遠くから聞こえた。光ってから音が鳴るまでの時間がかかればかかるほど、雷は遠くへ行っているということだ。

「この調子なら、割とすぐにやみそうだな」

オデットが思ったことをジョセフ王が口にした。

「そうですね」

「だとしたら悠長に世間話をしている時間はなさそうだ。痛むところや不調なところはないようだから、こちらもさっさと聞くぞ。なぜ影武者など立てたのだ？」

さらっと尋ねられ、オデットは小さく息を呑んだ。

「……なんのことです？」

「とぼけなくてもよいぞ、エアロンの王女将軍よ。そなたが顔を見せているときの王女は偽物であると、はじめから確信していた。甲冑に身を包むそなたこそが本物の王女であるとな」

ジョセフ王がにやりと笑いながら言う。どうしたことか、その顔にはこれまでの友好的な優男の雰囲気は欠片もない。

どちらかと言えば好戦的で、不用意にふれたら破裂するような、恐るべき緊張感に満ちていた。

（こちらがこの男の本性か……！）

初日から感じる雅な雰囲気にすっかり油断していたオデットは、不意に襲ってきたピリピリとした空気にすっと背筋を冷やす。

この男のどこが優男だというのか。か弱い獲物を前に舌舐めずりする獣とそう変わらぬではないか……！

「とはいえ、はじめて会う相手に影武者を立てたくなる気持ちもわからなくはない。まして王城から離れた場所での軍事演習となればな。身の安全を守ることが最優先だ」

「……」

「慎重な姿勢はきらいではない。ましてそなたは女性。用心を重ねるに越したことはないであろう」

「……」

「だんまりを決め込むところも賢いな。下手に反発するよりそのほうが腹の内を探られる可能性は少ない。ふむ……このように賢く美しい姫君を、なぜそなたの兄は毛ぎらいしているのやら」

「……」

顎をさすりながら楽しそうにこちらを見るジョセフから、オデットはふいっと視線を逸らす。なれ合うつもりはないという意思表示だったが、それがむしろ相手の関心を誘ったようだ。ジョセフはすばやく手を伸ばし、オデットの顎を掴んだ。

「っ！」

「我が軍が大量の貢ぎ物を持参したことは知っておろう？　そなたに求婚するためよ」

「……!?」

「百戦錬磨の王女将軍、おれはそなたの戦いぶりを幾度か目にしている。そなたが影武者を立てたように、おれにも何人か影武者がいてな。彼らに頼み国を空け、このエアロンにもぐり込むことも数度あったのだ」

（一国の王が、敵地ではないとしても、他国に潜入などするものなのか？）

規格外にすぎるとオデットは目を剥いた。

「ああ、いいな。その大きく見開いた紫の瞳。兜をかぶっていては決して見られぬ宝石よ。そなたは敵軍に攻め込む折、必ず兜を取って自軍を鼓舞する。おれはその姿を何度も見てきた。そのたびに妙な心地に駆られたものよ」

「……」

「『この美しき【王女将軍】のためになら死ねる』という、荒唐無稽な思いをな」

「……！」

わずかに目を見開いたオデットに、ジョセフは軽く顔を寄せてささやいてくる。

「そなた、己に備わるその魔性に気づいて、わざとああしておるのだろう？　そなたの兄がそなたをきらい、恐れ、おとしめる気持ちはよくわかる。そなたには男を惹きつける『何か』があるのだ」

「……」

オデットは答えなかったが、その頭に浮かぶのは毒婦である母のことだ。

どんなに監視を厳しくしても、どこからともなく男を引き込む魔性の女。繁華街の女王にして、国王さえ手玉に取った稀代の悪女。

目の前の王は今、オデットこそがそのような女だと言っている……！

「……兜を外し顔を見せて鼓舞するのは、大軍を率いる指揮官であれば誰でもやること。あんなものをかぶっていては通る声も通らぬ」

「ようやく質問に答えたな。なるほど、一理ある答えだ。そしてそなたは、そうやって己に潜む性には目をつむっているというわけだ」

ジョセフは軽く肩をすくめた。

「そなたが王女でありながら、出自のために疎まれていることをおれはよく知っている。王国への貢献度は間違いなく随一であろうに、母親ともども離宮に追いやられ、苦境を強いられていることもな」

「……何が言いたい」

「おれに嫁げば、そのような不本意な暮らしからは離れることができるぞ？」

「お戯れを」

ジョセフの楽しげな提案を、オデットはぴしゃりと撥ねつけた。

「いくら大国の王とはいえ、あまりに浅慮な発言。聞かなかったことにします。二度とそのような妄言は口になさいますな」

「なぜ妄言だと断じる？　おれはこれでも、戦場でのそなたの活躍に芯から惚れているのだ。手の内をすべて見せぬため、我が部下にわざと負けた慎重さにも。この大雨の中、部下のために重たい甲冑を引きずりながら山道を這いずる健気さにもな」

軽い口調で言われるからか、からかわれているとしか思えない。オデットは緩く首を振った。

「王にはもっとよきお相手がいることでしょう」

「そなたがいい。エアロン王に邪険にされていようとも、そなたが一国の王女であることは変わらぬ。まともに求婚に行っても、あの頑固なゼアのことだ、突き返すに決まっている。だからこそ軍事演習などと銘打って、そなたを直接口説くことを計画したのだ」

（……まさかこの合同演習は、わたしに求婚するために計画したものだと言うのか？）

それこそ馬鹿げている。王族同士の婚姻の取り決めというのは、使者を介して話し合われるのが通例であるのに。

だがジョセフの考えも理解できないことはない。

オデットが『一国の王と結婚』という、いかにも女らしい幸せを掴むことを、ゼア王はまず許可しないだろう。むしろ隣国の王すらたぶらかしたのかと、よりオデットを嫌悪し唾棄するに決まっている。

「おれはそなたが欲しい、王女将軍オデットよ」

ふとそれまでの好戦的な笑顔を引っ込め、ジョセフが真面目な顔で告げた。

「いざ言葉を交わして、その思いはますます強くなった。そなたは賢く、強く、そして己について恐ろしいほどに無知だ。そこがいかにも可愛らしい」

「な――」

これは……褒められているのか、けなされているのか。

いずれにせよ、こちらを見つめる男のまなざしは真剣だ。これまで憎しみや恐れ、怒りやさげすみの目を向けられることはあっても――こんなに強く、真摯に向かってくる目を見るのは、はじめてのことだった。

「……」

相手が正面から自分をじっと見ただけ。たったこれだけのことなのに、オデットは動揺するのを抑えられない。

捕食されそうな怖さはあるのに、一方で――心臓をぐっと掴まれたような、引き剥がせない強制力も感じられる。

(この男は……なんだ……?)

得体の知れないものを見たような気分だからか、心臓がどくどくと強く鼓動を刻んでくる。自分のそんな変化もオデットにとってははじめてで、わけがわからないものだった。

彼女の混乱を、揺れる紫の瞳から察したのだろう。ジョセフがふっと微笑んだ。

「そういう顔をされると、そなたがあどけない少女であることを思い出すな。年はいくつだったか」

柔らかい手つきで髪をなでられ、オデットはついどぎまぎしながら答えてしまう。

「……十八」

「姫君ならばなおのこと、守られてしかるべき年であろうに。戦場に出て国軍を率いて戦うとはな。たいした女だ」

「……手を離してくれ」

「無理だな。そなたの髪が想像以上に美しいのがいけない」

(こんな、修道女より短い髪を、美しいなんて)

これ以上この男と話し続けるのは危険だ。うっかりそのまなざしに呑まれてしまう。オデットは軽く首を振って、みずから男の手を振り払った。

「さわらないでいただきたい」

「無理な頼みだな。惚れた女を前に手を出さぬ男など、ただの腰抜けだ」

「！」

ジョセフがまたにやりと笑って、オデットの肩を抱き寄せる。あっと思ったときには、二人のくちびるはぴたりと重なり合っていた。

「……っ——!?」

突然の出来事に、オデットは再び混乱に陥る。

今、自分たちは口づけをしているのか？

いったいどうして——？

「ん、んぅ……！」

オデットはあわてて男の身体を押しやろうとするが、顔に似合わず肉厚の胸板はびくともしない。

それどころか包み込むように大きな身体で抱きしめられて、伝わってくるぬくもりに大いに戸惑った。

（抱きしめられるなんて……）

……記憶にある限り、はじめての経験ではないだろうか？

まして自分より上背も肩幅もある男に、潰されない程度の力で抱擁されるなど……。

「ふ……、ん……」

そのあいだも、男は角度を変えてくちびるを何度も重ねてくる。

おまけに呼吸のためにオデットが口を開けた隙を見逃さずに、舌まで差し入れてきた。

「……!?」

舌……舌っ？　思わず締め出してやろうと、こちらも舌を使って対抗してしまう。

しかし、それがまずかった。男はしてやったりと言いたげににやりとして、オデットの舌をちゅうっときつく吸い上げてきたのだ。

「んン……ッ！」

ぞくっとした妙なうずきが背筋を駆け抜ける。同時に下腹部のあたりが重苦しくなり、オデットはみずからの反応に困惑した。

だが悠長に考えている時間はなかった。立て続けに舌を吸われ、互いの粘膜を絡ませるようにぬるぬると擦りつけられる。

「ふぁ……っ」

抱擁ですらはじめてのオデットに、この激しい口づけは刺激的すぎた。

混乱で思考が追いつかず、頭の中が真っ白になって身体から力が抜けていく。

「ん、んぅ――……！」

ぬちゅ、にちゃ、という水音が口元から立ち上り、オデットは湧き上がる羞恥にカッと身体を熱くさせた。

するとどうしたことか眉間の奥がじわっと熱くなり、同時に身体の芯もうずいて、むずがゆいような感覚が急激にふくらんできた。

「あ、ふぁ……っ」

「いい声だ。もっと聞かせろ」

「あっ……！」

胸のふくらみが掴まれて、オデットはびくっと身体を揺らす。一方のジョセフは軽く眉根を寄せた。

「布か？　……おい、どれだけ硬く巻いている」

「……っ」

オデットのシャツの襟元を無遠慮に開いたジョセフは、驚きというより怒りを滲ませた口調で尋ねてくる。

彼の目の前にさらされたオデットの胸には——乳房のふくらみを潰すように、布が幾重にも巻きつけられていた。

「ど、どうでもいいだろう、そんなもの……っ」

相手の不機嫌な声音に、むっとする思いと、ぎくっとする思いの両方を抱えながら、オデットは突き放そうとする。

だがジョセフは止まらず、布の上から胸をなでた。

「あ、や……っ」

「こんなものを巻いていては苦しいだろう。さっさと取ったほうがいい——」

そのまま布に手をかけられそうになったときだ。

「国王陛下――！　王女殿下――！　ご無事ですかぁあああ！」

突如、頭上から兵たちの声が聞こえて、オデットはハッと身をこわばらせる。

対するジョセフは「チッ」と舌打ちして、彼女の襟元をすばやく合わせた。

「ああ、無事だ！　上にいるのか？」

「はい！　火を焚かれたのは陛下ですか？　雨が弱まったおかげで、遠くからでもよく見えましたよ」

どうやら助けにやってきたのはイーディン側の兵のようだ。すぐに縄を下ろすと言われるが、ジョセフは断った。

「おれたちは見ての通り安全な場所で休憩中だ。おまえたちは先に滑り落ちたエアロンの兵を助けてやれ。全員を収容できたら、あるいは日が暮れる前にここに来てくれ。おれたちもすっかり疲れていて、もう少し休憩したい」

休憩したい、の言葉にジョセフの意図を察してだろう。兵は「わかりましたー！」と快活に返事をした。

崖の上にたむろしていたであろう兵たちが去る気配がして、オデットはほっと安堵の息を吐く。

「さて、部下どもが戻ってくるまで続きをしようか、姫君？」

いたずらっぽくジョセフに微笑まれるが、オデットは断固とした面持ちで彼と距離を取った。

「馬鹿なことを。もう太陽は西に傾いている。日暮れまであと少しだぞ」

「おれなら日が沈むまでにそなたを快楽まみれにさせることができる」

「戯言を」

オデットはぴしゃりと言い切り、洞窟の隅にまとめられていた甲冑に飛びつく。急いで鎖帷子を身につけ剣を側に引き寄せると、ジョセフもやれやれと身支度をはじめた。

とはいえ甲冑は一人で着られるものではない。肘当てや胴の部分は誰かに留めてもらう必要がある。

ジョセフが「おれがやろう」と申し出たので、オデットは非常に不本意ながらも、おとなしく留め具を留めてもらった。

ジョセフが甲冑を着るときには、今度はオデットが留め具をいじる。あとは兜をかぶるだけになったときには、ちょうど日が沈むところで、部下たちが迎えにやってきた。

「王女殿下、ご無事で何よりです……！」

「心配をかけたな」

しっかりかぶった兜の下で、オデットは平静を装って答える。

彼女を迎えた副隊長リックは「殿下が地滑りに巻き込まれたのを坂の上から見たときは、気が気ではなかったです」と神妙な面持ちでささやいた。

「ジョセフ王が助けてくださったのだ。あとで改めて礼を言わねば……」

ちらっと目をやると、ジョセフは自身の部下たちと何やら話し込んでいる様子だ。

そうしている姿は堂々としていて王らしいのに、どうして、あんな……と、つい先ほどまでの不埒な出来事を思い出して、オデットは動揺する。

それと同時にジョセフが声をかけてきたものだから、心臓がどきっとこれ以上ないほど跳ね上がった。

「な、なんでしょう」

「今宵は会食の予定だったが、中止にしよう。怪我人の手当てもあるしな。演習の最終日に、とんだ惨事が待っていたものだ」

ジョセフは苦笑まじりに肩をすくめる。

ここにいる誰もが、彼の言う『とんだ惨事』を突然の濃霧や雷雨にあると思っているだろう。

だがオデットはどうしたって、先ほどの口づけと抱擁を思い出してしまう。

部下が声をかけなかったら、彼はどこまでオデットを暴くつもりだったのだろう……？

だがそれを尋ねる機会は訪れなかった。お互い下山したらそれぞれの軍にかかりきりになったし、顔を合わせるときがあっても互いの重鎮が一緒だったので、込み入った話はできなかったのだ。

気づけば翌日になり、合同軍事演習は予定通りここで終了ということになった。

「次に会うときは王城で、互いに国王と王女らしい格好のほうがよいな」

最後の挨拶でジョセフ王はそう言って、全軍を引きつれて国境へ向かっていった。

「結局、大量の贈り物の意図は聞けずじまいでしたね」

去りゆくイーディン軍を見送りながら、副隊長のリックがぼそっとつぶやく。

しかしオデットは答えなかった。まさか自分への求婚の贈り物とは口が裂けても言えない。

（無論、ゼア王陛下にもそのことは伝えずにいよう）

異母兄のことを思うと、ジョセフに対する複雑な気持ちが押し流されて、憂鬱さと陰鬱さだけが襲ってくる。

演習とはいえ、普通は戦いが終われば家に戻れる嬉しさに心が沸き立つものだ。

だがオデットは一度たりとも、帰還を喜ばしいと思ったことはない。

そして今回はいつも以上に、帰りたくない気持ちが芽生えていた。

それでも彼女は指揮官として、馬上でぐっと背筋を伸ばし、兜の下から声を張り上げた。

「我らエアロン軍も王都に帰還する。隊列、進め！」

「おう！」

エアロン軍の兵士たちが槍を突き上げて応じ、すぐさま移動をはじめる。

オデットは後ろ髪を引かれる思いを断ち切るように、王都の方角をまっすぐ見つめて、目に映る景色だけに思いを馳せようとするのだった。

第二章

王都に戻って指揮官がすることと言えば、みずから国王のもとに出向き、此度の成果を報告することだろう。

だがオデットは帰還して甲冑を脱ぐ暇もなく国王ゼアに呼びつけられ、兜を脇に抱えたままの姿勢で、その前に膝をつかされていた。

「貴様の母親がまたいろいろとやらかした。その責はおまえが負え。此度の遠征の報酬はなし。むしろ減給だ。まったく腹立たしいことよ」

「……申し訳ございません」

「して、イーディン国王はどのような男であった？」

オデットはどう答えようか一瞬迷う。対外的に見せていた雅な優男の姿を伝えるべきか、二人きりのときに見せてきた獰猛な獣を思わせるまなざしを伝えるべきか……。

下手に兄を刺激することは言わないほうがいい。そう判断したオデットは、前者のジョセフを伝えた。

「快活で人好きする御仁であられました。部下からの信頼も厚く、本人もかなりの手練れ。よき武人であったかと」

「よき武人がよき王かというと、そういうわけでもないだろうがな。ふむ……」

玉座から立ち上がったゼア王は、考え事をするようにゆったりとその場を歩き回った。

離宮に戻って湯浴みしたい思いもあり、オデットは無礼と思いつつ口を開く。

「そのイーディン国王陛下から贈り物を預かっております。目録をお持ちしましたので、どうぞご確認ください」

「贈り物……」

いかにも不審そうな顔をして、ゼア王は侍従に顎をしゃくる。オデットは侍従が持ってきた盆の上に目録を載せた。

それをパラパラめくったゼア王はみるみるうちに顔をしかめるが、やがて大声で笑いはじめた。

「女物ばかり贈ってきたようだな。どうやら我が国の王女との婚姻が望みらしい。その件については何か言っておったか？」

「……いえ」

まさか自分が求婚されたなどと言えるはずがない。そしてゼア王もオデットが求められているとは考えつかない様子で、「ふむ」と軽くうなずいていた。

「いずれにせよ、何かあれば向こうから言ってくるであろう。——ああ、貴様はもう下がっていい。醜いその面をわたしに見せるな」

「は」

オデットは頭を下げてすぐに玉座の間を出る。おざなりに扱われることも減給も慣れているからどうでもいいが、とにかく今は湯浴みをしたい。

そして、できれば誰にも邪魔されないところでゆっくり寝たい。

（どうせ無理だろうが……）

ゼアのあの様子では、また母が男を引き入れたか、離宮を脱走して外で乱痴気騒ぎを起こしたかのどちらかだろう。その対処をせねばならないと思うと、帰還早々頭が痛い。

はぁ、とため息をついたとき、不意にイーディン国王ジョセフの言葉が思い出された。

『おれに嫁げば、そのような不本意な暮らしからは離れることができるぞ？』

「……そんな夢のような話があるものか」

現に今までも、甘い言葉をささやいてオデットに近づいてくる者はいたのだ。

だが彼らの裏にはたいてい王妃だったり、王女たちだったりという黒幕がいた。助けてあげると声をかけてくる者は彼らの命令を受け、オデットを甘やかしたのち、実はそれはうそだったと打ち明けて、彼女が絶望するのを面白おかしく笑って愉しんでいたのだ。

幼少時からずっとそうだった。それがここに来て覆ることなどありはしない。自分の人生には都合のいいことはまず起こらない。なぜなら、あの毒婦マドリンの娘だから。

王族に支給される年金はすべて母に取り上げられているため、オデットは自分の衣服や食べ物を用意するのにも事欠く有様だった。ゼア王がいやがるので女性の格好――つまりはドレスを着ることがなかったから、まだ古着でなんとかすることができたけれど。

騎士を志したのも、みずからを生かすための給金が欲しかったからだ。女にしては背が高く力もあったオデットにとって、騎士は天職だった。

まさか国軍の大将を務めるほどになるとは思わなかったが……それはオデットを戦場にどんどん出して、さっさと戦死させようというゼア王の思惑があったせいだろう。

しかしどういうわけか、オデットは今日まで無事に生き延びてしまっている。

おかげで暗く陰鬱な人生は続くばかりだ。明日も、明後日も、オデットが歩く先に光はない。

「――……」

そう考えれば、ジョセフ王とのあのふれ合いは、暗い夜空をよぎる一瞬の帚星のようなものだった。

いいものか悪いものかはわからないが、鮮烈な印象をオデットの胸に残したのは間違いない。

忘れたほうがいいはずなのに、気づけばオデットは自身のくちびるを指先でなぞっている。

そこに宿る一瞬だけは、真実であってほしいと願うように――。

＊＊＊

戦争に続き大規模な演習も終わったのだ。しばらく休暇になるはず――。

そんなオデットをあざ笑うように、翌日にはまた遠征を命じられた。

「スナブジ王家が、よりによってイーディンにすり寄ろうとしているという情報が入ってきた。奴らを征服したのは我がエアロンだというのに……。スナブジの者どもに己が立場を自覚させるよう、軍を率いて牽制してこい」

というのがゼア王からの命令だ。

いつもは抵抗なく受け入れるオデットだが、さすがに今回は素直にうなずくことははばかられた。

「……度重なる戦と大規模な演習を終えて、兵たちも疲れております。せめてあと数日の猶予をいただけませぬか？　兵を休ませねば――」

だが、オデットの言葉は途中で途切れた。正しくは、ゼア王が手にしていた王笏《おうしゃく》を、槍を投げるように彼女の眼前に投げてきたのだ。

王笏の先端の宝石が迫るわずかな時間、オデットは攻撃を素直に受けるべきか、脇に避けるべきか、あえて掴み取るべきかを考えた。

出した結論は『素直に受ける』。ただまったく動かないと目に激突するところだったので、ほんのわずかに顔をずらして、こめかみあたりにぶつかるように調整する。

ガッ！　と鈍い音が響き、王笏はくるくる宙を舞ってオデットの背後にガランと落ちた。

こめかみにズキズキとした痛みを感じながら、よろけた身体をまっすぐにさせて、再びゼア王に向き合う。

「貴様に拒否権があると思うのか？　何も大軍を率いて行ってこいとは言わぬ。貴様の兵だけで進軍するがいい」

「……御意」

王女隊の面々も疲れているのは変わりないのに……と思いながらも、オデットは胸に手を当てて一礼する。そのまま玉座の間を出て騎士たちの宿舎に向かうが、すれ違う人々が怖々と離れていくのを不思議に思っていた。

いざ宿舎に入り、副隊長のリックと顔を合わせたときに、その理由が判明する。

「殿下!?　どうされたのですか、その左のこめかみ……血がものすごく出ていますよ！」

「？」

オデットは左手でこめかみのあたりにふれる。ぬるりとした感触がして、見れば左手に嵌めていた白手袋がべっとりと赤く染まっていた。

「ああ、出血していたのか」

「ああ、なんて悠長に言っている場合ですか！」

リックはあわてて水と手巾を持ってきた。

「すまない、世話をかける」

「これくらいの世話は別にかまいませんが……。……国王陛下ですか？」

城中から毒婦の娘とさげすまれているオデットではあるが、実際に手を上げられる人間は一人のみだ。

オデットは答えずに、別のことを口にした。

「明朝、イーディンとの国境近くに出発する。王女隊に伝えてくれ」

「明朝……!?　昨日ようやく帰還したばかりですよ？」

さすがに横暴がすぎると、リックはゼア王に対し怒りを露わにした。

「スナブジが我が国ではなくイーディン側の庇護を得ようと動いているようだ。牽制に向かえと命じられた」

「どこまでも迷惑な国ですね、スナブジも。……わかりました。伝達しておきます。殿下も今日は早めにお休みください」

「そうしよう」

その後、リックの号令で王女隊は再び遠征の支度が進められ、予定通り明朝に一行は出発することになった。

「ようやくゆっくりできそうだと思ったのに、また遠征かよ」

「とんだ貧乏くじだな」

度重なる進軍に疲れて、隊の中からもそんな愚痴が出てくる。

リックが聞きつけるたびに叱っていたが、仕方ないことだとオデット自身は思っていた。

国境から帰ってきたばかりなのに、また国境に行かされるなんて誰から見ても嫌がらせに決まっている。

(ゼア陛下は、今頃はイーディンに嫁がせる王女の選定でお忙しいのだろうが……)

国同士の繋がりを持つことも大切だろうが、今いる兵のことも気にかけてほしいというのが、まごうことなきオデットの本音だ。

ゼア王はそれでなくても、兵を雑に扱いすぎるところがある。軍の事情に精通していないのだから無理からぬことかもしれないが、軍を統括する立場にあるオデットからすれば横暴もいいところだ。

そうして二週間かけて移動し、一行は国境にある関所をくぐる。イーディンとエアロン、二つの国のあいだに広がる小都市に入った。

「明日になったらまた国境を越えて、イーディン側に入る。現在、かの国とは敵対関係にないとはいえ、我々がエアロンの騎士だと知れたら戦いに発展する可能性もある。明日からは流れの傭兵という体で潜入するので、支度を調えるように」

「はい！」

――国境をくぐる前に衣服を変えたので、今は全員が重たい甲冑姿ではなく傭兵に見える格好になっている。

だが天幕をはじめとする大荷物を預けておく場所の確保が必要だし、馬も休ませないといけない。一所《ひとところ》に一夜滞在するだけでも、やることは山ほどあるのだ。

オデット自身も情報収集のために街を歩く。大陸の東と西を行き来する場所だから多くの国の人間が出入りしていて、飛び交う言葉も馴染みないものも多かった。

その中でいくつか『スナブジ』という言葉を聞きつけて、オデットはさりげなく近寄って話を聞きに行った。

「スナブジの人間がイーディンのほうに流れているかだって？　そうだな、最近多くなっているよ。正しくは国民のほうが秘密裏に国を脱走してイーディンに亡命するようになったから、国がそれに追随したって感じかな」

イーディンは豊かな国だしなぁ、と話してくれた商人は楽しげに笑った。

「同じ大国でもエアロンとは似ても似つかない。あっちは商売の場所だったり関税だったり、いろいろ厳しいからな。イーディンのほうがそのあたりは寛容だ」

「そうなのか……」

エアロンと周辺国のことは文化も地理も頭に入っているオデットだが、イーディンを含めた山脈の向こうの国々のことはほとんど知らない。それだけに複雑な気持ちに駆られた。

「姉さんも流れの傭兵っぽいけど、せっかく国境に来たならイーディン側に行ったほうがいいよ。ジョセフ王が国軍を率いているあいだは大規模な戦は起こらんだろうし、傭兵出身でも正規兵への雇用試験が受けられるんだ。エアロンはその点は堅苦しいし、傭兵への報酬も渋いって言われているしね」

商人はそんな軽口も叩いて、自身の商いに戻っていった。

聞き込みを続ける中で、スナブジの者がイーディンに流れるのは仕方ないことだと、だいたいの人間が口をそろえて請け合っていた。

ただ、そのせいかはわからないが、国境付近では関所ではなく山を越えてきた者が山賊に身を落とすことも多いらしい。小都市の中なら安全だろうが、それでも夜は出歩かないに越したことはないという雰囲気だった。

あれこれ回っているうちに夜になる。荷物番が役人や衛兵に見咎められていないかが気になったので、オデットは今宵の宿に向かう前に、拠点にすると決めていた場所へ足を運んだ。

到着する頃にはすっかり日が暮れて、夜の店が連なる通り以外は人気《ひとけ》がなくなる。

——だからこそ、拠点に近づいたときに女性の悲鳴が聞こえてきたのには肝が冷えた。

（誰か襲われたのか……！）

すかさず走り出し、大きめの荷馬車は天幕がまとまっている場所へと飛び込む。

その一角の隅のほうが、オデットがあらかじめ決めていた拠点なのだが……。

悲鳴はまぎれもなくそこから聞こえていて、オデットはまさかの思いに背筋を凍らせた。

「――何をしている!!」

思わず怒鳴りながら簡易天幕に飛び込んだオデットは、内部の光景を目にして息を呑む。

そこには荷物番を任せた騎士と、見張りの騎士の計四人がたむろしていた。彼らの中央には手首を縛られた若い娘が倒れていて、襟を剥かれて胸を露わにされている。

何が行われていたかは明白だ。騎士たちがベルトに手をかけ、脚衣の前を露わにしているならなおさら――。

「た、隊長……！　ぐえっ！」

一番手前にいた部下がぎょっとして目を見開くと同時に、オデットは腰の剣を抜き放ち、柄頭をその額にぶち込んだ。

容赦ない一撃に騎士は目を回してばったり倒れる。ほかの三人もたちまち顔を青くして、あわてて釈明をはじめた。

「ち、違うんです隊長！　この女、おれたちを見るなり、国境を越えてきたスナブジの残党兵をその場から逃がしたんですよ！」

「それで関係者だと思って、こっちで尋問を……、ぐあっ！」

「ひぎっ！」

口を開いた二人もまた、オデットは鞘に収めたままの剣で早々に伸した。

「何が関係者だ。彼女は……白い医師団の一員ではないか！」

オデットは怒りを露わに叫び、すっかり逃げ腰になっている最後の騎士に向き合う。騎士はあわあわと後ずさった。

「そこの三人を縛り上げ、おまえ自身が見張りを務めろ。いいな!?」

「ひ、ひぃっ……！」

そのとき、騒ぎを聞きつけたのか、バタバタとした足音が近づいてきた。

「隊長！　何かあったのですか!?」

いの一番に聞こえてきたのは副隊長のリックの声だ。衛兵でないことにほっとしながらも、オデットは「入ってくるな！」と鋭く命じた。

全員が天幕の外で急停止する気配を感じつつ、オデットは倒れたままの娘に急いで駆けつける。声も出せずにガタガタと震え、頬を涙で濡らす娘の姿に胸を痛めながら、オデットは彼女の襟元を整え縄を切ってやった。

「これでもう大丈夫――あっ」

娘は意外と俊敏に立ち上がると、涙をぐいっと拭って、矢のように天幕を飛び出していった。

「わっぷ！　……隊長、あの娘は？　捕らえますか？」

「よい！　彼女は白い医師団の者だ。右腕にスカーフを巻きつけているのを見た」

「白い医師団の……！」

リックがハッとしたように振り返る。

白い医師団とは、どこの国や地域にも属さない医療集団のことだ。彼らは自分たちが『白い医師団』の所属であることをわかりやすくするため、右の二の腕に必ず水色のスカーフを巻いている。

神の名の下に集う彼らは高潔と慈愛の集団であり、どこにも属さないし味方しない代わりに、どことも敵対しない。

そして各国も、無償の医療という恩恵を受ける代わりに、彼らを決して攻撃しない。そういう不文律ができ上がっているのだ。

それだけに、いくらスナブジの者たちの行方を知っているとはいえ、医師団に所属する女性を捕らえ尋問しようとしていたことは人道にも常識にももとる行いだった。

（まして若い女性を縛って犯そうとするなど……！）

真っ青になって震えていた娘の姿を思い出すだけで、腸《はらわた》が煮えくりかえる。オデットはめずらしく感情的な声でリックに命じた。

「あの四人は尋問ののち王都に帰還させろ。職務中に女を犯すような奴らを我が隊に置いてはおけぬ」

しかし、いつもなら素直にうなずくはずのリックからの返事がない。

怪訝に思って振り返れば、リックは難しい顔でくちびるを引き結んでいた。

「リック？」

「……四人を送り返すのは承知しました。ただ、彼らの気持ちというか、そういうところは多少は汲んでやったほうがいいかもしれません」

「気持ち……？」

抽象的な物言いの意味がわからず、オデットは立ち止まった。

「ずっと行軍続きで、部下たちもいろいろ……溜まっているのですよ」

「……？　不満がということか？　それは——」

「そうではなく、こう……男の生理的な欲求の問題です」

「……」

オデットはようやく副隊長の言っている意味が理解できた。

「……だからといって、白い医師団の娘をどうこうする権利はない」

「その通りですが、まぁ……全員が全員、隊長のように高潔というわけではありません」

リックは軽く肩をすくめて答える。

「中には行軍中、隊長をオカズに更けるような輩もいますしね」

「……わたしを？」

「あ、安心してください。高潔かつ清廉な隊長にそのような欲求を向けるなど許しがたいことですので、そういう者たちは皆おれが処分してきましたから」

「……」

リックはこちらを安心させるような笑顔で告げてくる。だが明るい笑顔が底なしの沼のような恐ろしいものに見えて、オデットはすっと背筋を冷やした。

「……処分とは」

「それは隊長のような方が気にかけることではありません。それより、宿に入りましょう。隊長もお疲れのはずです。部下たちにはおれからよく言っておきますから」

リックに促されて、オデットは釈然としないまま宿に向かう。

オカズだの、処分だの……とうてい聞き流せるものではないが、いくら聞いたところでリックのあの態度では軽く流されて終わりだろう。

「……」

宛てがわれた部屋に入ってすぐ、オデットは身体を投げ出すように寝台に座り込む。

リックとの会話もそうだが、若い娘があのように暴行を受けている現場を見ては衝撃を受けざるを得ない。

オデットにとって『性』を感じさせることは、すべからく悪に分類される。すべて、母マドリンを思い出させるからだ。

だからこそ、直属の部隊である『王女隊』の面子は厳選を重ね、愚行に走らぬ者を選りすぐってきたと思っていたのに……。

期待を裏切られたことも加わり、オデットは深くため息をつく。

両肩がどっと重たくなり、息をするのも苦しくなるほどに、胸の中には鬱屈とした思いが募った。

そのようなことがあった、というのは昨夜のうちに隊内に共有されたのだろう。翌朝の兵の士気はお世辞にも高いとは言いがたかった。

むしろ不平と不満が空気を伝って流れてくるようで、オデットとしても居心地が悪いことこの上ない。

だがスナブジの者が国境を不法に越え、我がエアロンの支配下から逃れようとするのを見過ごすわけにもいかない。オデットは予定通り国境沿いを進んでいくことを告げた。

「やってられないな……」

隊の中からそんな声がぽそりと聞こえて、オデットは奥歯を噛みしめる。

厳重に注意するべきところだろうが、リックから彼らの懊悩を聞いたばかりだ。女の自分には男が持つ肉欲というものはわからないから、それがどれほど耐えがたく、つらいものなのかも見当がつかない。

だからこそ下手なことも言えず、ただ警戒の気持ちを強めるばかりだった。

小都市から離れ、今度はイーディンの国境をくぐる。流れの傭兵として職を求めにやってきた体を装い、山に沿ってどんどん移動していった。

(国境を不法に越える者たちは、このあたりの壁が崩れかけているところを狙うと聞いていたが……)

そう思いながら、木々が茂る場所を慎重に進んでいたときだ。

ひゅんっと空気がうなって、オデットのすぐ側の木にドスッと矢が突き刺さる。驚いた馬がたちまち竿立ちになった。

それに声を出す間もなく、さらなる矢が横合いから一気に押し寄せてくる。反応に遅れた部下たちが何人か、直撃を受けて馬から転げ落ちた。

「――敵襲！　頭を低くして走り抜けろ！」

動揺を一瞬で引っ込め、オデットは大声で指示する。自身も可能な限り頭を低くして、前足を下ろした馬の腹を蹴って走り出した。

だが敵は片側だけでなくもう片側にもいたようで、矢はあちこちからヒュンヒュンと風を切って襲ってくる。

追われるようにして馬を駆るオデットは、途中で（いけない）と気がついた。

（この矢、我々が逃げる方向を誘導してきている……！）

打ち込まれる矢を避けるとなると、当然のことながら攻撃されない方向へと馬を走らせることになる。

途中で撃ち落とされる者もいるが、ほとんどの兵が、矢が示すままの方向へ向かっていた。

（気づいたところで、打開する術がない……！）

気づけば一行は、裾野にある開けた場所へと出てきていた。

同時に、トトトッ！　と音を立てて、先頭を行くオデットの馬の足元に矢が等間隔に突き刺さる。

驚いた馬は再び竿立ちになり、前足で大きく宙を掻いた。

「……っ！」

オデットはなんとか踏ん張り落馬を逃れる。だがすっかり興奮した馬はなだめてもなかなか言うことを聞かず――気づけば一行は、武装したイーディン国の兵に囲まれていた。

「隊長……っ」

リックがオデットの前に馬を出して、油断なく周囲を見やる。

そこへ、脇に避けたイーディン兵のあいだを縫って、一頭の馬が進み出てきた。

その背にまたがっていたのは……。

「――また会ったな。エアロンの王女将軍よ」

緊張が高まる場にあって、以前と変わらぬ親しい笑顔で声をかけてきたのは、誰であろう、イーディン国王ジョセフだった。

相変わらずの優男ぶりだが、オデットたちをここに追い込んだのはまぎれもなくこの男だろう。

オデットは油断なく相手を睨みつけた。

「なんの真似だ、ジョセフ王……！　いきなり攻撃し、我々をこのような場所に追い込むとは」

すると、ジョセフ王は少し困ったように苦笑した。

「なに、ならず者の傭兵団から助けてほしいと、白い医師団から要請があったのだ。そやつらはエアロン側からやってきたとおぼしき傭兵集団で、若い看護師を集団で犯そうとしていたとか」

オデットはくちびるを噛みしめる。ジョセフが言う看護師は、間違いなく昨夜のあの娘のことであろう。

「白い医師団は崇高なる医療集団。どこにも味方しないが、敵対もしない。が、我が国での仕事を終え、国境の小都市で休んでいたところを襲撃されたとなれば、黙っているのも人道にもとる。まして看護師を襲った傭兵集団が、我が国へ入国したとなれば、な」

ならず者の芽は早めに摘むに限ると、ジョセフ王は端的に言った。

「そしてその傭兵集団が実はエアロンの兵士とわかったなら、ますます見過ごせぬ。――王女将軍よ、我々こそ聞きたい。いったい、何をしに我が王国へ？」

オデットは苦い気持ちを抱えながら口を開いた。

「……我がエアロンの支配下に置かれたはずのスナブジから、民がこちらに不法に逃げているとの報せを受けた。我々はその実態を調査し、牽制のために訪れたのだ」

「調査と牽制ついでに、か弱い看護師を手込めにしようとしたのか。それはそれは」

なんともとげとげしい言い方だ。だが、それに関してはこちらが全面的に悪い。

部下たちの失態は隊長の責だけに、オデットは奥歯を噛みしめた。

「……白い医師団には申し訳の立たぬことをした。それは認める。――だが医師団に咎められるならまだしも、イーディン国軍に止められる謂われはないぞ」

「我が国にとっては、そなたらがこうして侵入している時点で充分に止めるに値する。見苦しい言い訳はやめよ、王女将軍。どうしてもこの場を逃れたいと言うならば――」

ジョセフが自身の背中に手を伸ばす。すらりと抜き取ったのは、恐ろしいほどの大きさの大剣だ。

「このおれを斃《たお》してからにするがいい」

「……っ」

この期に及んで、一騎打ちを持ちかけられるとは……。

「貴殿が勝ったなら、この場はおとなしく引こう」

ジョセフ王は明朗に請け合う。

彼が内心で「そんなことができるものならな」と思っているのは明らかだ。オデットは目元をゆがめた。

「隊長……」

リックがどうすると目線で問うてくるのに、彼女は「仕方あるまい」とつぶやいた。

「全員下がれ」

「ですが隊長……！」

「下がれと言っている」

オデットの決然とした声を聞き、リックをはじめとする部下たちはじりじり下がる。

ひらりと馬を下りたオデットは、腰の細剣を引き抜いた。

ジョセフも闘争心を隠そうとせずににやりと笑い、同じように下馬する。

「演習では互いに手の内を見せずに終わったからな。あの勇猛な王女将軍と本気でまみえる日を楽しみにしていたのだ」

(あれで、手の内を見せたわけではないと……？)

演習時の彼の豪快な戦いぶりを思い出して、オデットは緊張を高める。

まして、こちらは鎖帷子の上に簡易的な胸当てをしただけの軽装なのだ。しっかり武装した相手と違い、一撃をまともに食らったら命の保証もない。

だが、オデットが一番得意とする戦い方をするのなら、身軽であればあるほどよかった。

「行くぞ！」

もったいぶることなくジョセフが大剣を振るってくる。あれだけの大きさ、重さだというのに、片手で軽々振り回すなどあり得ない。

彼の刃が空《くう》を切るたび、空気がぶんっとうなるのも恐ろしい。一度目の前をかすめたときなど、オデットの黒髪が一部ざっと切られたほどだ。

「……っ」

オデットはみずから仕かけることなく、彼の攻撃を流すか避けるかして動き回る。

イーディン側の兵が「逃げるばかりの腰抜けめ！」「【王女将軍】とは名ばかりか！」とヤジを飛ばしてくるが、オデットはそれすら聞こえないほど集中していた。

（よく見て、その軌道をしっかり見極めろ……）

あせって攻撃を繰り出しそうになる自分をそう諫めて、オデットはとにかく彼の攻撃の癖を観察する。

どんな勇猛な武人にも、必ず踏み込みや太刀筋に独特の癖があり、そこが隙となるのだ。

だが……むやみやたらに大剣を振り回しているように見えるのに、ジョセフの動きには隙がない。

得物が太く長いせいで間合いが大きいのも、攻めあぐねる要素になっている。

「ぐっ……！」

そして観察が長引けば、向こうもまたオデットの動きの癖を見極めてくる。次に身体を置こうと思っていた場所に的確に突き入れられて、オデットはあわてて重心をずらした。

そのため足元がよろめいて、身体が大きくかしぐ。

ジョセフはそこを逃さず、迷いない一撃を振り下ろしてきた。

あわや頭から縦に真っ二つ——となりかけたオデットは、彼が剣を振り回すのに合わせて身体をくるっと横回転させる。

そしてほとんど伏せていると思われるほどに身体を低くし——そこから一気に跳躍した。

「むっ！」

足元に飛び込んでくるオデットを見て、今度はジョセフがたたらを踏む。

彼の足の、守りが薄い膝裏をめがけて細剣を振るったオデットだが、ジョセフが驚異的な反射神経で避けたために、剣先がわずかに皮膚をかすめるだけに終わった。

(——なんて男だ！　この長身で、低いところからの攻撃を避けられるなんて)

一方のジョセフも一瞬だけ大きく目を見開き、それから「面白い」とばかりに笑みを深める。

獲物を見つけた肉食獣のような笑みだ。この表情を見るのは洞窟以来、二度目……オデットはぞくりと背筋を震わせた。

体勢を直したジョセフが再び剣を振り下ろしてくる。オデットは地面を転がってそれを避けて、再び彼の足元を狙って攻撃を仕かけた。

「ふむ、男ではあり得ぬ柔軟性を存分に使った戦い方か。——甲冑を着ていては、まずお目にかかれぬ戦法だな！」

「っ！」

恐ろしい勢いで突き込まれて、脇をひねってよけたオデットは冷や汗を掻いた。

避けるついでにくるくると回って、オデットは腰を一気に落として、彼の脇腹を狙って突き入れる。

だが攻撃は思いがけぬ方法で破られた。同じように軽く腰を落としたジョセフは、なんとオデットの剣を自身の胴と二の腕で挟み込んだのだ。

「ふんっ！」

そのまま身体をぐいっとひねられ、軽量化のため薄く削られた細剣は、バキッ！　と無惨に折れてしまう。

よもや得物が破壊されると思わなかったオデットは目を見開いたが、すかさず下がり、手に残った細剣をジョセフの顔めがけて投げつけた。

「むっ！」

彼は顔を傾け剣を避ける。その隙を突いて、オデットは渾身の力で彼に足払いをかけた。

ジョセフが大きくよろめく。

オデットは腰に隠し持っていた短剣を引き抜き、相手の首を刺そうとするが――。

「――ぐはっ！」

それより先に、鳩尾に強烈な拳が叩き込まれた。

衝撃のあまりオデットは目を見開き空気の塊を吐き出す。身体がくの字に折れて、手足から急激に力が抜けていった。

「隊長！」

リックたち王女隊の面々が悲愴な声を上げる。

薄れゆく意識の中で、オデットの耳は「悪いな」という一言を拾った。

「卑怯な終わり方だと承知しているが、おれはどうしても、そなたが欲しかったのだ――」

愉しげなその声に身体の芯がぞくっと震えるのを最後に、オデットは完全に意識を失ったのだった。

＊＊＊

「……う……」

いつかと同じようにうめき声を上げたオデットは、ハッと目を見開いた。

「ここは……うっ」

跳ね起きたオデットは、鳩尾にズキッという重い痛みを感じて、思わずそこを押さえる。

すると、自分の真っ白な乳房が視界に入ってきた。

「なっ……」

――いつの間に脱がされたのか、オデットは全裸で寝台に寝かされていた。

寝台は広々としていて、かけられていた毛布も軽く暖かい。脇には木製の机と椅子が置かれていた。

あれから数時間経ったのだろう。天井の近くに横長に取られた窓からは、オレンジ色に染まりかけた空が見て取れた。

ただ、その窓にはガラスではなく、鉄格子が嵌められている。

「……」

捕らわれたのだという実感が一気に押し寄せ、身体の芯がすっと冷えた。喉元が塞がるような緊張を覚えながら、オデットは毛布をぎゅっと握りしめる。

そのときだ。

ガシャン、と窓と反対側から音が聞こえて、オデットはハッと振り返る。

見れば壁と同化するような色の扉が開いて、ジョセフが姿を見せたところだった。背があまりに高いから、扉をほとんどくぐるようにして入ってくる。

「――む、気がついたか。移動中は薬も吸わせていたのに、早い目覚めだな」

「……っ」

オデットは反射的に毛布をたぐり寄せ身体を隠す。「そういう反応は若い娘そのものだな」と、ジョセフは愉しげに笑った。

「……ここは？」

「我がイーディン王国の王城――の、地下牢だ。地下牢と言ってもご覧の通り、小さいながら窓をしつらえてある、半地下の部屋になる。貴人を収容するための一等室だ。嬉しかろう？」

嬉しいどころかますます身をこわばらせて、オデットは男を睨みつけた。

「わたしを捕らえてどうするつもりだ。勝負に負けたのだから……あの場で首を刎《は》ねて、死体をエアロンに投げ込んでもよかっただろうに」

ジョセフは目を丸くし、一拍遅れて豪快に笑った。

「惚れた女を殺す馬鹿がどこにいる。あいにくおれには死体を愛でるような酔狂さは備わってはおらぬからな」

「……拷問してじわじわとなぶり殺すほうが趣味だというのか？」

「そなたの趣味は、物事を最悪の方向へ考えることだな」

ジョセフは楽しげに笑いながら、椅子を引いてどかっと腰かける。決して小さい椅子ではなかったが、身体の大きな彼が座るといかにも重そうにきしみを立てた。

「わたしの部下たちはどこにいる」

今オデットが一番に気になるのはそこだった。

部隊の指揮官は交渉道具になるから人質として生かしておくものだが、部下はその限りではない。食い扶持を持っていかれるのが不満だという理由で、殺されることもめずらしくないのだ。

だがジョセフは「無事だ」と端的に答えた。

「そなたと違いもう少し貧相で暗く寒い牢に収容しているが、手荒く扱ってはおらぬ。食事も朝と夕に提供するし、二日にいっぺんは外に出して運動と沐浴をさせる予定だ」

「……本当に？」

それはそれで好待遇すぎる。オデットは逆に疑いを深めてしまった。

「ここはイーディンだ。捕虜に対する扱いもエアロンとは違うであろう。街を襲撃して殺戮をくり返した挙げ句に放火した、というなら問答無用で処刑するが、幸か不幸か被害は一件で、一応は未遂だ。首を刎ねるほどではない」

「……そうか」

「とはいえ、そなたらエアロンの者がこそこそと我が国に入り込んでいたのは看過できぬがな。だからこそ、わざわざ王城に連れてきて収監したわけだ。――そなたらの目的はなんだ？」

「……言ったはずだ。国境を不法に越えるスナブジの者たちを調査し、牽制するためだと」

「ずいぶんと抽象的でざっくばらんとした目的だな。牽制というのは、つまり何をするのだ？　国境を越えてほうほうの体で我が国に亡命してきた無辜《むこ》の民を、片っ端から殺すということか？」

「それは……」

オデットは黙り込む。異母兄ゼア王が求めているのは、そういうことだろうが……オデット自身は、そのような必要はないと思っていた。そもそもスナブジの者よりも、行軍続きで不満だらけの部下のほうが気がかりだったくらいだ。

知らぬうちに複雑な表情を浮かべていたのだろう。ジョセフが「わからんな」と口をへの字にしてつぶやいた。

「なぜ兄王のそのような命令を聞く？　その表情を見れば、この行軍がそなたの本意でないことは容易に想像がつく」

「……」

「自分をさげすむばかりの兄王に尽くす義務などあるのか？」

「……」

オデットは何も答えられない。

ただゼア王がオデットをさげすむのは、彼女の母が稀代の悪女で、一代前の王家をこれ以上ないほど掻き乱し、秩序を崩壊させたからであることは明白だった。

オデットが生まれる頃には、母マドリンの悪行はふくれ上がっており、誰も彼も報復を恐れて手を出せない状態だったと聞いている。

そんな中で生まれたオデットを、なんだかんだ言いつつ周囲が生かしておいたのは、兄王ゼアの計らいであるということも――。

過去に一度、兄になぜ自分を殺さなかったのかと尋ねたら、ゼア王はこう答えた。

『先代国王である父上の血を引いているからだ。母親がいくら穢れていようとも、王家の血がその身に流れているのならば、王家のために生き、尽くし、死ぬのが王女としての本分。貴様は王家のために働き、死ぬのだ』

世継ぎの王子として生まれ、王族の持つ重圧や責務に日々身を置いているからこそなのか、兄はオデットが何もしないまま死ぬのも許せないと思ったらしい。

しっかりと理性を育て役割を果たした上で、絶望の中で死ぬからこそ、オデットの存在は許されるのだと兄は言っていた。

そんな兄の考えは高潔で情け深いものであるとして、王妃もほかの王女も支持していた。彼女たちは日々オデットをさげすみ、嫌がらせをし、嫌味を言いながら、常にオデットに言い聞かせてくるのだ。

『王家のために死になさい』

だからオデットは……兄の言う通り、王家のために働き、尽くし、死ぬために生きている。

自分以外にも王女はいたから、その役割を求められることはまずない。王女として王家に尽くすことができないなら、別の道を選ぶ必要が出てくる。

食べるものと給金を得るためという理由もあったが……騎士の道を志したのには、戦って死ぬのはいかにも王家に尽くす者らしいから、という考えもあったのだ。

「……わたしは腐ってもエアロンの王女だ。国のために生き、死ぬのは当然のこと。国を統治する王に従うのもまた、当然のことだ」

「ふぅん。つまり自分で考えるのが面倒だから、人の言うことを聞くだけの楽な生き方をしてきたというわけか。つまらんな」

(楽な生き方……?)

オデットは思わず息を呑む。

女だてらに剣を持ち、毎日のように泥だらけになり、手にも足にもマメを作りながら、必死に鍛えてきた自分の生き方が、楽……。

王宮中から嘲笑を向けられ、侮蔑され、罵倒され、あなどられてきた日々がすべて、楽だと……？

（――いけない、感情的になっては）

オデットはすうっと鼻で息を吸って、薄く開いたくちびるから息を吐き出す。

相手は自分を動揺させ、あらぬことをしゃべらせるために、わざと揺さぶりをかけているだけだ。

この程度の挑発に乗ってはいけない。オデットは身を引きしめた。

「……わたしをどうするつもりだ？　つまらん女だとわかったなら、なおのこと処分すればいいではないか」

「生き方はつまらぬが、その美しさは変わらぬからな。手元に置いて可愛がるのも一興であろう」

こちらに歩み寄ってきたジョセフが、いつかと同じようにオデットの顎を持ち上げる。

彼の指の温度を感じただけで身体の芯が妙に震えるのを、オデットは必死に抑えた。

「わたしを……慰み者にでもする気か？」

「人聞き悪い。愛おしい者として大切にするというふうには聞こえなかったか？」

楽しそうに笑いながら言われても、そう聞こえるわけがない。

「そのような扱いに甘んじてなるものか……！　いっそのこと殺せばいいだろう！」

「ならばそなたの部下たちも道連れだな。隊長一人があの世行きなど、忠義な者であればあるほど酷な話であろう？」

オデットはひゅっと息を呑んだ。

「……卑怯者！」

「恋する男というのは哀れなものなのさ。そう言われ、きらわれることがわかっても、使える手があるなら使おうと思う程度にな」

ジョセフは悪びれることなく言ってのける。

オデットはさらなる罵りの言葉を吐いてやろうと思ったが、それより先に、ジョセフが自分のくちびるで彼女の言葉を奪っていった。

「んぅ……っ！」

いつかのように舌を入れられ、激しく吸い上げられる。突然の、それも濃密な口づけの再来に、オデットの頭の奥はカッと熱くなった。

守るように握りしめていた毛布をあっという間に剥ぎ取られて、剥き出しの肌をぐっと引き寄せらる。

「……っ」

向こうは服を着ているのに、こちらは裸だからか、彼の高い体温が伝わってきてオデットは困惑する。

あの雨の山でもそうだった。この男の身体はなぜこんなにも熱く、たくましく、身をゆだねたくなるのか――。

「は……ふぁ……っ」

口蓋をねっとりと舐め上げられて、オデットはびくっと肩を揺らす。

彼女の戸惑いや緊張、恐れや羞恥をすべて包み込むように、ジョセフはその大きな手で頭や肩をゆったりとなでた。

「そう硬くなるな。よくしてやるのだから」

「……な、にが……っ。辱めるの間違いだろうっ」

危うく流されそうになっていたことに気づき、オデットはあわてて彼を突っぱねようとする。

その手は難なく捕まえられて、あろうことか寝台に背中を押しつけられた。

「どう受け取られても今はかまわん。だが覚えておけ。おれは狙った獲物は逃がさぬタチだ」

鼻先がふれ合うような至近距離で、大国の王たる男は不敵に微笑んだ。

「まずは快楽に慣らしてやろう。高潔で美しき女騎士を淫らに堕とすのは、想像しただけで愉快なものだ」

オデットはくちびるを強く噛みしめる。

淫らになど……と思うのに、美麗な顔に似合わぬ獰猛なまなざしで見つめられると……なぜか身体の奥が熱くうずいて、彼女はそんな自分にこそ大いに戸惑いはじめるのだった。


「……や、あぁあう……！」

舌にされたのと同じように、胸の頂をちゅうっと吸い上げられて、オデットは背を反らしてひくひくと震える。

目元を赤く染めて悶えるオデットを上目遣いに見つめながら、口元に笑みをはくジョセフは彼女の乳首をコロコロと舐め転がした。

「は、あぁ……っ」

「ふふ、こんなに勃って、可愛らしいものだ。まだ胸だけだというのに、ずいぶん感じているな？」

オデットははぁはぁと息を荒らげながら、必死に男を睨みつけた。

「か、感じて、など……はぁう！」

もう一方の乳首を指先でぴんっと弾かれて、オデットはびくっと身体を反らした。

彼女の動きに合わせて、その頭上ではギシギシと柱がきしむ。そこには金の鎖が巻きつけてあり、それはオデットの両手首に嵌められた枷に繋がっていた。

枷は両腕にしっかり嵌まっていて、小さな金の鍵がないと留め具が外れない仕様だ。

そしてその鍵は、目の前の憎き王が持っている。

これからする責め苦に耐え抜いたら外してやると言われているが……毛布を剥ぎ取られ、剥き出しになった胸を舐められただけでこの有様だ。

オデットは生まれてはじめて与えられる愛撫に、信じられないほど敏感になっていた。

「は、あぁ……、あぁあ……っ」

息を整える間もなく胸のふくらみを両手で中央に寄せられ、ピンと尖った乳首を交互に舌先で弾かれる。

胸の先がこんなに敏感だなんて知らなかった。というより、自分の胸を見ることがオデットはそもそもきらいなのだ。なぜなら……。

「なんとも豊かな胸だな、哀れな王女よ。我が手に余るほどに実って……。これを布に押し込めていたのはさぞ苦しかったであろう」

「きゃあう……！」

乳房のふくらみを強く揉まれたかと思ったら、乳首をふくらみに押し込めるように指先で刺激されて、オデットは身悶える。

真っ白な乳房の先や、その周りの鴇《とき》色の乳輪を親指でぐるりとなぞって、ジョセフは満足げに微笑んだ。

「これからは布で潰すような真似はするなよ。どうしても締めつけたいなら、女物の下着でも身につけるのだな」

「は、あぁ、そんな……しない……っ、はぁあ……！」

ドレスはもちろん、下着でさえ、オデットは女性ものの衣服を身につけたことはない。

ゼア王も王妃たちも決して許さなかっただろうし、オデット自身も、母に似た体型に見えるのが恐ろしかった。

ただでさえ髪色や顔があの悪女と似ているのだ。これ以上に似るところが増えたら、自分はもっと忌避される。

何より自分があの毒婦と同じ『淫らな女である』と、絶対に思いたくなかったのだ。

「野暮なことを言うな。おれはこうしているあいだも、そなたを着飾らせたくてたまらないのだ。美しいドレスと宝石で飾り立てたいとな。そして——」

「あ、んぁ！」

「美しい姿を堪能したあとは裸に剥いて、こんなふうに喘がせたい――とな」

「あ、あっ、あぁ……！」

乳首を指の先でつままれ、緩やかにこすられて、肌の内側に沁みていく快感にオデットは切れ切れの声を漏らした。

「耳まで真っ赤にして可愛いな。こちらもさわらせろ」

「あ、い、いや……っ。ひゃあうっ」

オデットの黒髪を掻き上げて、ジョセフが剥き出しになった彼女の耳にくちびるを寄せてくる。耳朶を食まれ、舌先でぬるりと舐められて、いやだと思う気持ちと裏腹に身体は敏感に反応していく。

オデットは緩く首を振って、湧き上がる快感を必死に振り払おうとした。

「や、やめっ……、あ、あぁあん……！」

やめるどころか、ジョセフは尖らせた舌先をオデットの耳孔に差し入れてくる。浅いところをチロチロと音を立てて舐められて、激しく身をよじった。

「ひゃぁあう……！」

「ほう、耳も弱いのか。これはいい」

「だ、だめ、えっ……！　あ、あぁあ……っ」

駄目だと言っているのに、耳殻をなぞるようにぬるぬると舌を這わされて、オデットはがくがくと身体を震わせた。

「可愛いな。どこもかしこも感じやすいとは。もう一度口も吸わせろ」

「んんンっ……！」

再びくちびるを塞がれて、オデットは入り込んでくる舌に頭の中がチリチリと焦がれるような感覚を味わう。

口内を余すことなく舐め回しながら、ジョセフはオデットの豊かな胸をゆったりとなでた。

指の股に乳首を挟まれた状態でふくらみを小刻みに揺らされると、もどかしくも甘い愉悦が湧いて身体が勝手にくねっていく。

「ふぅ、ンっ、んん――っ……！」

ちゅうっと舌を吸われると同時に乳首をきゅっとつままれて、オデットはこらえ切れずに声にならない悲鳴を上げた。腰が浮き上がって、全身がびくんっと硬直する。

その様子を見たジョセフは、ふっと微笑んだ。

「達したか？　口づけと胸をいじっただけで」

「……」

オデットは答えられない。突然襲ってきた頭が真っ白になる感覚に理解が追いつかず、呆然と宙を見つめ息を切らしていた。

「な、に……、いまの……」

「気持ちよさが限界に達したのさ。案ずるな、何度でもいかせてやる」

「……や、やぁっ、あひっ、ひ――っ」

再び乳首を咥えられ、激しく吸い上げられる。オデットは真っ白な喉を反らして、濡れたくちびるを震わせた。

そうしてどれくらいいじられたのか。いい加減乳首がふやけるのではないかと危惧した頃、ジョセフはようやく顔を上げる。

「この程度ですでに息も絶え絶えとは。感じやすいのも罪だな？」

「……は、はぁ、はぁ……っ」

「下もよくしてやろう」

オデットはぎくりと身をこわばらせる。だが愛撫ですっかり力の抜けた身体は言うことを聞かず、オデットはあっという間に両脚を大きく開かされた。

「や、やだ、見ないで……！」

不格好な胸を見られるだけでも羞恥で焼き切れそうだったのに、下まで見られるなんて。

だがそんな懇願でやめてくれる男ではない。ジョセフはオデットが脚をばたつかせようとするのを難なく押さえて、彼女の脚のあいだに自身の身体をすべり込ませてきた。

「そう暴れるな。足首にも枷を嵌めるか？　寝台の支柱に繋いで、永遠に閉じられぬようにしてやるぞ？」

ふざけたように言われるが、この男ならやりかねない。オデットは思わずいやいやと首を振った。

「素直だとなお可愛いな。ああ、ここもヒクついていて、いじりたくなる」

「え？　なっ——、やっ、あぁあ！」

ジョセフが目をつけたのはオデットの腹部にある、小さな臍孔だ。あっと思う間もなく舌先を差し入れられ、腹の奥に響く感覚にオデットは腰を跳ね上げた。

「い、いや、ああっ……！」

「ほう、ここも感じるか。乳首と一緒にいじったらどうなるのだ……？」

「ひあぁああ……！」

さっそく乳房を掴まれ、乳首をいじられながらゆったり揉み込まれる。

同時に臍穴を舌で突かれ、奥をえぐるように動かされて、オデットはあられもない声を上げ続けた。

「ひっ、ひぃ、あぁっ、や、あぁぁあ――……！」

再び頭が真っ白になるような熱さが臍の奥からぶわっと広がって、オデットは大きく目を見開いてのけぞった。

四肢を突っ張らせてくちびるを震わせる彼女を見て、ジョセフはようようと身体を起こす。

「愛撫だけで何度いけるか、試してみたくなるな。――下もうこんなに潤んで」

「――きゃあぅ……！」

ジョセフの手が股のあいだに入ってくる。大きな手で秘所全体を包むようにふれられて、オデットはびくんっと全身で反応した。

「あ、やぁ、さわらな、で……！」

「無理な注文だな。ほら、ただこうして包んで揉むだけで、おまえの奥から蜜が湧いてくるぞ」

「あ、あ、あっ……！」

濡れそぼった下生えから陰唇のあたりを手のひらで圧すようにされただけで、彼の言う通りじわっと熱い液が奥から染み出てくる。

内腿まで濡らすほどの量に、小水を漏らしたのではないかと怖くなるほどだ。

「や、やぁぁ……！」

あまりの恥ずかしさに、とうとう眦《まなじり》に涙が浮かぶ。

「もう根を上げるのか？　本当によくなるのはこれから、だぞ？」

「あぁあう！」

男の指が一本、陰唇のあいだにぬぷりともぐり込んでくる。たっぷりとした蜜を纏った指は難なく蜜壺の中へと入り込み、濡れた蜜襞を柔らかくなぞり上げた。

「あっ、あう、う……っ」

「このあたりがよさそうか？」

「……ひゃぁあう……！」

反応したくないのに、中のざらつくところをなでられた途端に腰の奥がかぁっと熱くなってくる。

「や、やめっ……、あぁあぅっ」

あまりに中が濡れているせいだろう。ジョセフが指を二本に増やしてきた。

そろえた指で中をなでられるだけで、腹部の奥が熱くうずいてどうしようもない。指が抜き差しされると、最奥からあふれる蜜が絡んでぐちゅぐちゅと卑猥な水音が立った。

「あ、あぁ、ひっ……！　んやぁあ——ッ……！」

ぐちゃぐちゃと蜜壺を掻き回されて、内腿がぷるぷると震えて張り詰めていく。いじられるところから立ち上る快感が背筋を伝い、頭の中まで熱く燃やし尽くすようだ。

「ひっ、あぁあん……！」

あまりの愉悦に耐え切れずに、オデットは何度も腰をくねらせる。

だがジョセフは動くなとばかりに彼女の腰を押さえ——あろうことか、蜜まみれの秘所に顔を寄せてきた。

「あ、あぁ、なに……？　——んあぁああっ！」

指が沈む上部に舌をぬるりと這わされた瞬間、オデットは細い身体を大きくしならせ悲鳴を上げた。蜜壺が指を食いしめるように激しく収斂《しゅうれん》し、身体ががくがくと大きく震える。

「あ、あぁ……っ」

「ふっ、ここを少し舐めただけでまたいったのか？」

「や、う、うぅ……っ」

オデットは無意識に首を振って否定しようとするが、その実、もっと刺激してほしいとばかりに蜜襞が男の指に絡みついていた。

「素直に言えばいい。感じていると。認めるとさらによくなるぞ？」

「んぁああ……！」

ジョセフがオデットの胸にくちびるを寄せながら甘くささやいてくる。

こんなことをされる前なら即座に突っぱねられた言葉なのに、快楽にまみれる身体で聞くと、恐ろしいほど魅惑的な誘い文句に思えて、オデットは必死に首を横に振った。

「あ、あ、言わな、ぃ……っ、んあぁぁあ……！」

バラバラになりかけている理性を掻き集めなんとか突っぱねたというのに、無駄な抵抗をするなとばかりに指を動かされる。

同時に乳首をちゅうっと吸われて、オデットは「やぁん！」とのけぞった。

「そうか、それは残念だ。……いつまで耐えられるか、試してみるか？」

感じやすい耳元でジョセフが誘ってくる。

オデットは少なくない恐怖と――背筋がぞくりとするような不思議な高揚感を感じて、大きく息を呑んだ。

「だ、れが……。ひっ！　ひああうっ」

今度は下生えに隠れる小さな粒を指先で転がされる。人差し指と中指を蜜壺に沈めたままでジョセフは親指を器用に動かし、女の芯をくにくにといじりはじめた。

「は、あぁ、やめっ……、もう、やめてぇ……っ！」

目の前がちかちかするほどの愉悦に、オデットは全身を震わせてすすり泣く。

だが彼女が喘ぐほどにジョセフは愉しげな笑みを濃くし、より激しく指を動かしてきた。

「はぁあう……！」

その上で乳首を吸われ、ほんの少し歯を立てられて――オデットは募りに募った愉悦に耐え切れず、全身を震わせながら大きくのけぞった。

「は、あぁっ、あぁあああ――ッ……!!」

自分のものとは思えない艶やかな声がくちびるから漏れて、指先まで熱く燃えたぎるような快感に襲われる。

あまりの衝撃に耳の奥がキーンとなって、意識がふっと遠のくように感じた。

「――あぁあう！」

だが気を失う前に、ジョセフが勢いよく蜜壺から指を引き抜く。

それと同時にびゅっと音を立てて蜜があふれて、ぽたぽたと敷布に大量のシミを刻んでいった。

「……あ、あ……っ」

「派手にいったな。はじめてで潮まで噴くとは」

ジョセフがいたく気に入った様子で、濡れそぼった指を舐め取る。目の端にその光景を捉えたオデットは、ぼんやりしながらもどきっと心臓を跳ね上げた。

そのうち、再び脚が大きく開かされる気配がして、彼女はハッと目を見開く。

「い、いや……っ」

「この期に及んでそれはないだろう。おれもこれ以上の辛抱は無理だ」

言いながらジョセフは自身のベルトを外し、脚衣の前立てを開く。

そこから待ち切れないとばかりに顔を出したものを見て、オデットはうっと息を呑んだ。

（大きい――）

騎士を志願するのは男ばかりなだけに、オデットも男社会で揉まれて強くなったようなものだ。

鍛錬を終えた彼らが汗を流すために、井戸の周りで裸になっている場面をうっかり見たことは何度かあったか……興奮のために張り詰めている様を見るのさすがにはじめてで、オデットはごくりと唾を呑み込んでおののいてしまう。

「男のコレを見るのははじめてか？」

己の竿に手をやり、ジョセフはまるで見せつけるようにゆったりしごいてみせた。

「よく見ておけ。これが今からそなたの中に入り、そなたを喘がせ蕩けさせるのだ」

オデットはハッと目を見開き、縛られているのも忘れ後ずさろうとした。

「い、いや……っ、やめて」

「無理な相談だ」

「やっ――」

ジョセフがぐっとオデットの太腿を持ち上げ、ヒクつく蜜口を露わにする。そしてつるりとした男根の先端を宛てがうと――一気に奥まで突き込んできた。

「ぐっ……!?」

たっぷり濡れていたとはいえ、指とは比べものにならない太い剛直の侵入に、オデットは息を詰めて全身をこわばらせる。

だが思っていたより痛みはなく、それ以上に肉棒が発する熱さにこそ驚いてしまった。

「痛むか？」

身体を密着させながらジョセフが尋ねてくる。

感じやすいところをさんざんいじり倒した大きな手でゆったりと髪をなでられて、オデットはなんとも言えぬ気持ちになった。

くちびるを震わせるばかりで答えられない彼女に、ジョセフは怒るわけでもなく鷹揚に微笑んで、ちゅっと優しく口づけてくる。

これまでの征服するようなやり方とは違う、愛おしい者に贈るようなキスに、オデットはますます戸惑った。

「は、離して……」

これ以上この男の思い通りにさせてはいけない。本能的にそう思って抵抗するが、下半身が繋がった状態で言ったところで結果は知れている。

案の定、男は「ハッ」と小さく笑って、オデットの細腰をみずからに引き寄せ身体をぴたりと合わせてきた。

おまけにくちびるも重ねてきて、オデットは「んんっ」と鼻にかかった声を漏らす。

「ん、んぅ……っ」

口内をねっとり舐められながら脇腹をなでられ、再び湧き上がるうずきにオデットはぞくぞく震えた。

蜜壺が勝手にうごめいて、中にいる男根をきゅうっと締めつけていく。そうするとより自分の身体が鋭敏になる予感がして身体が小さく震えた。

「んく、んぅ……っ、ふあぁ……！」

きつく舌の根を吸われて、オデットはどうしようもなく感じて腰を浮かせてしまう。その途端に蜜襞がうねって、男根の先端が押し上げる部分がカッと熱くなった。

「は、あぁ……っ」

「そなたも生殺しに感じているようだな？　おれもだ」

「う、あ、――あぁああ！」

ジョセフがゆったり腰を引き、ぐっと強く突き込んでくる。腰がびくんっと跳ねるほどの抽送に、オデットは目を見開いて悲鳴を上げた。

「は、あ、だ、だめ……っ」

「無駄だ。おとなしくして感じるといい――」

「ひあっ、あぁ、やめっ……動かな、で……！　ひぁあああ……ッ！」

ずんずんと突き込まれて、オデットは一番いいところを突き上げられる快感に激しく身悶える。

胸をいじられているときから感じていた愉悦はここから生まれていたのだとはっきりわかるほどに、下腹部の奥が燃えるように熱くうずいていた。

「はぁ、はぁあっ、あぁああ――……ッ！」

ぐちゅん、ぐちゅんと抽送に合わせて水音が響いて、大量の愛液があふれて臀部まで伝っていく。

彼が腰を引くたびに男根のふくらんだところが蜜壁に擦れて、たまらない気持ちよさが襲ってきた。

「はっ、あ、あひ……！　い、いい……っ、あぁああ……ッ！」

抽送のたびに合わさった胸がこすれて、乳首からもひどく感じてしまう。

じっとしているのが難しいほどの熱さと愉悦が、二人の繋がった奥から全身に響いてきて、オデットは我を忘れて嬌声を上げた。

「やあ、あぁ、あぁぁあ――ッ……！」

あまりの気持ちよさに頭の中まで煮えたぎっていく。思わず舌をのぞかせ激しく喘ぐと、少し苦しげに顔をゆがめたジョセフが噛みつくように口づけてきた。

「んんぅ――ッ!!」

口を塞がれて苦しくなるどころか、快感が裡《うち》に籠もってより熱くたぎってくる。

気づけばオデットも腰を振りたくって、もっと強い快感を得ようと動いていた。

「……はぁ、なんて女だ……っ。こちらが搾り取られそうになるとは……！」

ジョセフが耳元で何か言っているが、それすら聞こえないほどオデットは湧き上がる快感に夢中になる。

(あ、あ、もっと……、もっと、気持ちよくして……っ)

その思いが深まると、さらに快感がふくらんで……。

「はっ、あひっ、あぁぁあああ――ッ……!!」

あられもない声を上げながら、オデットはとうとう快感を極めて腰を激しく突き上げる。

蜜壺の激しいうねりにジョセフも激しく息を呑み――。

「ぐぅっ……」

低い声を漏らして、オデットの奥深くに熱い精をぶちまけた。

「ひ、ひっ……、あぁ……っ」

びくびくと細かく震えながら、オデットは自身の奥に広がる熱い感覚に陶然と目を見開く。視界は真っ白に染まっていて、手足はビクビクッと引き攣るように震えていた。

喉の奥でふっと呼吸がはじけた瞬間、急に瞼が重くなって、意識が泥に引き込まれるように暗くなっていく。

意識を失う一瞬、オデットは自分の頭が優しくなでられる気配を感じた。

「身体まで極上の女とはな。これは……ますます手放せない――」

言葉は最後まで聞き取れず、オデットははじめての経験で受けた衝撃から逃れるように、深い眠りに沈んでいった。

第三章

「ん……」

頭の芯に鈍い痛みを感じながら、オデットは重たい瞼を上げる。

目に飛び込んできたのは白い朝日だ。ぼうっとそちらに目をやったオデットは、横に長い窓に等間隔に嵌まる鉄格子を見て、ハッと目を見開いた。

「！　つぅ……」

思わず飛び起きた途端、下腹にわずかな痛みを感じて顔がゆがむ。同時に昨夜のことが思い出されて、身体中が硬直してしまった。

（わたしは……）

兄王の命令で行軍して、部下が不祥事を起こして、そのせいでジョセフ王に咎められ……一対一で戦って、負けて。

気づいたらイーディン王国の王城に連れてこられ、貴人用の牢に収監されていたのだ。

素っ裸で……おまけに、連れてきた当のジョセフ王に純潔まで散らされた。

「……」

そのことは、まぁいい。自分はいわゆる結婚というものをする予定もなかったから、一般の王女や令嬢と違って、貞操にさほど重きを置いていない。

問題はスナブジへの牽制のために行軍に出たはずが、まんまとイーディン王国に知られて捕まったこと。オデットが負けたために、部下たちも捕らわれていることだ。

（せめて彼らだけでもエアロンに戻してやりたいが……）

オデットと違って、王女隊の面子にはたいてい愛すべき家族がいて、その帰還を待っているのだ。家柄がいい者も多く、どの隊でもしっかり働ける人材であふれている。

軍事に疎い兄ゼア王でも、彼らが国にとって貴重な財産であることはわかっているはずだ。隊長であるオデットのことは、捕まったのなら潔く死ねと思っているだろうが。

「……」

いっそのこと、そうしたほうがいいのだろうか。ここで死ぬこともまた国のために死ぬことに繋がる気がする。

だがオデットが自害でもしようものなら、あのジョセフのことだ、部下のことも処分してしまいかねない。

さすがにそれは困る……ここに来て多少の問題を見せたが、王女隊の騎士は基本的にオデットの実力を認め、心底ついていきたいと志願してきた者の集まりだ。

王宮でつまはじき者として生きているオデットにとって、副隊長リックをはじめとする王女隊の面々は、ほんの少しでも気を許せる仲間だった。

（ゼア王陛下が彼らだけでも引き取ってくだされればよいが……いや……）

オデットのことを蛇蝎《だかつ》のごとくきらう兄だ。もしかしたら、そんな彼女に付き従う騎士など無用の長物として、さっさと切り捨てる可能性もある。

(そうなったら、どうやって部下たちを助ければいい……？)

オデットは急に不安に駆られた。

そのとき、扉が外から軽くノックされた。

「お目覚めですか？　朝のお手伝いにまいりました」

扉の向こうから聞こえてきたのは、男性とも女性とも取れる高めの声だった。

「……起きている」

「では失礼します」

扉がぱっと開いて、二人の人間が入ってくる。彼らの装いを見てオデットは軽く息を呑んだ。

彼らはゆったりとした黒い衣服を着込んでおり、頭や顔も、頭巾や布で覆い隠しているのだ。

「姫君のお召し替えの手伝いにまいりました。洗面の用意も調っております」

先に入った一人がうやうやしく頭を下げる。あとから入った一人は洗面器や水差し、化粧道具とおぼしき諸々を載せたワゴンを押してきた。

生まれてこの方、このような世話係がついたことがないので仰天する。自分は確か囚人として捕らわれているはずだが、朝の支度とはどういうことだろう。おまけに『姫君』と丁寧な呼び方をされるとは。

(！　そういえば、裸――)

オデットはあわてて自分の格好を見やる。

だがいつの間に着せられたのか、柔らかな布でできた夜着を身につけていた。

裸よりマシだが、それでも薄い生地の夜着一枚というのは、異性の前に出るにははしたない格好だ。

（……異性？）

オデットはまじまじと黒衣装の二人を見やった。

「何か？」

「……いや、見慣れぬ格好をされているから驚いて。貴殿らは……王宮の使用人か？」

すると二人はハッとした様子で顔を見合わせていた。

「失礼しました。確か西の諸国にはプラパル病は存在しないのでしたね」

「プラパル病？」

聞き覚えのない病名にオデットは首をかしげる。

「少々気持ち悪いものをお見せしてしまうのですが……」

黒衣装の一人が手袋を少し下げ、袖をぐっとまくって見せる。

露わになった手首には赤い花のような小さな模様がいくつも浮かんでいて、オデットは目を見開いた。

「この斑点の模様が、このあたりに咲くプラパルという赤い花によく似ているので『プラパル病』という名がつけられております。うつる病ではありませんが、この斑点が身体中にございまして……。見目が悪い上、日光に当たるとひどく痛むので我々はこのような格好をさせていただいております」

朝日の下にわずかに出しておくのもつらいのか、黒装束はすぐに袖と手袋を直した。

「プラパル病はこの周辺諸国ではめずらしくない病で、男子のみが幼少時に発症するものです。斑点が身体中に浮かぶほか、高熱や関節痛が続きますが、たいていはきれいに治ります。ただ病に罹った何割かの者がこのような斑点が身体に残った状態で、日光に弱くなります」

「同時に……男性機能が消失するため、我々は男にしてはこのように線も細く、声も高く、女に近い姿形になるのです」

ぱっと見たとき、彼らの性別がわからなかったのはそういうことかと、オデットは納得した。

「そういう体質ですので、我々は王宮でも日が当たらぬ、半地下から地下の階層で働いております。食事や洗濯などの下働きをしている者も多いですが、たいていは牢屋番として務めております」

「本来なら姫君の世話係には女性をつけるべきでしょうが、何ぶん姫君はかなり剣の腕が立つということですので……。並みの女では見張りができず、かといって姫君の世話役に男をつけるのもどうか……ということで、あいだを取って我々が選ばれました」

あいだを取って、という表現が的確なのかはさておき、彼らがやってきた事情はわかった。

「牢屋番を務めているというなら……わたしの部下たちの様子を知らないか？　衛兵か、それとも、貴殿らと同じ立場の者が監視しているのだろうか？」

「姫君の部下たちなら衛兵が見張っておりますよ。部下の方々は三人ひと組で収監されておりますが、全員それなりに落ち着いていると聞いております」

オデットはようやくほっと息をつくことができた。

「あ、ちなみに我々はこのような装いから『黒』と呼ばれております。姫君もそのようにお呼びください」

自称『黒』が、己の顔を隠す布を示しながら言ってくる。

なんらひねりのない呼び名だな……と思いつつ、それが流儀ならばとオデットはうなずいた。

「ここでの世話だが……わたしはもともと国でも世話係というものをつけていなかった。水やら何やら持ってきてもらえれば、あとは勝手にできるから気にしなくていい」

「左様ですか。では、我々は基本的に姫君が意識を失っているあいだの世話係ということで」

さらりと言われた言葉に、オデットは少々鼻白んだ。

「……よもやと思うが、わたしに夜着を着せたのは貴殿らか？」

「はい」

あっさりうなずかれて、オデットは危うくめまいを起こしそうになった。

「……その、貴殿らは一応は男性なのだろう？　あまり異性にふれられるのは、その……」

しかし彼らには、オデットの懊悩がいまいち理解できなかったらしい。

「申し上げた通り、我々は幼い頃に男性機能を失っておりまして……。性別などあってないようなものなのです。大陸東側の人間であれば、プラパル病と言えばそういうものだと理解いただけるのですが」

彼らからしてみれば、性別を気にするオデットこそが異常と言わんばかりの様子だ。

こればかりは文化というか、知識の違いだな……と、オデットは抵抗をあきらめた。

「……とにかく、世話は不要だから」

「承知しました。ですが、ドレスはお一人で着られますか？」

「ドレスだと？」

オデットはぎょっと目を見開く。

黒の一人がごそごそとワゴンの下をあさって、小さめの衣装櫃を取り出した。

「国王陛下が姫君にとご用意された衣服です。お納めください」

入っていたのは、いずれも可愛らしいデザインのドレスばかりだ。女性ものの下着と、靴下や靴も入っている。

「必要ない……！　もっと、こう、シャツや脚衣はないのか？　男物の服が欲しい」

黒たちはそろって首を横に振った。

「ご用意できるのはこちらのみです。着替えたくないのであれば、夜着でお過ごしください」

「……」

それはそれで無防備すぎて避けたい……。

（そもそも囚人になぜドレスを持ってくる）

ふと、昨夜ジョセフが言っていた言葉がよみがえった。

『そなたを着飾らせたくてたまらないのだ。美しいドレスと宝石で飾り立てたいとな』

（まさか本気でそれを実行する気か？　わたしは囚人だぞ――）

だがあの王にそれを言ったところで、あっさり笑われて終わりな気がする。

オデットははぁっと肩を落とした。

「……着替える。あいにく、女物の服に袖を通したことがないのだ」

「お手伝いします」

仕えるべき貴人が男であれ女であれ、しっかり世話ができるように仕込まれているのか、彼らは実にてきぱきとオデットを着替えさせていく。

男性機能がないせいか、オデットの裸を見たところで特になんとも思わないようだ。

「まずはこちらのシュミーズをどうぞ。下には、こちらの腰布を巻いてください。紐で結んで……そうです」

「シュミーズの上からコルセットを当てます。胸の中央に上部が来るように当ててください。――はい、結構です。では壁に手をついてください」

「？」

言われた通り壁に両手をついたオデットは、コルセットの紐がぎゅっと引っぱられるのを感じて息を詰まらせた。

「……っ！　ど、どれだけ紐を引っぱるつもりだ」

「まだまだ行きますよ。ふんっ！」

「……ッ！」

オデットは声もなく悶絶する。

この世でもっとも窮屈で動きにくいのは甲冑だと思っていたが、その価値観がひっくり返るほどに、コルセットの締めつけは異常なものだった。

この苦しさの中、貴婦人たちはどうやって呼吸をしているのだと考えているうちに、いつの間にやらドレスが着つけられる。

「いかがでしょう?」

「……」

どこからか姿見が運ばれてきて、鏡に映った己にオデットは仰天した。

コルセットで締めつけたおかげか、胸と尻は張り出しているのに腹部は引っ込んでいるという、完璧な砂時計型の体型ができ上がっている。

四角く開いた襟からは真っ白な胸元がのぞいているが、レースがふんだんにあしらわれたリボンがついているため、いやらしい感じはいっさいしない。

袖口やスカートもレースで飾られていて、なんとも可愛らしかった。

鏡に映る娘は確かに美しい。だがそれが自分だと思うと、喜びや恥ずかしさではなくただただちぐはぐな印象を覚えるばかりだった。

「……やはり、ほかの格好のほうが——」

そのときだ。扉が再びノックされ、返事をするより先に開かれた。

「あ……」

入ってきたのはジョセフだった。

屋外で会うときは甲冑姿、昨夜はシャツと脚衣という姿だったが、今日は国王らしくしっかりとした上着とマントを羽織っている。

そういう服装だともともとの典雅な顔立ちがいっそう際立ち、男ぶりがさらに上がったような気がして、オデットはつい彼の姿に見入ってしまった。

「おお、思った以上にドレスがよく似合うな」

ジョセフもまたオデットの装いに目を惹かれたようで、嬉しげに歩み寄ってきた。

オデットは急に気恥ずかしくなり、胸元を両手で隠してしまう。

「な、なぜドレスの用意を……？　わたしはいつもの格好がいいのですが」

「いつもの格好？　甲冑姿か？」

「そうではなく……騎士の平服です」

「聞けぬな。そもそも捕虜の立場で衣服を選べる自由があると？」

ニヤニヤしながら尋ねられ、オデットはむっつりと黙り込んだ。

「ふむ、髪もこれからは伸ばすといい。この短さも悪くないが、長くしているそなたも見たいからな」

「……」

「宝石も贈りたいが、凶器となるものはさすがに牢には持ち込めぬ。そなたの腕がかなり立つことは、このわたしが実証済みだからな」

「……」

「黙っているのは自分の希望が通らないことへの不満を表しているからか？　ふむ、幼稚なところもあるのだな。可愛いぞ」

（それのどこが可愛いのだ……）

生意気だと言われるほうがよほど合っていると思うが。

「少し外を歩かぬか？　窓があるとはいえ、暗い部屋に閉じこもってばかりではつらいだろう」

「……外へ行けるのですか？」

「……」

怪訝な顔をするオデットに「おれと一緒ならな」とジョセフは笑った。

オデットはため息をつきたいのをこらえて、彼について牢を出る。

石造りの陰鬱な廊下を抜けると階段があり、そこから直接外に出られるようになっていた。

光に慣れない目をまたたかせ、落ち着いたところでオデットは周囲をぐるりと見渡す。

ただの芝生が広がる広場には何もなく、おまけに四方が高い柵で囲まれていた。

「四人専用の運動場だ。そなたの部下たちも二日に一度はここに来させる予定だ」

「……広いのですね」

「運動といっても得物は使えないからな。体操をするか走るかしかできないとなれば、それなりの広さが必要だ」

ジョセフはちょいちょいとオデットを手招いた。

見れば柵のうち一ヶ所が扉になっていて、衛兵がこちらとあちらに一人ずつ立っている。

彼らはジョセフを見るとすぐに扉の鍵を開けて、二人を外へ通した。扉の外には建物と壁に挟まれた細い通路があった。

「さすがにあそこは殺風景だからな」

建物の壁に沿うような形で進んでいくと、急に視界が開けて美しく手入れされた庭に出る。

「……」

色とりどりの花が咲く花壇に、水があふれる噴水、奥には東屋も見える。エアロンの王城と変わらぬ……いや、そこよりも美しく整えられた景色に、オデットはぽかんと見入った。

「朝食を用意させたのだ。ともに食べようと思ってな」

ジョセフの示すほうに目をやれば、石造りのテーブルにたくさんの皿が並べられているのが見えた。

思えば昨日の昼から食事をまったく取っていない。部下たちの雰囲気が最悪だったから、水筒に手を伸ばす余裕すらなかった。

そのため、空腹以上に喉の渇きが急に感じられて、オデットは戸惑いつつもジョセフの向かいに腰かける。

皿には作りたてとおぼしき卵料理と新鮮な野菜を盛ったサラダ、茸のポタージュがあった。籠にはパンが山盛りになっている。

「……」

こんなご馳走ははじめてだ。オデットに食事を用意する者など誰もいないので幼い頃は残飯をあさっていたし、騎士の修行をはじめてからは、宿舎の食堂で出される食事を掻き込むことがほとんどだった。

食事のマナーは知っているが、上手に食べられるのか自信がない。

（それに、毒か何かが盛られている可能性もある）

空腹と渇きで唾があふれんばかりに出てくるが、オデットは手を出すことができなかった。

だがその疑いを見越したように、ジョセフが彼女の皿の料理を少しずつ先に食べていく。

「これでも心配なら、このカトラリーを使え」

自分が使ったカトラリーを渡しながら飲み物の毒味もして、彼は「どれも美味いぞ」と食事を勧めた。

一国の王に毒味をさせて、自分は食べないというのもあまりに無礼な話だ。オデットはおずおずとカトラリーを受け取り、ジョセフが端っこをほんの少しだけ食べたオムレツにナイフを入れた。

ふわふわに仕上げられたオムレツはナイフを少し入れただけで、中身がとろりとあふれてくる。

一口大に切ったそれをそろそろと口に運んだオデットは、たちまち目を見開いた。

「……！」

舌に乗せた瞬間にとろりと蕩けた卵と、ふわりと広がるバターの香りに頰が落ちそうになる。

オムレツだけではない。サラダもスープも、檸檬を浮かべた水もとても美味しくて、オデットは何か盛られているかもという心配など忘れるほどに食事に没頭していった。

（世の中にはこんなに美味しいものがあるのだな……）

思わずしみじみと感じ入ってしまう。

あまりに没頭していたからか、不意にジョセフから声をかけられたオデットは、危うくパンを喉に詰まらせそうになった。

「――その様子では、普段はよほど質素な食事だったのだろうな。おれの妃になれば、毎日このような食事ができるぞ？」

「……ごほっ！　お、戯れ、をっ」

噎《む》せそうになるのをなんとかこらえて、オデットは相手を睨みつけた。

「そもそも……わたしは虜囚だし、ゼア陛下はわたしではない王女をあなたに嫁がせる気でいる」

「そうらしいな。帰国前、それこそ軍事演習を終えてすぐに、わたしはそなたと結婚したいとエアロンに親書を送ったのだ。なのに返ってきたのは、そなたではない二人の王女の絵姿だった。馬鹿にしていると思わぬか？　こちらはきちんとそなたを指名したというのに」

「……」

オデットはふと、遠征から戻ってきた翌日に、再び国境へ行けと兄王から命じられたことを思い出す。

あのときにはゼア王はすでにジョセフからの親書を受け取っていて、彼がオデットを求めていることを知っていた……？

（もしや……わたしを嫁がせないため、あえて行軍を命じ――）

オデットがなんらかの形でイーディン側に捕らえられるか、処刑されることを望んでいたとか……？

オデットが抱いた疑問と同じことをジョセフも思ったのだろうか。「エアロンの王は、とことんそなたがきらいらしいな」と同情まじりの笑みを向けてきた。

「無論、こちらはエアロン王の要求を突っぱねた。おれが欲しいのはただ一人、大陸にその名をとどろかす王女将軍であると言ってな」

「……だがそのわたしは、今やこの国の虜囚だ」

「その通り。といっても、さほどの罪を犯したわけでもないが。捕らえて牢にぶち込んだことで白い医師団への義理は果たせたし、未遂の罪で他国の兵を何日も収監させるほどおれも酔狂ではないしな」

「……それなら、先んじて部下だけでもエアロン側に帰してやれませんか？」

「うん？　自分も一緒に逃がしてくれとは言わぬのか？」

面白そうにこちらを見つめてくるジョセフに、オデットはわずかに眉を寄せた。

「……まずは、部下の身の安全を確保しなければ」

「生真面目な隊長様だな。さすがは高潔とも名高い王女将軍だ。……だが、部下を解放するのもまだ先だ。そなたがおれに完全に惚れるか、堕ちるかしてから考えよう」

組んだ両手の上に顎を乗せて、ジョセフはクックッと笑った。

「いずれにせよ、今はエアロンに事実を確認中だ。そなたが受けた命令の詳細についてと、そなたらの処遇についてな。回答にはどんなに早くとも十日はかかるだろう」

二国間の王都の距離は、馬を乗り潰して駆け抜けたところで四日はかかる。往復ならば倍になるし、向こうの回答を待つ必要があるなら、さらなる日数がかかることは明白だ。

(それまでは部下たちも虜囚のままか……)

申し訳ない思いが顔に出たのか、ジョセフが「妙なことは考えるなよ」と釘を刺してきた。

「たとえば、おれの目を盗んで部下の脱走を手引きしよう、とかな。そんなことをしたら今の待遇はもちろん続けないし、おれの信頼を裏切ったことをしっかり後悔させてやるからな」

にやりと不敵に微笑まれて、不覚にも背筋がぞくっと震える。ふざけた調子で言ってきているが、実際にオデットが裏切ったらこの男はどう出るだろう。

(考えたくないな……)

空腹がそれなりに満たされたからだろうか、今度は一気に食欲が失せてしまった。

ジョセフもちょうど食べ終わったらしく、すっくと立ち上がる。

「昼間はおれも政務があるから会いに行けないが、そのぶん夜は可愛がってやる」

さらりと言われた言葉に、オデットは思わず目を見開いた。

「また——あんなことをするのか？」

「あんなこととは？」

意地悪く笑いながらジョセフが問いかけてくる。オデットは非難を込めたまなざしで相手を睨み返した。

「ああ、いいな、その目。屈服させたくなる」

ジョセフは俄然興味を引かれた様子で、またオデットの顎を指先で持ち上げた。

――口づけされる。

オデットは瞬時に首を振って、彼のくちびるを手のひらで受け止める。

ジョセフは楽しげに目を細めて、あろうことかオデットの指の股にねっとりと舌を這わせた。

「……！」

たったそれだけの刺激なのに、身体の芯がずくりとうずいて、オデットは大いに戸惑う。

「反抗的なのも可愛らしい。……存分に愛でてやるから、覚悟しているといい」

そんな言葉と不敵な笑顔を残して、彼はマントをばさりとなびかせ庭を去っていった。

残されたオデットはしばし動けないまま、どくどくと速まっていく心臓の鼓動にひたすら困惑するのであった。

＊＊＊

「――昼間は何をして過ごしたのだ？」

夜。ジョセフは本当に来るのだろうかと落ち着かなかったオデットは、遅い時間になって彼がやってきたことに対し、嬉しいのか悲しいのか怒りたいのか、よくわからない感情に駆られていた。

おまけにこんな質問をされるのも予想外で、どうしても目が泳いでしまう。

「……黒たちが本を差し入れてくれたので、それを読んでいました」

「ほう」

寝台脇の机に積まれた本を手に取り「なるほど」とうなずいた。

「姫君は我が国の言葉で書かれた本も読めるのか」

「……いえ、正直、読み書きはそこまでは」

エアロンとイーディンでは使う言葉は異なる。イントネーションは似ているし、使っている文字も同じだが、綴りや意味がまったく違うのだ。

そのため黒たちに辞書の引き方を教わって、教本や文字表を頼りに簡単な絵本を読んで過ごしていた。

「学びたい気持ちを持つのはいいことだ。話す言葉はすでに流暢なだけに、読み書きもすぐに覚えられるだろう」

本を机に戻しながら、どことなく嬉しそうにジョセフは請け合った。

「さて、情事のほうも勉強していこうか」

寝台に誘われるが、夜着姿のオデットはその場に踏ん張って抵抗してみせる。

「あなたの慰み者になることを承諾した覚えはない」

「ほう？　そなたの態度次第で牢にいる部下たちの待遇が変わると言ってもか？」

ニヤニヤと煽られて、オデットはまなざしをきつくした。

「大国イーディンの国王が、娘相手にそのような卑怯な脅しをするとは信じたくないな」

「そなたがただの娘であれば、おれもここまで愚かなことはしないだろうよ。幸か不幸かそなたは王女で、国軍の大将で、一個隊の隊長で、かなりの腕っ節ときている。使えるものはなんでも使わねば、こちらが征服されかねない」

「お戯れを」

「悪いが本心だ。そなたにはあなどりがたい魅力がこれでもかと詰まっているのさ」

また顎を掴まれて上を向かせられる。

オデットは女としては長身の部類だ。そのため男だらけの騎士団に交ざっても、悪目立ちするほど小柄というわけでは決してなかった。

しかしジョセフは並みの男より大柄で、オデットとは頭一つ以上も身長差がある。それだけに彼女の顔を見るときは、顎を持ち上げるのが一番手っ取り早いだろう。

だがその理屈は理解できても、こうしてふれられるたび妙な気持ちに駆られるから、できればやめてほしいというのがオデットの本心だ。

(この目に見つめられるのは苦手だ……)

あの雨の洞窟でもそうだった。この目にじっと見つめられたことで、オデットは調子を狂わされた。あの日以来、この青色の瞳がこちらに向けられるだけで心がざわついて、たちまち落ち着かない気持ちに駆られてしまう。

今も顎を掴んでいた手が髪へと滑り、頬にかかる一房をそっと耳にかけられただけで、心だけでなく背筋がぞくぞくとうずいてきた。

「寝台に行くぞ」

促してもオデットは動かないと悟ったのか、ジョセフはさっさと彼女を横向きに抱き上げる。

「……っ」

これこそ姫君相手にするような抱き方ではないか。上背のあるオデットをこんなに軽々と持ち上げるなんて。

戸惑っているうちに寝台に下ろされ、あっという間に口づけられる。

「んっ……」

後頭部を支えられ口内にねっとりと舌を這わせられると、どうしようもなく身体の奥が熱くなってくる。

「今日もどこか縛ってやろうか？　あえて自由にさせて、そなたが乱れるのを見るのもよい。さぁ、どうする？」

蠱惑的な声でささやかれて、オデットはくちびるを引き結びながらも……身の裡で淡く期待感がふくらむのを、どうしても感じてしまうのだった。


結局、身体のどこかを縛られることはなかった。

代わりに、柔らかな布を目元に巻かれ、すっかり目隠しした状態にされる。

目という五感の一部が奪われたせいか、より男の動きや気配、息づかいに意識が持ってかれて、オデットの胸は緊張と無視できない高揚に、どくどくと速い鼓動を刻んでいた。

「さぁ、脱がしてやろう」

薄い夜着は頭からかぶる筒型のシンプルなものだ。肩紐を外され、布地が腰までストンと落ちていく。

露わになった胸は外気の冷たさを感じてか、たちまち先端が凝って色濃くなっていった。

「そなたの胸は本当に美しいな。大きさも我が手にちょうどいい」

「んっ……！」

胸のふくらみを大きな手が掴んでくる。見えないぶん手のひらの熱をいつも以上に強く感じて、オデットの胸がどきっと跳ねた。

彼は形を確かめるように乳房の縁をなでたり、ふくらみを優しく揉んだりと、その手ざわりを存分に楽しんでいる。

「ふ、まだふれていないのに先が凝っているな。期待しているのか？」

「そんなわけ……、んぁあっ」

否定してすぐ指先できゅっと乳首をつままれ、オデットはびくんっと身体を揺らした。

「なんだ、やはり期待していたではないか」

「は、あ、ちがっ……、あん、んっ……！」

両方の乳首をやんわりこすられ、ふくらみに押し込めるように刺激されて、オデットはぷるぷると肩を震わせた。

「舐めてほしいならそう言え。たっぷり舐めしゃぶってやる」

「だ、れが……、そんなこと……っ」

オデットは強情を張るが、指でこすられるよりも温かな口腔に含まれしゃぶられたほうが好みであると、さわられながら気づいてしまう。

だがこちらから折れるのは絶対にいやだ。オデットは緩く首を横に振った。

「も、もう、そこばかりさわらないで……っ」

「確かに、ほかのところもしっかりさわってほぐしてやらないとな」

「あっ……！」

軽く肩をトンッと押されて、寝台に腰かけていたオデットはぽふりと仰向けになる。

彼の厚い身体がのしかかってくる気配がして、つい本能的に背を向け、逃げ出そうとした。

「どこへ行く？」

「あっ！」

腕を掴まれ、うつ伏せのままずるずると引き戻される。

オデットは懲りずに逃げようとするが、背後から回された手に乳房を揉みしだかれて、腰から力が抜けていった。

「あ、はっ……！」

「そういえば、背中はまだ攻めていなかったか」

「何を……。ひっ！」

肩甲骨にぬるりとした感覚を覚えて、オデットは息を呑んだ。

「あ、あっ、そんな……ところを……っ」

ジョセフが張り出した肩甲骨をねっとりと舐め上げ、軽く歯を立ててくる。そうしながら乳房を揉まれ、乳首をこすられ、オデットはたちまち息を切らした。

「は、ぁっ……、やめ……！」

背中全体に男の熱と息づかいを感じる。わずかに体重をかけられると支配されている感覚が強くなって、ぞくぞくと背筋が震えてきた。――まぎれもない、興奮によって。

「あ、あっ、やぁぁ……！」

背中のくぼみをつぅっと舌でたどられて、オデットは猫のように背を反らす。

同時に乳首をきつめに引っぱられて、かすかな痛みに「あんっ！」と過剰に反応してしまった。

「いいな。耳も、後ろからでも感じるのか」

「ひあぁあ……！　く、咥えな、で、あっ、あぁあ」

耳裏にねっとりと舌を這わされ、耳朶をぱくりと含まれながら舐められて、オデットは身体をくねらせて喘ぎ声を漏らす。

彼女は背後から攻められることがすっかり悦に入った様子で、ジョセフは己のベルトを外すと脚衣の前を開いて肉竿を取り出した。

「あ、あっ……！」

熱い棒状のものが臀部に押しつけられ、オデットは震える。柔らかな尻肉が熱棒の形に合わせて沈むのを、ジョセフも愉しげに見つめていた。

「そなたはここも可愛らしいな。小ぶりで引きしまっている。それなのに、こうも柔らかいのは――」

「ひっ、さ、さわらないで……っ」

「女ゆえの身体のつくりによるものだろうな。こちらも弾力があって揉み心地がいい」

尻肉を無遠慮に掴まれゆさゆさと揺さぶられて、オデットは羞恥で真っ赤になった。

「や、めっ……、あぁんっ」

今度は首の後ろをカプリと噛まれる。そのまま肌を舐められ、オデットは「きゃあう！」と声を上げていた。

「さぁ、このまま腰を上げてみろ」

「うぅ……っ」

腹部に手を回され、強制的に下半身だけ引き上げられる。

膝をつくと尻を彼の眼前に突き出すような体勢ができ上がって、オデットはいやいやと首を振った。

「ほう、この格好だと、後ろの孔もよく見える」

「あ、み、見ないで……っ、きゃあぁう！」

懇願した端から、あろうことか後孔にぬるりとした熱さを感じて、オデットはびくっと腰を震わせる。

「あ、そ、そんなところ、やめっ……！　ひぅ、うっ……！」

すぼまりをぐるりと舐め回したと思ったら、中にまで舌を入れたいとばかりにえぐるように動かされて、オデットはあり得ない事態への衝撃と羞恥で身体を震わせる。

なのに後孔は未知の刺激にひくひくと震えているし、何より……まったくふれられていない秘所のほうまで熱くなって、つぅっと蜜をあふれさせてきた。

「あ、あんっ、やぁぁあ……！」

「なるほど、後ろでも感じるらしいな？　淫らな姫君だ」

「やっ、や、もうやめ、て……っ！　あっ」

ふっとジョセフが顔を上げる。刺激がやんでほっとする一方、舐め回され唾液で塗れ光る後孔はもの足りないとばかりにヒクついていた。

「はぁ、はぁ……！」

「あいにくこれで終わりではないぞ」

「あっ！」

濡れそぼった秘所にぴたりと肉竿が押し当てられて、オデットはごくりと喉を鳴らした。

「ふれていないのに、すでにぐしょ濡れではないか」

「い、言わないで……。や、やだ……」

腰を持ち上げたまま脚を閉じさせられる。自分の太腿と秘所のあいだにできるわずかな隙間に男根がずぷっと入り込んできて、オデットはその熱さにため息をついた。

「は、あぁ……っ」

「このまま動いてやろうか？」

「え……？　……んあ、あ、あひっ……！」

わずかな隙間を肉棒がぬるぬると行き来する。蜜壺に入れられているときを思い出させるような抽送に、オデットはぷるぷると内腿を震わせた。

「これだけでもいけそうだな、淫乱な王女殿？」

「い、いくなんて、しない……！　きゃああう！」

乳首をきゅっとつままれて、オデットはたちまち悲鳴を上げた。

「強情だな。そこがまた可愛いのだが」

「や、やめ、動かな……！　ひあ、あ、あっ……！」

ヌチュヌチュと音を立てて、肉竿が秘所とのわずかな隙間を出入りしていく。

彼が動くたびに肉竿のくびれたところが陰唇や花芯をこすっていき、たまらない愉悦をもたらしていった。

「はぁ、ああ、ああっ……！」

特に花芯をこすられるのがたまらない。乳首以上に感じやすいそこは、蜜を纏った太棹が行き来するだけでぷっくりとふくらみ、充血してより敏感になっていた。

「だめ、あっ、あぁあう、あんっ……！」

抑えようと思っても淫らな声が出るのを止められない。背後からしっかり抱きすくめられ胸を強めに揉まれると男の独占欲のようなものを感じて、より背筋がぞくぞくと興奮に震えていく。

「はっ、あぁあ、あぁあ……っ！」

喉を震わせ喘ぐオデットに、背後からのしかかるジョセフが誘惑の言葉をささやく。

「我慢せずにいってしまえ。おまえが達する姿はいっとう美しい」

「だ、だれが……っ」

オデットは首を振って抵抗するが、首筋にねっとりと舌を這わされ「んぅ！」と背をのけぞらせた。

「強情がいつまで保つか見物だな？」

「んあっ、あ！　いや、あっ、はぁ、あああ……ッ！」

乳首をくにくにと指先でこねられ、パンパンと肉を打つ音が響くほどに激しく秘所を擦り上げられて……オデットはだらしなく舌をのぞかせ喘いでしまう。

「ひあっ、ああ、あぁあん……！」

自分が出す淫らな声にすら平静ではいられない。目隠しされた状態だから、より物音が強く聞こえて興奮が煽りに煽られる。

「は、あぁ、だめっ……！　あっあぁあ、あああ——ッ……!!」

とうとう身体の裡に募った悦楽が頂点に達して、下腹部の奥から指先にまで熱が一気に広がっていく。目隠しの下で大きく目を剥いたオデットは、がくがくと手足を震わせた。

蜜がどぷりと奥からあふれて、男根にねっとりと絡みつく。

力が抜けたオデットが崩れ落ちるのをそのままにして、ジョセフがふぅっと息を吐いて前髪を掻き上げた。

「いったな。指でほぐさずとも……充分にいけそうだ」

「……っ、ま、まって、待っ、あぁあああう！」

再び腰を持ち上げられ、ヒクつく陰唇に丸い亀頭が押し当てられる。かと思ったら一気に奥まで突き込まれて、絶頂の余韻が抜け切らぬオデットは大きくのけぞった。

「はっ、や、やだ、こんな……！」

背後から獣のように繋がるなんて。こんなやり方があったのかという驚きが覚めやらぬ前に、ジョセフがさっそく腰を遣ってくる。

「んあぁあう……！」

あふれる蜜を掻き出すようにじゅぷじゅぷと音を立てて出し入れされ、オデットは全身を弓なりに反らしてがくがく震えた。

「や、あ、むり、これ無理ぃ……！　あぁあぁあ……！」

じゅぷっ、じゅぷんと響く水音に頭の中まで掻き乱される。ひと突きごとに理性が崩される感覚にオデットはすすり泣いた。

だがオデットが乱れるほどにジョセフの口元には獰猛な笑みが浮かび、よりガツガツと容赦なく腰を振ってくる。

「あぁあっあ、あひっ、あぁ、あぁあううっ！」

胸を揉まれ、乳首をつままれ、容赦ない責め苦にオデットは舌をのぞかせて激しく喘ぐ。

腰奥から生まれる熱はあっという間に身体中を包んで、頭の中まで茹だってくる。

「いい締めつけだ……そう、おれを搾り取ろうとしてくるな。もう少し愉しみたい」

「ひあぁああん！」

男の指が秘所に伸び、二人が繋がる上部あたりを探ってくる。濡れた指先に花芯を捉えられ、くりくりといじり倒され、オデットは我を忘れて身をよじった。

「ひあ、あぁ、もう、もぅぅ……っ、んあぁああ……！」

「ぐっ……」

オデットが再び大きくのけぞる。同時に蜜壺がぎゅうっときつくうねって、いきり立った男根に激しく絡みついた。

甘美な締めつけにジョセフが苦しげな声を漏らし、もったいぶることなく精をどくんっとあふれさせる。

「はぁああ……ッ」

肉棒からどくどくと伝わる脈動とともに、熱い精がたっぷりと注がれて、オデットは恍惚の面持ちでピクピクと舌を震わせた。

深い絶頂に意識がぼんやりと霞みがかったようになる。

だが男根がぐぽんと音を立てて抜けていくのに合わせ、精や蜜がどろりとこぼれるのには、興奮で自然と身体中が震えた。

オデットがぐったりとしているのをいいことに、ジョセフはその身体を仰向けに返して、すらりとした脚をぐっと持ち上げる。

太腿が大きな乳房を押しつぶす体勢になったときには、ジョセフは再び蜜壺にずぶっと己を突き入れていた。

「んぁあああ……！」

休む間もなく与えられる刺激のせいで、全身の毛穴がぶわりと開くほどの衝撃が襲ってくる。

「は、はひっ、いやぁあ……！」

「ふふ、女のような声を出すようになったな」

ジョセフは愉しげにつぶやき、オデットの目から目隠しをむしり取る。

ようやく視界が自由になったというのに、挿入だけで軽く達してしまったオデットは、焦点が合わない様子で薄い瞼をピクピクと震わせている。

そんな彼女の意識を引き戻すように、肉棒をギリギリまで引き抜いたジョセフはずんっと一気に奥へ突き入れてくる。

「んぁあああ！　……あ、あひっ、あぁ、ああう、ああうっ！」

じゅぷじゅぷと水音を立てながら力強く抽送されて、オデットは豊かな胸をぶるぶる揺らしながら身も世もなく喘いでしまった。

「ふ、まだまだ締めつけてくるな。いじめ甲斐がある……っ」

蜜壺の締めつけがよほどいいのか、ジョセフもまたうっとりした面持ちでささやいた。

「つあぁ、ああっう、あっ、あぁああ……！」

オデットはオデットで、一度出したはずなのにまったく硬度を失わない彼のものに興奮を止められない。くびれた部分が蜜壺のざらついたところを余すところなく擦り上げるのが気持ちよすぎて、腰が揺れるのを抑えられなかった。

「はぁ、はぁ、あんっ！　ン、んむ……ッ！」

くちびるを塞がれ、激しく舌を絡まされる。オデットも夢中になって男の舌にみずからの舌を擦り合わせた。

もう理性は欠片も残っていない。今以上の快楽がただただ欲しくて、与えられる刺激を一心にむさぼっていく――。

「はぁ、はぁ、あぁ、いいっ……！　いい、あぁ、いくぅ――ッ……!!」

募る快感に耐え切れずにくちびるをもぎ離したオデットは、半ば我を失って高い声で喘ぐ。

やがて下腹部から生まれた熱が大きくうねり広がって、三度目の絶頂に呑み込まれた。

ジョセフも波にあらがうことなく欲望を解放し、再びオデットのくちびるをむさぼる。

彼に舌を吸われるのも、しっかり抱き寄せられて肌を擦り合わされるのも気持ちいい。

彼の硬い肌に感じやすい乳首や、下生えに隠された花芯が擦れるのも、腰奥が蕩けそうなほどの快感だった。

一度箍《たが》が外れるとどこまでも快楽を求めてしまうものなのか、繋がったまま抱き起こされたオデットは、互いに座ったままの姿勢で向き合って今度は真下から突き上げられる。

たまらずのけぞる彼女を抱き寄せ、ジョセフはぷっくりふくらんだ乳首を口に咥えて激しく吸い上げた。

待ち望んだ舌での刺激に、オデットは激しく感じてまた達してしまう。

繋がった部分がきつくうねり、ジョセフの男根もあっという間に力を取り戻して、蜜壺を圧迫するようにふくらんだ。

その気持ちよさに耐え切れず、オデットはさらなる声を上げて腰を振りたくる。

まるで獣のような交合だ。何度目かの絶頂を終えたあと、すっかり疲れ切ったオデットは、ほとんど気絶するように眠りについたのであった。

＊＊＊

「……」

黒を伴に庭に出たオデットは、ふぅ、と愁いを帯びたため息をつく。

初夏の爽やかな晴天と打って変わって、オデットの心中は複雑だ。

イーディン王城の地下牢に入れられて一週間……。オデットは囚人とは名ばかりの客人のような厚遇を受けている。

朝には黒たちが洗面や着替えを手伝ってくれるし、食事は三度、新鮮な食材で作られたできたてが運ばれてくる。

最初はジョセフが一緒のときだけだった外の散歩も、黒を伴につけるならいつでもいいと言われ、運動場と、そこから通じる中庭には自由に出られるようになった。

オデットが初日にイーディンの文字を覚えようとしていたからか、その後も簡単に読める本が運び込まれ、時間を潰すにはもってこいになっていた。

あまりに至れり尽くせりの生活が用意されているので、まるで思いがけない休暇を手に入れたような気安さだ。

無論、夜には必ずジョセフがやってきて、前後不覚になるほど激しく抱かれてしまうのだが……。

昨日も熱い夜を過ごしたことを思い出し、オデットはまたため息をつく。

なぜだかジョセフにふれられると、最初は抵抗していても最後には悦楽にまみれて我を失ってしまうことがほとんどだ。与えられる刺激の気持ちよさに酔って、歯止めが利かなくなっていく。

酒で失敗する者が『今日こそ飲まないぞ』と決意しながら、勧められるとつい飲んでしまい、気持ちよくなるままに失敗をくり返すようなものだ。

自分はそれほど忍耐力も節操もなかったのかと、悩ましく思うばかりである。

——初潮がはじまった頃からふくらみはじめた胸をどうにかしたくて、必死に布を巻いて押さえつけて、窮屈な甲冑に身を包んできた。

母親と同じく淫乱だろうとあなどって近づいてくる相手には、剣で容赦なく制裁を与えてきたのに。

（まさか他国の王に捕らわれ、必死に抑え込んできた女の部分を、たちまちのうちに暴かれるなんて……）

日を追うごとに快楽が深くなり、さらなる悦楽を求めてみずから舌を伸ばし、腰を振り、脚を巻きつけてしまうのもゆゆしき事態だ。自分が母と同じく淫奔でどうしようもない毒婦として花開いていくようで、ひどく恐ろしかった。

理性があるときは己の変化を怖いと思うのに……ジョセフのあの青い瞳にじっと見つめられ挑発的に微笑まれると、身体がうずいて期待感に腹部の奥が火照ってくる。

今日はどんなふうに抱かれるのだろうと想像しては、また淫らになってしまうと心底暗澹とした気持ちになるのに……どれほど気持ちいいのか、期待を抱く気持ちも出てくるのだ。

（もう充分に、淫奔な女になっているではないか……）

こうしてコルセットで女体を整えひらひらしたドレスで飾り、鍛錬とは無縁の姫君らしい生活をしているからか、日に日に女らしくなっていくのを止められない。

オデットの知る女と言えば、母と、王妃と、自分以外の王女たちくらいなものだ。皆、見た目はため息が出るほど美しいのに、その内側には凶悪な獣や淫奔な性、底意地の悪い悪魔を飼っている。

おかげでオデットは、いわゆる純真無垢な女というのが、どういうものかわからない。少なくとも純真な女は、閨であれほど乱れたりはしないだろう。

ジョセフによって自分がどう変わっていくのか——それが一番恐ろしく感じられるところであった。

「……少し風が出てきました。そろそろお部屋に戻るのがよろしいかと」

頬杖をついたまま用意された茶にも口をつけないオデットを見てか、見張りを兼ねて控えていた黒がそっと進言してくる。

小さな窓しかない牢よりは日の光に当たっていたほうがいいのだが、彼らにも彼らの仕事がある。オデットはふぅっと息をついて立ち上がった。

そして運動場へ続く細い通路を通っていったときだ。いつもは誰もいないそこに、今ばかりは人の気配がある。

ハッと顔を上げると、柵の向こうで彼女の部下たちが黙々と運動に励んでいる姿が目に入った。

「……」

一週間ぶりに見る、リックをはじめとする部下たちだ。ジョセフが保証した通り、ひどい扱いは受けていないようで、皆顔色もよく真面目に身体を動かしている。

思わずじっと視線を注ぐオデットに、黒は「おやおや」と困った声を漏らした。

「ほかの方々が運動中とは。どうされます、オデット様。皆様に会っていかれます？」

「……会ってもいいものなのか？」

「その判断は、わたしにはいたしかねます」

実際に困っているのか、黒は布の下でわずかに首をかしげる。

「——」

彼らと直接言葉を交わして、無事を確かめ合いたい気持ちが湧き上がる。

一方で今の自分の格好を思うと、のこのこ出て行くのもはばかられて、オデットは前にも後ろにも進めなくなった。

そうこうするうち、向こうがこちらに気づいたらしい。柵越しにふっと視線を飛ばされ、一番手前にいたリックが大きく息を呑む気配がした。

「隊長……!?　ご無事だったのですね！」

するとほかの面子もハッと振り返り、すぐに柵の前に集まってきたが……。

「……た、隊長、ですよね？」

部下の一人が呆然と目を見開いて確認してくる。

ドレス姿のオデットは急に気恥ずかしくなって、思わず目を逸らした。

「……そうだ。皆、元気そうでよかった」

「隊長も……」

彼らは薄紫色のドレスに身を包むオデットをまじまじと見つめ、なんとも言えぬ顔で押し黙る。

その中でリックは一番大きな反応を示していた。

「その格好……」

「あ、……ああ、わたしもまだ慣れない」

「あの男に強要されたのですか？　イーディン国王に」

すると、オデットの背後に控えていた黒がふっと怒りを立ち上らせた。

「ここはイーディン王国の王城です。ご自身のお立場をお考えください。我が国の王をそのように呼ばわるなど、不敬です」

「我々はエアロンの騎士。そして王女隊の隊員だ。敬う相手は王女将軍オデット殿下ただ一人にほかならない」

リックはきっぱりと言い切った。

「リック、黒の言う通りだ。この場で不用意な発言は……」

「隊長までそのようなことを……！　すっかりイーディン王に飼い慣らされておいでですね？　あの高潔で清廉な隊長が、よもやドレスに袖を通すなど……ただの女に成り下がるなど……！」

「リック？」

副隊長のおかしさに、オデットのみならずほかの部下も怪訝な面持ちになった。

一方のリックはオデットの姿がよほど心外だったのか、口元を手で覆ってブツブツとつぶやきはじめる。

「許されない……隊長は高潔なんだ……女になんて……っ」

「いったい何を言っているんだ……？」

さすがのオデットも不安になる。

リックはばっと顔を上げると、柵越しに必死にこちらに手を伸ばしてきた。

「ここから出なければ……！　すぐに脱出しなければ、隊長が穢される——！」

「何を言って……っ」

オデットの動揺した顔を見て、リックが大きく息を呑んだ。

「まさか、隊長……。すでにあの男の手込めになって……!?」

オデットの顔にさっと朱が走る。本心を隠すのは得意であるはずなのに、こんなときだけ心情が素直に顔に出てしまった。

それを見たリックは、足元から崩れ落ちそうな表情になる。

「リ、リック……」

「まさか、そんな……」

ガクッと膝をついたリックに、ほかの部下たちが「おい、どうしたんだよ」「おまえ、ちょっとおかしいぞ」と声をかけてくる。

だがリックは聞こえていない様子で、足元を見下ろしたままブツブツつぶやくと今度は猛然とオデットを罵倒してきた。

「許さない……許されざることだ……っ！　敵に捕らわれた上で辱められるなど！　己を穢されて、なぜまだ生きているんだ!?」

「それは――」

「ふざけるなよ!?」

憎しみに燃える目を向けられ、オデットは戸惑いと同時に、ゾッとするような恐怖も感じてうろたえそうになる。

なぜリックはこんなに激昂しているのだろう。オデットが女々しくジョセフに従っているのが許せないのか？　なぜ――。

そのときだ。

「騒がしいから何かと思って来てみれば……。ずいぶんと楽しそうだな？」

オデットはハッと背後を振り返る。見れば中庭に繋がる道から、ジョセフがわずらわしそうな顔で歩いてくるところだった。

「ジョセフ王……っ」

「あいにく、おれは部下に会っていいと許可を出した覚えはない。そしてそこの、隊長を守れずおめおめ捕まった挙げ句に、隊長を責めている無能な騎士よ。貴様に我が女を罵倒する権利も、いっさいないぞ？」

しかしリックは怒りのあまり我を忘れてしまったのか「『我が女』だと!?」とジョセフ相手に食ってかかった。

「リック、やめないか！」

「こいつをかばうのか!?　やはりあなたは、もはやおれが知る隊長ではない……！　なんということだ……！」

リックは大きくうめきながら、よろよろと後退する。副隊長の変わりように、部下たちもすっかり困惑した様子で腰が引けていた。

「勝手に幻想を抱いて勝手に幻滅した奴に、つける薬はないな」

「わっ……」

ジョセフに腰をむんずと掴まれ、肩に担ぎ上げられて、オデットは困惑した。

「は、離せ……っ」

「ハッ」

戸惑う彼女をジョセフは鼻で笑って、悠々と運動場へと入っていく。

リックが飛びかかろうとしたが、騒ぎを聞きつけ駆けつけた衛兵に止められた。

「くそっ、離せ！」

「無礼者！　ジョセフ陛下に何をするつもりだ!?」

ジョセフは素っ気ない面持ちで衛兵に命じる。

「牢に閉じ込めておけ。そいつだけ一段下の階層に、一人でぶち込んでおくように」

「はっ！」

「くそっ、待て……！　待て、憎きイーディン王め！　許さん、許さんぞ、貴様の勝手など通るものか、隊長は……！」

言葉は途中で途切れる。衛兵が複数人でリックを床に引き倒し、槍先で喉を強く押さえたからだ。

悶え苦しむリックを見ながら、オデットはされるがままジョセフの肩に担がれていった。


「っ！」

牢の部屋に戻るなり寝台に放り投げられて、オデットは身体の芯を冷やす。

表面上はそう見えないが、どうやらジョセフはかなり怒っているようだ。

「おれが見ていないところで部下と逢い引きとは、なかなかしたたかになったようだな？」

起き上がったオデットは「逢い引きなんて……」と否定した。

「庭に出て……戻ってこようとしたら、運動場で鉢合わせただけだ」

「それを狙って、わざとあの時間に戻ろうとしたのではないか？」

「そうではない」

「かたくなにそう主張するのは部下を守るためか？　ご立派だな」

オデットはとっさに言い返せずに口をつぐむ。

リックの豹変ぶりにはまだ困惑しているが、彼らがこれが原因でひどい扱いを受けることになるのは、確かにいやだった。

「おれは少しそなたを甘やかしすぎたかもしれぬ」

オデットの顎を強い力で掴んで、ジョセフは笑みを消してつぶやいた。

「そなたが誰のものなのかわかるようにその身体に刻んできたつもりだが、どうにも自覚が足りなかったようだな」

「わたしは誰のものでもない……！」

「そう思いたいなら思っていればよい。だが——あんな狂信的で盲目な奴に、そなたの心の欠片すら渡すわけにはいかぬな」

ジョセフの青い瞳が細まる。たったそれだけの表情の変化なのに、オデットは背筋がぞくっとする感覚を覚えた。

「わたしを……どうするつもりだ？」

聞きたいような聞きたくないような、恐ろしいようなそうでないような気持ちで、オデットは慎重に尋ねる。

ジョセフが口元を笑みの形にゆがめた。

「なぁに、そなたの身も心も、おれ一人に向けてほしいというだけだ。恋する男の哀れな心情を、慮ってておくれ」

（……これのどこが、心情を慮ることなんだ……!?）

いつかのように裸に剥かれ、オデットはどうしようもなく目元をゆがめる。

その両手首には枷が嵌められていた。両手を頭上に固定される形で寝台に寝かされた彼女は、はぁっとたまらずに熱いため息を漏らす。

その弾みで大きな胸が揺れて、頂に施された飾りがチリチリと鳴った。

「つぅ……」

その小さな刺激でさえ、感じやすい乳首には拷問だ。オデットはたまらず緩く首を振った。

「苦しそうだな？　そなたのために運ばせた宝石だというのに、不満か？」

「んあっ、あ、あっ！」

胸の飾りが引っぱられて、オデットは腰を浮かせて激しく身悶える。

彼女の鴇色の乳首はぷっくり腫れ上がっていた。

それもそのはず——枷を嵌められる前にジョセフの舌でさんざんにいじめられて、それだけで達したあとで——銀色の光る小さな輪飾りを、勃ち上がった乳首の根元に嵌められてしまったからだ。

最初に輪飾りを見せられたときはイヤリングか何かだと思った。小さなねじがついていて何かを挟めるようになっていたし、銀の細い輪の中心にはアメジストが下がっていて、単純に美しく可愛らしい宝飾品だと感じた。

まさかそれが、乳首に嵌めるための淫具であろうとはわかるはずもない。

舐め転がされて、これ以上ないほど張り詰めた乳首にしっかりねじで留められてしまい、甘く苦しい刺激を伝えてくる。

「はぁ、はぁ……っ」

息をするたびに豊かな乳房が震えて、乳首に嵌められた飾りもチリチリと可愛らしい音を立てて揺れていく。

そのたびにねじがきゅうっと乳首を締めつけてきて、オデットは「うぅ……っ」と顔を真っ赤にしてうめいた。

視覚的な恥ずかしさも相まって、先ほどから体温が上がっていくのを止められない。

だがジョセフはそれだけでは許してくれず、控えていた二人の黒に無機質な声音で命じた。

「足にも枷を嵌めろ」

「はい」

従順な黒たちはすかさずオデットの足元に移動し、細い足首にも枷を嵌める。そして、枷から伸びる鎖は寝台の足に結びつけられた。

「いやぁ……っ」

鎖を引っぱられるたびに両足が開いていき、オデットは女のようなか細い声で抵抗する。

交合のときほど大きく開かされることはなかったものの、完全に閉じられない状態にされてしまった。

「や、ぁ、あ……っ」

太腿を必死に閉じようとするが、どうやっても拳一つぶんの隙間ができてしまう。そのことに思わず涙ぐむと、ジョセフが暗い笑みを浮かべた。

「さぁて、最後の一つも飾ってやろう」

ジョセフの手にあったのは、留め具の部分がさらに小さい飾りだ。こちらには輪っかはなくて、美しくカットされたアメジストが直に下がっている。

いったいどこに使うものだろうと身をすくめた瞬間、脚を大きく開かされて、まさかの思いに瞠目させられた。

「う、うそだろう……？　そんな……あぁっ！」

止める間もなくジョセフが秘所に顔を埋めてくる。鎖のおかげで足が閉じられず、オデットは舌での愛撫にたまらず身体を熱くさせた。

「は、ぁっ、あぁ、ああん……！」

「いい声を出すようになったものだ。それに……ここが尖るのも早くなった」

「うぁん！」

カリッと花芯に歯を立てられて、痛みと紙一重の刺激に、オデットはひどく感じて腰を突き上げてしまう。

そうしてぷっくりとふくらんだそこに、ジョセフはすばやく宝飾品のねじを留めた。

「あ、あ、うそっ……！　きゃあう！」

留め具が痛みを感じる一歩手前のきつさできゅっと留められて、オデットはぶるぶる震える。乳首だけでもつらいのに、まさか花芯にまで宝飾品を下げられるなんて……！

はぁはぁと息をするだけで、乳首と花芯の三点から甘苦しい刺激が湧いてオデットは目元を真っ赤にして身をよじる。

顔を上げたジョセフはその様を愉しげに見つめながら、寝台をすっと下りた。

「や……」

「あいにくおれは執務中だ。息抜きに外に出た先で、まさかあのような場面に遭遇するとは思わなくてな。知っていれば、もっといろいろ持ってきたものだが」

恐ろしさを感じる笑みで言われて、オデットは（これ以上何かあるのか……!?）とおののいた。

「いや……取って。お願いだから……っ、つらい……！」

「駄目だ。おれが夜に戻るまでそのままでいろ」

絶望的な命令にオデットは目を見開く。首を激しく横に振るが、ジョセフは暗く微笑むばかりだ。

「どうしてもと言うなら外してやってもいいが、そうなれば、そなたの部下たちの扱いがどうなるかは保証できぬな」

「ひ、卑怯者……！　あんっ」

大声を出した途端に花芯の締めつけをより感じて、思わずうめいてしまう。

身悶えるオデットを見て興が乗ったのか、彼はその大きな手でオデットの剥き出しの腹部をなでた。

「あっ、あぁ、あぁあ……！」

引きしまった腹部をなでられただけで、腰が浮き上がるのを止められない。敏感な脇腹や腰骨、膝頭を同じようになでられ、オデットは悲鳴を上げた。

「や、やめっ……、やめてぇ……！」

「ふふ、もどかしくて気が狂いそうであろう？　身悶えるあいだ、せいぜいおれのことを考えておくことだ」

ひとしきりオデットを喘がせて満足した様子のジョセフは、すっと手を引く。

だが部屋を出て行きがてら、ずっと控えていた黒たちにさらりと命令を下していた。

「おれが戻るまで、気がふれぬ程度に仕置きしておけ」

「はっ」

黒たちは従順に頭を下げて、ジョセフが出て行くのを見送った。

(気がふれぬ程度に……仕置き……？)

扉を呆然と見つめながら、オデットは不安に駆られる。

黒たちは「やれやれ」とでも言いたげに首を振りながらも、一人が部屋を出て行き、もう一人はオデットの側に近寄ってきた。

「災難でしたね、姫君。あそこで部下たちに鉢合わせしなければ、陛下の逆鱗にふれることもなかったでしょうし」

「……わたしをどうするのだ……」

「陛下のおっしゃった『お仕置き』をさせていただきます。まぁ、甘やかな拷問と言えばよろしいのか。我々『黒』は牢屋番以外にも、罪人の口を緩くするための術を仕込まれているのですよ」

黒が腰元の物入れから取り出したのは、よくしなる短鞭だった。彼はそれを指先でしならせ、びぃんと弾くことをくり返す。オデットは思わず身をすくめた。

「尋問ではこういったものを使う場合が多いのですが、ご安心ください。あなたに使うのは別のものだ」

「別の……？」

そのとき部屋を出ていたもう一人が戻ってきた。何やら小箱を抱えている。

「あなたに使うのはこちらです」

箱から取り出されたのは、手のひら大のふわふわした羽根だった。

筆記具の一つで、主に机の上の細かいゴミを払うためのものだ。しっかりとした棒にびっしりと生える羽毛を見て、オデットはくちびるを震わせる。

「そ、それをどうするのだ……」

「こうします」

「——んぁぁああ！」

黒がおもむろに、羽先でオデットの乳首をなでる。淫具にキリキリと絞められた乳首への突然の刺激に、彼女は身体を跳ね上げた。

「あ、あっ、やめて……っ！」

「あいにく、命令ですので」

「い、いやぁ、あっ……！　きゃぁあああう！」

もう一人の黒も羽根を携えて、二人で乳首をわさわさと刺激してくる。左右の乳首をいっぺんにくすぐられて、オデットは湧き上がる快感にのけぞった。

「ひぁあぁあッ！」

羽根は乳首だけでなく、身体のあちこちに這わされる。

透き通るように白くひくひく震える喉や、首筋から耳にかけて。耳孔に羽先を入れられ動かされたときには、わさわさという羽音も頭の奥に響いておかしくなるほどに感じてしまった。

「あ、あぁ！　いやぁああ……！」

手を頭上に上げているからか、感じやすい腋下から脇腹までも、つぅっと羽根で優しくなでられる。そのじれったくももどかしい刺激が、まさに拷問だった。

腰を跳ねるたびに花芯を締めつけるねじも働いて、より強烈な愉悦が立ち上る。

「ひっ、んあぁうっ、ひぁあああ――……ッ!!」

臍孔をくりくりといじられ、オデットは腰を突き上げたまま目を見開いてがくがく震えた。

「ふむ、感じやすい身体ですね」

「毎夜陛下に鍛えられているだけある」

「我々も腕が鳴ります」

激しく身悶えるオデットと対照的に、冷静に、そしてどこか楽しげに黒たちがささやく。

その顔や姿が真っ黒な布で覆われているせいか、より無機質な者にいたぶられている気がして、オデットはすすり泣いた。

「や、やめっ、やめて……ぇ……！　助けて……っ」

あまりに感じすぎて目の前がちかちかする。身体がずっと火照って、汗も、秘所の奥からあふれる愛液も止まらない。

しかし黒たちは無情にも「駄目です」と言った。

「文字通りの仕置きですから。さ、身体中、なでて差し上げますよ」

「あっという間にびしょ濡れですね。ここをなでたら羽根がすぐに駄目になりそうだ――」

「いあぁああ！」

ねじで絞められた花芯をツンツンと刺激されて、オデットは危うく意識を飛ばしそうになる。

黒は容赦なく、二人がかりで花芯に羽根をなでつけた。

「ふぁあああああ……!!」

もうここまで来ると気持ちいいのか苦しいのかもわからない。

ただ身体はどこまでも鋭敏に快感を拾って、細い腰はずっと浮きっぱなしになってしまっている。

「んあぁああ！」

浮き上がった腰を見て、一人が後孔のほうまで羽根を滑らせてきた。

黒たちはいつの間にか両手に羽根を持ち、一人が乳首をさわさわとなでて、もう一人が花芯と後孔を羽先でくちくちと刺激してくる。

「何度達してもかまいませんよ。ジョセフ陛下もそれがお望みでしょうから」

「ああっ、い、あっ、んあぁあああ……ッ!!」

ジョセフの名を聞いた途端に快感が爆発して、オデットは身体を弓なりにしならせ激しく達してしまう。

愛液がヒクつく蜜口からぷしっ、ぷしゃっと断続的に噴き出し、真っ白な敷布にボタボタと垂れた。

「おや、お漏らしですか。さぞ羽根が気に入ったのですね」

「足のほうも攻めて差し上げましょうか。足裏をこいつでなで回されるのも、もどかしくてよいものですよ」

濡れてふやけた羽根をかたわらに置き、箱から新たな羽根を取り出した黒が足元に移動してくる。

ほどなく足裏や指のあいだをくすぐるようになでられて、オデットは我を忘れて悲鳴を上げた。

「あ、あぁあ、あぁああ……ッ!」

(と、溶ける……、頭が、熱くて……っ)

快感で満たされた頭がぐずぐずに煮えてどうしようもない。責め苦はつらいのに、時折ささやかれるジョセフの名を聞くたびに心臓が高鳴り、それに呼応するように身体が跳ね上がって、みっともなく達してしまう。

「あっ、ひあぁっ、も……、ぁあああ、もう……!」

「遠慮せずに、どんどん達しなさい。ジョセフ陛下を想いながら――」

「んぁあああ……ッ!!」

耐え切れずに気をやってもすぐに起こされ、再び羽根で全身をなでられ攻め立てられる。

――時間の感覚もなくなる頃には、オデットはすっかり息も絶え絶えになって、よだれを垂らしながらひくっひくっと断続的に震えていた。

「――すっかりでき上がっているようだ。ご苦労だったな」

不意に艶やかな声が聞こえて、あらぬところへ意識を飛ばしていたオデットはハッと我に返る。

いつの間にかあたりはすっかり暗くなって、枕元に明かりがつけられていた。

黒たちは一礼して、すっかり傷んだ羽根を箱に片づけ部屋を出て行く。

入れ替わりに近寄ってきたのは、ジョセフだった。

「仕置きはどうだった？　相当つらかっただろう――やみつきになるほどに」

「……きゃぁぁあう！」

胸の飾りを無造作に引っぱられて、オデットはそこから電流が走ったように身体をびくんっと跳ね上げた。

「あ、あぁ……っ」

「ふむ、すっかり快楽まみれだな」

「や、ぁ、とって……取ってぇ……っ」

もう強がる気力も体力もなくて、オデットはすすり泣きながら身をよじる。

胸を突き出し、なんとか飾りを外してもらおうと懇願するが、男の目にはオデットみずから誘惑しているようにしか見えなかっただろう。

「さぁ、どうしようか。そなたの白い肌にこの銀の輪はよく似合う。瞳に合わせたアメジストもな。

思った通り、これに翻弄されるそなたもまた美しい」

「やぁあ……！」

飾りを指先でもてあそばれて、ジンジン響く愉悦にオデットはひくひくと震える。

「も……もぅ、やぁぁ……、助けて……」

「ああ、助けてやろう」

ジョセフは寝台に乗り上げると、すっかり濡れて赤くなった彼女のくちびるをきつく吸い上げた。

「んン――ッ……!!」

舌を絡ませ、ねっとりと舐め上げられ、敏感になっていたオデットはたまらず全身をくねらせ身悶える。

喉の奥から欲求の塊が込み上げて、全身がかぁっと熱くなった。

「んぅ、んっ……！　はっ……、――ッ!!」

舌をちゅうっと吸い上げられた瞬間、頭が真っ白になって、深い深い絶頂の波にさらわれる。白目を剥いたオデットは声もなくがくがくと震え、意識を飛ばした。

しかしジョセフは楽しげに微笑み、オデットの脚を開かせそこに顔を埋める。

そしてねじを止めたままの花芯を認めると、そこをくちびるで挟んで、舌でねっとりと舐め上げてきた。

「――んあぁあああッ!!」

強烈な刺激にたちまち意識が引き戻されて、オデットは悲鳴を上げる。身体中がビクビクッと引き攣り、新たな蜜が秘所に滲んだ。

「大洪水だな。敷布までびしょ濡れだ」

満足げなジョセフと対照的に、オデットは秘所から立ち上るジンジンといううずきに耐え切れずに腰を振ってしまう。

「あ、あぁ、取って……！　もういやあ……っ」

腰をくねらせすすり泣くオデットに、ジョセフは「さぁ、どうしようか」ととぼけてみせる。

「取ってもいいが、それはそれでつらいと思うぞ？　ねじで留められているから、花芯の血流は抑えられている状態だ。外せばたちまち滞っていた血が流れていき、ここはいっそう鋭敏になる。それでもいいのか？」

快楽にまみれて思考がまともに働かないオデットは、懇切丁寧に説明されたところで半分も理解できない。

ただこれを外してほしい、そうすれば今より楽になれるという思い込みから、くちびるを震わせながら「取って、取ってぇ……」と舌っ足らずな言葉をくり返すばかりだ。

「そうか。ならば外そう」

「ああ……」

彼の手がねじを緩める気配を察して、オデットは安堵の息を吐く。

これで楽になれる――そう思ったのに。

「……う、うあ……っ、んあぁああ……？」

楽になるどころか、花芯がずくずくと熱くうずきはじめ、身体の奥が火を入れられたように燃え上がった。

「あ、あっ、あぁあああ――――ッ……!!」

何もされていないのにどんどんそこが熱くなって、オデットは快感と惑乱にか細い悲鳴を上げた。

「や、やぁ、どうして……っ、あぁあ、どうしてぇ……!?」

腰を振りたくって身悶えるオデットに、ジョセフは声を立てて笑った。

「だから言ったであろう。人の話はきちんと聞くものだぞ、哀れな姫君よ」

「きゃぁあああん!」

脇腹をすうっとなでられ、オデットは雷に打たれたようにビクン! と身体を反らせる。

「あっ、ひぁ……、いあぁあああん……! いや、あ……!」

オデットがもっと別の場所をさわってほしいのをわかっているであろうに、ジョセフは彼女の胴を気まぐれになでるばかりだ。おかげでもどかしい感覚ばかりが募って勝手に腰が揺れ動く。

そのたびに真っ赤にふくらんだ花芯がジンジンうずき、新たな刺激を欲してしまう。

身体を揺らすのに合わせて乳首で揺れる輪もチリチリと音を立てて、オデットは狂おしいばかりのもどかしさに本格的に泣き出した。

「あぁあぁ、あぁあう! も、もぅ……どうにかしてぇ……っ!」

どうしようもなく泣きわめくオデットに、多少溜飲が下りたのか、ジョセフはにやりと微笑んで彼女の脚を開かせた。

「黒たちはわきまえているからな、肌にはふれてもより奥にはふれてはならぬと、よくわかっている。おかげで……こちらは、ずっとお預けだっただろう？」

「んあぁああう！」

蜜壺にずぶりと指を入れられて、オデットは真っ白な喉を反らしてビクビクッと震えた。

「あ、あぁ、さわっちゃ……あああぁあう！」

ヒクつく媚壁の感じやすいところを擦られて、オデットは文字通りのたうち回る。

「ん？　さわらぬほうがいいか？」

ジョセフがニヤニヤしながら指を抜いてきた。

だが蜜壺が空洞になった途端に、膣壁が狂ったように激しくうねり出す。

「あ、あっ、抜いてはだめ……っ、あぁ、あぅう、つらい、の……っ、さわってぇ……！」

オデットは涙で顔をぐしゃぐしゃにしながら懇願する。

「何事も素直が一番だな」

ジョセフはふざけたことを言いながら、そろえた指を三本、ずぶりと沈めてきた。

「んやぁあああア……！」

待ち望んだ刺激に勝手に腰が浮き上がる。もっと奥をさわってほしいとばかりに、膣壁も激しく蠕動した。

「ほぅ、すごいな」

「んあっ、あ、あ、あ……！」

ぐちゅぐちゅと中を掻き回すように刺激されて、オデットは口を「あ」の形に開けたままがくがくと震える。

花芯の裏をぬちゅぬちゅと擦り上げられ、オデットは高い声を上げて再び絶頂を迎えた。

「ひやぁああう！」

ジョセフが勢いよく指を引き抜くと、そのあとを追うようにビュッと熱い潮が飛ぶ。ビクビクと痙攣したようにオデットが腰を震わせるたび、さらなる潮が飛び散った。

「は、あぁ、あ……っ」

「さぁ、おれのことも愉しませてくれ」

オデットの脚をぐっと持ち上げ、今度はジョセフが熱くうねる蜜壺に自身を沈めてくる。

「はぁぁあ……ッ！」

オデットは激しくのけぞって震えながらも、狂おしいほど求めていたものが埋められた充溢《じゅういつ》感に、ほろほろと熱い涙をこぼした。

自分はずっとこれが欲しかったのだと思い知らされる。

何度絶頂させられてもなぜかもの足りない心細い思いがあって、もういやだと心から願ったのだ。

だが——こうして熱い屹立を埋められ、奥を押し上げられると、身体だけでなく心も満たされていく。

「あ、あ……」

オデットは無意識に手を上げ、男の背にしがみつこうとした。

だが両手は無情にも枷によって繋がれている。それがなぜかひどく苦しくつらいと感じて、オデットはさらに涙を流してしまう。

「どうした。そんなにいいのか？」

ふぅっと息を吐いたジョセフが、オデットの目元に口づけながら尋ねてくる。

彼のくちびるに涙を吸い上げられると、胸の奥がきゅうっとなるほどに切なくなる。おかげでオデットの涙はよけいに止まらなくなった。

同時に挿入されるだけで動かない彼にもどかしさも募って、つい自分から腰を振って刺激を求めてしまう。

「も……うご、いて、いっぱい……してぇ……っ」

「ずいぶん素直になったものだ。……可愛いな」

チュッと口づけられるとそれだけで胸がうずいて、欲しくて欲しくてたまらなくなる。

ジョセフももう焦らす気はないのだろう。オデットの腰をしっかり抱えると、ギリギリまで抜いた肉竿をずんっと奥まで突き入れてきた。

「ひぁああン！」

腰奥をカッと燃え上がらせるほどの刺激に、身体がのけぞる。ジョセフは力強く腰を遣って、オデットの奥をガツガツと突き上げていった。

「あっ、あ、あぁっ、あぁっ」

「ああ……よく締まる。搾り取られそうだ」

「んぁああああぁあ……!!」

オデットは悲鳴を上げてがくがくと震える。感じやすくなりすぎた身体は容易に絶頂して、蜜壺を埋める雄をきゅうっと締めつけた。

ジョセフも心地よさそうな息をついて、反り返った肉竿でオデットの中をまんべんなく擦り上げてくる。

「くひっ、んっ、んあ、あひ、ひっ、んあぁあ――」

絶頂してもすぐに刺激を与えられ、再び息も継げぬほどの快感に突き落とされる。

「ふぅ、うっ、うう――ッ!」

くちびるを塞がれ激しく舌を吸われて、オデットは忘我の境地に陥る。

もう気持ちいいこと以外何も考えられない。自分を抱き寄せる男の腕のたくましさにくらくらして、力強い抽送に心をわし掴みにされる。

(あ、あ、すき、これ好きぃぃ……っ)

どちゅどちゅと音を立てて蜜壺をうがたれながら、ぬちゅ、ぴちゃっと音が鳴るほどに舌を吸い上げられる。

上でも下でも密に繋がって、オデットは沸き上がる熱にあらがわずに身をゆだねた。

「んんンぅ――ッ……!!」

きつい締めつけに抵抗することなく、今度はジョセフも我慢せずにふくらんだ先端から精を噴き上げる。

どくどくと注がれ広がっていく精の熱さを、オデットは全身を震わせながら深く深く感じ入った。言葉にできないほどの気持ちよさに、身体も心も満たされる。

「あ、あ……」

だが昼から絶え間なく攻められた身体はすでに限界を迎えていて、もう指一本力が入らない。

彼が抜け出ていき、蜜と白濁の入り交じったものがごぽりとこぼれ出たのを感じる。それを最後に、オデットはふっと意識を失った。

第四章

心地よいぬくもりに誘われ、オデットはゆるゆると目を開ける。

視界に入ってきた景色は霧でもかかっているようにぼんやりしていた。霧の合間に等間隔に明かりが並んでいるのも見える。

そのうちの一つをじっと見ているうちに意識がはっきりしてきて、立ち込めるものは霧ではなく湯気であることがわかった。

「あ……」

同時に自分が全裸で、たっぷりと張られた湯に浸かっていることも。

「気がついたか？」

すぐ後ろから声が聞こえて、オデットはハッと振り返った。

「ジョセフ王……」

「あまりにひどい有様だったのでな。一っ風呂浴びようと思ったのだ」

オデットの剥き出しの肩に湯をかけながら、ジョセフが優しい声音で言う。

湯とともにかけられた薔薇の花びらが肌に残り、オデットは少しのくすぐったさを感じつつ、花びらが湯に大量に浮いている事実に驚いた。

「こういう趣向はきらいか？」

「いえ……美しいと思います」

「そうか」

ジョセフは満足げにうなずき、自身の膝の上に座らせていた彼女をますます自分に引き寄せた。

いったいいつの間に湯殿に運ばれたのだろう。それも、互いに脚を伸ばせるほどの広々とした場所に……。

入浴など本当に寒い時期以外はまずしないオデットだ。たっぷりの湯に肩まで浸かるのはこんなに心地がいいのかと、ため息が漏れていく。

おまけに湯に薔薇の花びらを浮かべるなど、おとぎ話に聞くくらいのものだった。まさか自分が体験する日が来ようとは……。鼻先をかすめるいい香りにも気持ちが和んで、身体が芯からふやけていく思いである。

「でも、どうして湯殿へ……こほっ」

「喉が渇いているだろう。あれだけ喘いでいたなら当然だ」

ジョセフはかたわらに置かれた水差しを持ち上げると、中身を自分の口に注ぐ。そしてすぐオデットに口づけてきた。

「んっ……」

薄く開いたくちびるから、冷たい檸檬水が流れてくる。蜂蜜が入っているのだろうか。爽やかな香りに甘い風味が加わって、つい喉を鳴らして飲んでしまった。

「もっと欲しいか？」

素直にうなずくと、水差しを呷ったジョセフはまた口移しで飲ませてくれた。

渇きが落ち着くといろいろと見えてくる。とりあえず、二人で当たり前のように湯殿にいるのは、オデットの立場を考えれば異常なことだ。

「わたしを……牢から出していいのか？」

「別によかろう。おれのやることにいちいち異議を唱える者は、この国にはいないさ」

彼自身が国王なのだから、それは確かにそうなのだろう。

「いずれにせよ、黒たちが寝台を整える時間が必要だ。おまえがいろいろ噴きこぼしたおかげで、牢の寝台はひどい有様だったからな」

「誰のせいだと……」

「無論、おれのせいだ。ほかに誰がそなたをあそこまで乱れさせられる？　誰の断りで？　もしほかに誰かいるとしたら、おれはそいつを殺しに行くぞ？」

明るい口調で言われるが、内容は物騒なことこの上ない。

「どうして……。捕虜の女など捨て置けばいいのに」

「それこそどうして、という話だ。おれはそなたに惚れているのだぞ？　惚れた女をなぜ捨て置かねばならない？」

黒髪をゆったりなでながら睦言のようにささやかれて、オデットの胸中に居心地の悪さと甘やかな緊張感が生まれた。

「……本当にわたしのことが好きなのか？」

「なぜ疑う？」

「その……縛ったり、黒にあんなことをさせたり……、悪趣味だ」

ジョセフは楽しげに声を立てて笑った。

「悪趣味ときたか。確かにな。それだけ快楽に喘ぐそなたを見るのが好きなものでな」

「やはり悪趣味……」

「仕方ない。女として解き放たれていくそなたを見るのが嬉しかったのだから」

思いもよらぬ言葉を聞かされ、オデットは息を呑んだ。

「どういうことだ……？」

「そなた、エアロンでは恐ろしく抑圧された暮らしをしていたであろう？　その様子だと、薔薇を浮かべた湯に浸かったのも生まれてはじめてと見える」

「……」

「普通、王女として生まれれば、出生にどんな背景があれ、それなりに大切に育てられるものだ。薔薇を浮かべた湯になど、毎日入るのが当然であろう。きれいなドレスを着て、伸ばした髪に花を差して、白い肌を宝石で飾って、周囲にかしずかれながら育つのが、な」

「……」

確かに、王妃や王女たちはそのような生活を送っていた。

実母マドリンもそうだ。特にマドリンは自分の身体を磨くことには余念がなく、高価なオイルや果物を遠方から取り寄せては、すべて自分のために使っていた。

そのための金は、オデットの王女年金か、騎士としての給金からまかなわれていたというのに。

「まぁ世界中を探せば、騎士を目指す王女も一人や二人はいるかもしれないが、それでも食事も満足にできず、風呂も入れず、胸を縛りつけるような暮らしをする者はそうはいないであろうよ。そなたは王女として以前に、若い娘としても生きることができなかった」

「……それはわたしの生まれが原因で……」

「原因がどこにあろうと、若き王女というのは大切にされてしかるべき存在だ。それなのに腹違いの兄から疎まれ、王宮中から虐げられていたとは……。むしろ、よくここまで腐らず生きてこられたものだ」

オデットのこめかみにくちびるを押し当て、ジョセフは少し真剣な声音で告げた。

「おれは苦境に遭っても腐ることなく、騎士として、隊長として、大将としても己を律してきたそなたに感服したのだ。心底惚れている。同時に――そんな重い役割など捨て、本来あるはずだった、王女らしく、女らしく、娘らしいそなたを、存分に味わわせてやりたいと思ったのだよ」

オデットははっと顔を上げた。

「だから……衣服はドレスばかり用意を？」

「まぁ、おれ自身が着飾ったそなたを愛でたいという思いもあったからだがな」

ジョセフはほんの少しの照れくささを滲ませながら白状した。

「そなたを抱いたのもそうだ。女としての悦びを知ってほしかったのさ。手段は……まぁ、手荒だったのは認める。だが、そなたも警戒心と敵意を剥き出しにしていたのだ。おあいこだろう？」

「……」

それにしたって、縛ったり妙な淫具をつけたり……というのはやりすぎだと思うが。

(あ、乳首のやつ……外れてる)

ふと胸元に目をやったオデットは、アメジストの淫具がなくなっていることに気づく。

「つけたままのほうがよかったか?」

「だ、誰が……っ」

「淫具はほかにもたくさんあるぞ。東側諸国は西とは違い、性愛に関して寛容で多様な価値観を持つ。恋人同士でそういうものを使って楽しむのは、ごく普通の日常だ」

(そうなの……っ?)

さすがにそれは驚きだ。実母マドリンはどうか知らないが、きっとほかの王族たちは、そのような文化があることすら知らないだろう。

「次は張り型を使ってやろう。おれと同じサイズに作らせたものだ。それを入れながら、今度は後ろを開発するのも面白そうだな」

「やっ……」

彼の手が後孔にふれたのに気づき、オデットはぱちゃりと湯を跳ね上げる。

恐ろしいことを言われているのに、いざ自分がそれを身につけたところを想像したら、ぞくぞくと身体の芯が熱くなるのを感じて大いにうろたえた。

「そ、そんなもの、しない……」

「目元が赤くなっているぞ。本当は少なからず興味をそそられたのだろう」

「そんなわけ……っ」

「ムキにならずともよい。そうなるように、おれが仕込んだのだ。おれの前でどこまでも淫蕩に、どこまでも乱れられるようにな。――そなたはもっと己の欲望に正直に、そして自由になってよいのだ」

ぎゅっと背後から抱きしめられて、オデットは動揺と戸惑いから、まばたきをしきりにくり返した。

「そう言われても……わたしは……」

生まれなければよかった王女だと言われていたのだ。王宮からはつまはじきにされ、戦場に常に駆り立てられて、早く死ねと言われ続けて……。

ずっとそんな状態で生きてきた。自由にと言われても、正直それがどういうものか想像がつかない。

「これまで十八年間もそのように生きていたならな。難しいとは思うが。だからこそ、身体からでも徐々に解放していけばよい。あの無粋な布を胸から取り去ったようにな」

「……」

コルセットのきつさには未だ慣れないが、それでも……麻布で胸をぎゅうぎゅうに締めつけ、甲冑に身体を押し込めていた頃に戻れと言われても……。

(それはそれで、いやかもしれない……)

ぽつりとそう思ったオデットは、そんな自分の変化に驚いた。捕らわれてすぐの頃は、むしろドレス姿こそ厭わしく思っていたのに。

再びオデットの肩にパシャリと湯をかけて、ジョセフは真面目な面持ちで話し出した。

「エアロンから返答があった。『エアロンはイーディンに騎士を派遣した覚えはない。そのため、捕らえたというその者たちは脱走兵として、イーディンに処遇を任せる。ただし、王女オデットを名乗る指揮官はすみやかに帰還させよ』」

「え……？」

イーディン行きを命令していないという回答にも驚かされるが、オデットだけを帰還させろという要求にはさらに「なぜ？」という疑念が芽生えた。

ジョセフも「エアロン王は戦の作法を知らぬと見える」とあきれた笑顔で肩をすくめる。

「指揮官を取り戻したければ、まずはそのための交渉を持ちかけるのが常套手段だ。その上で金銭を払ったり、賠償したりするのが一般的なのだがな」

「……」

兄ゼア王の一方的な言い分には、オデットも軍人として頭が痛い限りだ。

だがゼア王が自分を取り戻したがっているのは意外だった。てっきり、いの一番に首を刎ねてかまわないと言ってくるかと思っていたが。

「交渉の手段も知らぬ相手にまともに取り合ってやる義理はない。ひとまず、そなたの部下らを釈放するつもりだ。エアロン王への親書を届ける使節となることを条件にな」

親書には、ここにいるオデットが間違いなくエアロンの王女本人であること、彼女の帰還を望むなら、王女隊をイーディン国に侵入させた真の目的を説明し、迷惑をかけたことを謝罪すること、といった内容をしたためるという。

「形だけの謝罪などどうでもよいが、形だけでも、しておけば収まることも世の中にはあるのだ。逆にこれすら撥ねつけてとぼけてくるようなら、交渉不成立としてそなたの身は我がイーディン王国がもらい受ける」

ジョセフは端的に言い切った。彼の立場と一連の流れを考えれば、それがまっとうな落としどころだろうとオデットも納得する。

神妙な面持ちでうつむくオデットに、ジョセフはふっと笑った。

「そなた自身がどうしてもエアロンに帰りたいと言うなら、まぁ、善処するのもやぶさかではないが」

オデットはびっくりして顔を上げた。

「わたしが帰りたいと言ったら、素直に帰してくれるのか？」

「無論、そなたを愛する者として、全力で引き留めるのは間違いない。我が愛する女をないがしろにする者しかいない国に、なぜわざわざ行かせねばならぬ？」

「……」

こちらを見つめるジョセフの瞳に、いたわりと心配の色が浮かんでいるのを見て、オデットはハッと息を呑んだ。

向けられた笑顔は苦々しく、もしオデットが帰ると言い出しても仕方ないか……と言いたげであった。

だからこそ、隠し切れない不安がその青い瞳に出ていることに、オデットの胸はきゅうっと切なく締めつけられる。

こんなふうに自分を心配しつつも、その意思を尊重したいという思いをまなざしで伝えてくれる相手など、オデットの人生には存在しなかった。

大切にされていることがわかって、涙が出そうなほどに胸の奥が温かくなってくる。

(帰りたい……のだろうか。わたしは、エアロンに)

帰ったところで、ゼア王から「死に損ないめ」と罵られるのがオチなのに。

王妃からも王女たちからもさげすまれて、貴族たちからは嘲笑の的にされ、騎士団からも距離を置かれる。問題ばかり起こす実母の金ヅルにされ、そのお守りを押しつけられる……。

誰が、そんな場所に戻りたいと思うのだろう。

それに、今や王女隊の面々にも、以前のような親しみと信頼感は覚えなくなっている。

行軍続きで疲れていたからといって、看護師の娘を犯そうとしたことは許し難いし、彼らを排除したあとでも不満が消えなかったのも……本当はかなり恐ろしかった。

極めつけは、副隊長リックの、あの態度。オデットが女になったと悟った途端の彼の変貌ぶりには、驚かされる以上に背筋が凍えた。

彼がオデットに何かしら期待をかけて、盲信していたのは明らかだ。

リックに限らず、ほかの面々にも似たようなところがあるとしたら……。そう考えるだけで空恐ろしい。

それにジョセフは、部下たちをイーディンの使節として、エアロンに帰す予定だと言った。

親書を運ぶという名誉ある役目を与えることで、彼らに非がないことを示そうと考えてくれたわけだ。

お粗末な命令を与えてオデットを放り出した挙げ句、捕まったら捕まったでさっさと帰せと言ってくるエアロンに対し――イーディン国王ジョセフの、なんと懐の深いことよ。

さらに彼は、オデット本人が望むならエアロンに帰すことも認めると言っている。自分をこれほど淫奔な身体にしたくせに放り出すのかと怒ってもいい気がするが、オデットの裡から出てくる思いは感謝のみだ。

心配してくれたことが嬉しい。部下の処遇を考えてくれたことも嬉しい。

誰からも愛されずに邪険にされてばかりの自分の身の上を、愛情を持って考えてくれたことが、信じられないほど嬉しい――……。

何も言えずただ涙ぐむオデットをどう思ってか、ジョセフは彼女の肩に湯をかけながら、ゆっくり語りかけた。

「一度、王女や隊長という立場から離れて、今後のことをじっくり考えてはどうだ？　まぁ、部下の待遇を引き合いに、そなたに淫行を迫ったおれが言っても説得力はないが……。だが、そのくらいの荒療治をしなければ、そなたは自分をただの一人の女として省みることもなかったであろう？」

それはその通りだ。オデットの行動指針の中心には常に『立場』というものがあった。エアロンの王女として、国軍の大将として、王女たちの隊長として——と、常に立場にふさわしい働きをすることばかり考えていたのだ。

エアロンにいる限り——エアロンの外にいても、部下が側にいる限り、オデットは自分の身のふり方を、自分の『心』を中心に据えて考えていくことすらできない。

ジョセフはそれを見越しているのだろう。落ち着いた声音でオデットに道を示してきた。

「一度、己の身一つになって、今後の人生を考えてみるのも悪くないのではないか？」

……ずっと、自分は生まれてはいけない存在で、それでも生まれてしまったからには、国のために生きて死ぬべきなのだと思っていた。オデットだけでなく、オデットを取り囲む人々も全員がそう考えていた。

ジョセフだけが、別の道を提示してくれる。不遇な運命にがんじがらめになっていたオデットにとって、ジョセフのその言葉は嵐を貫く一筋の光のごとく輝いていた。

(わたしは……自由になっても、いいのか？)

過ごしたい場所、一緒にいたい人、やりたいことを自分で決める。

そんな人生が叶うなんて……。

想像しただけで胸が熱くなり、喜びと、未知への恐怖に震えるばかりになるオデットにジョセフがささやいた。

「無論、考えた暁に、おれと一緒になることを決めてくれれば最高だがな」

オデットはくちびるを震わせながら、そっと自分を抱きしめる男を見上げた。

「わたしは……ここにいても、いいのだろうか？」

ジョセフは優しげに、そして愛おしげに微笑んで、くちびるを軽く重ねてきた。

「いいに決まっているであろう？　むしろなぜ疑問を抱くかがわからぬ」

「迷惑をかけるかと……」

すると、今度は強くぎゅっと抱きしめられた。

「愛おしい女が側にいることを幸せに思う男はいても、迷惑に思う男はおらぬ」

しっかりした言葉に、オデットの胸はさらに震えた。

「何度でも言うぞ、オデット。おれはそなたに惚れている。そなたのうわさを聞きつけ、影武者を立ててエアロンに忍び込んだ折、王女将軍として戦うそなたを見て、即座に心を奪われたのだ」

オデットの髪をなで、頭頂にくちびるを押し当てながら、ジョセフは熱を孕んだ声音で語った。

「王女ながら敵をなぎ倒すその力にも、自軍を鼓舞する魅力にも、興味を掻き立てられた。……だが、途中からはそなたの中に潜む、もろさや危うさにも大いに惹かれた。ここまで折れずに懸命に生きてきた、一人の強き女としてのそなたを、心から愛している」

「……っ」

どれだけ成果を上げても、誰も見向きもしなかったのに。まさか山の向こうにある大国の王が、こんなふうに自分を見ていてくれたなんて。

これまでの苦労や苦悩ごと包み込まれる感覚に、オデットは耐え切れずほろりと涙をこぼした。

ジョセフはそんな彼女の顔中にキスを浴びせて、泣き顔すら愛おしいとばかりに正面からしっかり抱きしめてくれる。

「これまで苦労したぶん、これからは自分の幸せのために歩め。いくらでも思い悩むがよい。己の人生、生き方のことなのだから。……ただ、おれは黙って待つのはできない性分でな。たまにはこうして抱かせてくれると嬉しいぞ」

ちゃっかり自分の希望をつけ足すジョセフに、オデットは思わず噴き出した。

捕らわれて、縛られて、あられもなく乱されて、ひどいこともたくさんされたと思うのだが……その根底に愛があるとわかると、こんなにも胸が満たされるものなのかとオデットは少しおかしくなった。

ただ、こうして暖かな湯に浸かって、むつみ合うようにふれ合っていると、信じられないほど心が安らいでいく――。

気の利いた言葉でも返せればいいが、今のオデットにはまだ難しいことだ。代わりに、男の肩口におずおずと頭をもたせかけて、身体を完全にゆだねる。

自分の持ち物は身一つだけになった彼女にとっては、この行為こそが、信頼と親愛の証だった。

ジョセフもそれを感じ取ったのだろう。

これまでにないほど満ち足りた笑顔を浮かべた彼は、オデットの顎を優しく持ち上げ、柔らかくくちびるを重ねてきたのだった。

＊＊＊

翌日。オデットはジョセフに誘われ、王城の西側にある四階のバルコニーへ出ていた。

彼が指さすほうを見てみれば、王女隊の面々がちょうど釈放され、国境に向け返されるところだった。

捕まっていたときの衣服や武器、馬はそのまま返されたようで、彼らは隊列を組んでしずしずと歩いて行く。

「――最後の挨拶は必要ないとのことだったが、よかったのか？」

ジョセフが少し気遣わしげに尋ねてくる。

挨拶も見送りも拒否したオデットをあえて連れ出してくれたのは、彼なりの気遣いだろう。オデットはそれに対して感謝を抱きつつ、「いいんだ」ときっぱり答えた。

「彼らの隊長は、もういないから」

――王家に生まれた者の定めとして、死ぬために生きてきた過去の自分と、一人の女としての生き方を示され、それを探したいと思いはじめた今の自分は、もう相容れない。

この道を選び取った瞬間、【王女将軍】という存在はこの世から消えたのだ。今のオデットは、ただのオデットという名の娘にすぎない。

王女隊の面々にしても、そんなオデットを隊長として敬いたいとは思えないだろう。

短い言葉からオデットの心情を察してか、「そなたがそう思うなら、それでいい」と、ジョセフも鷹揚にうなずいていた。

オデットの住まいは、湿り気を帯びた半地下の牢から、南向きの貴婦人らしい一室に変更された。地下牢に置かれていた衣装櫃は、二人の黒が新たな部屋に持ってきてくれた。

「囚人生活、お疲れ様でした。王女様のお世話をする機会はなかなかないので、新鮮でしたよ」

「痛みのない優しく淫らな拷問にかけることもね」

飄々と言ってのける黒たちに、オデットはなんとも言えずにくちびるを引き結ぶ。

おまけに彼らが「今度は陛下と楽しんでくださいね」と言いながら、例の羽根がいっぱいに入った箱を置いていったとなれば、なおさらだった。

黒に代わって世話係となったのは、オデットよりいくつか年上の侍女たちだ。ほかに、家庭教師もつくことになった。

『勉強に興味があるようだな。それなら、教師をつけて学ぶのはどうだ？』

空き時間は本を読んで過ごしていたオデットを見て、ジョセフがそう提案したのだ。

これまで勉強と言えば、エアロンの騎士養成所の授業しか経験していないオデットだ。イーディン語の読み書きのみならず、計算や歴史、文化も知りたいと思ったオデットは、ジョセフの提案にありがたくうなずくことにした。

そしてやってきたのは、厳格そうな女性教師だった。年は実母と同じくらいだろうか。その年代の女性というだけで知らずに身体がこわばるオデットに、教師はにこりともせずに挨拶した。

「エアロンの王女殿下ということですが、わたくしは相手が誰であろうと教育に手を抜くことはありませんので、そのおつもりで」

――宣言通り、教師の教えは厳しく、おまけに難しかった。

だが、間違えたりとんちんかんな答えをしたからといって鞭が飛んでくるわけでも、罰として馬場を走ってこいとも言われない。

オデットにとっては、それだけで充分に気楽なものだった。だが同室に控えていた侍女たちはまた別の感想だったようだ。

「オデット姫様は辛抱強いのですねぇ……。わたしたち、先生のあの声を聞くだけで恐ろしさで震え上がるほどで。叱られても泣かない姫様を心から尊敬しますわ……！」

「そ、そんなにしごかれているように見えたかな？」

オデットとしては寝耳に水というか、予想だにしないことだっただけに、変なところで尊敬されて奇妙な心地であった。

生活の変化はほかにもあった。

ジョセフが一緒のときに限り、オデットはイーディン国の騎士や兵士と一緒に軍事訓練を行うことを許されたのだ。

「――名高きエアロンの王女将軍、オデット殿下だ。軍事演習で目にした者も多かろう」

簡易鎧に身を包んだジョセフが、集まった兵たちにそう紹介する。

軍事演習で顔を合わせたときはオデットは甲冑に身を包み、ほとんどの時間で兜をかぶっていた。

今は素顔をさらしているし、身につけているのも、ジョセフが特注で作らせた簡易鎧だ。

胸を締めつけていた布は身につけていないので、甲冑を着たときとは比べものにならないほど身体の凹凸が出てしまっている。

まじまじと見つめられると体つきを検分されているような感じがして、どうにも居心地が悪かった。

(そもそも、敵……とまでいかずとも、わたしは他国の人間だし)

気楽な装いで鍛錬場に入ってよかったのかと、今さらながらに思ったが……。

「――まさか王女将軍が、このように美しい方だったとは……！」

最前列にいた騎士の一人が大きくうめく。

彼には見覚えがあった。合同軍事演習で、オデットが三人まとめて相手をしたうちの一人だ。

彼の発言を皮切りに、兵たちからは同意の声がどんどん上がっていった。

「合同演習じゃずっと兜をかぶっていたから、てっきり目も当てられない醜女だとばかり……！」

「こんなに可愛かったなんて！　おまけに胸もデカ――いてっ！」

「馬鹿！　そこは思ってても口に出すなよ。陛下の逆鱗にふれるぞっ」

兵たちが怖々と目を向ける先で、ジョセフ王はにっこりと涼やかに笑っている。

「わたしの気質をよく理解しているようで嬉しく思うぞ。罰として鍛錬場を十周で勘弁してやる」

「げっ――」

「二十周にするか？」

「いえ！　ありがたく走らせていただきます！」

軽口を叩き合った二人は、脱兎のごとくその場から逃げ出していった。

「――まぁ、とにかく。彼女はしばらく我が国に滞在されることになった。療養していたため今日は軽く身体を動かす程度だが、本人がいいと言えば鍛錬でもしてもらえ」

「稽古をつけていただけるのですか？」

懐疑的な兵たちに、ジョセフはにやりと笑った。

「軍事演習のときの彼女の実力がすべてだと思っていると痛い目を見るぞ。現におれは本気でやり合って、危うくやられるところだった」

「陛下がですか……!?」

ざわっと驚く兵士たちを見て、オデットは気まずさのあまり、たまらず声を上げた。

「そんなに持ち上げないでください。それに、わたしの戦い方は従来の騎士とはだいぶん異なるので、参考にもなりません」

しかしジョセフは「何を言うか」と真面目な顔で一蹴した。

「従来の騎士と違うからこそ、貴殿は王女将軍としてあまたの敵を屠《ほふ》ってこられたのだ。戦場で大事なのは騎士道でも基本の型でも、美麗な動きでもない。自分に合う動きを極め、最小限の動きと疲労で敵を屠ることだ。それを実践してきた貴殿は、ここにいる誰よりも戦いに長けている」

ジョセフはオデット一人に言うには大きな声で明言する。彼女があなどられないように配慮すると同時に、兵たちにも彼女をあなどるなと牽制するような声音だった。

「まぁ、そういうことだ。では各自、平時の鍛錬に移れ！」

「はい！」

「オデットも好きに動いてかまわぬぞ」

さらりと許可されたので、オデットはひとまず、鍛錬場を軽く走って身体を温めた。その後は体操と、模造刀を使っての素振りを百回。

十日近く鍛錬してこなかっただけにどうなるかと思っていたが、案外動けてほっとした。

そして、オデットのそんな様子をちらちら見ていた騎士から、手合わせをしたいと声をかけられる。

「一対一でお願いできますか？　今度は手加減なしでお願いします」

彼もまた、合同演習で打ち合った一人だった。オデットはうなずき、剣を軽いものに交換してから対峙する。

「――いざ！　うおおお！」

雄叫びを上げて向かってきた相手をギリギリまで引きつけ、オデットはさっと身をかがめた。

「いっ!?」

大上段から剣を振り下ろした相手がたたらを踏む。

オデットはその懐からすばやく飛び出て、相手の背後から首に剣をぴたりと押し当てた。

「は、速い……」

見物していた一人がごくりと唾を呑む。

オデットはそのあとも三人ほどを倒し、最後に、合同演習でやり合ったあの巨漢の兵と向き合った。

「うおぉりゃああ！」

と振り下ろされる大剣をひらりと避けて相手の間合いにあえて入り込んで、柄の部分で脇を打つ。

「うげっ！」

利き手の腋をやられると、腕が痺れてしばらく動かせない。地味だが、実戦では有効な手なのだ。

どれもこれも勝ち方としては邪道の極みだ。だが膂力に劣る女が戦場で勝ち進み、生き残るための動きと聞けば皆も納得したようで、なるほどとうなずいていた。

オデット自身、剣を持って動くのは単純に楽しかった。兵士たちの中には小柄な者もいて、個人的にオデットの動きを教わりたいと申し出る者もいたほどだ。

彼らに教えていると、祖国で王女隊の面々を鍛えていた頃を思い出せて少し懐かしい気持ちにもなる。

剣の腕を純粋に慕ってくれるのは嬉しいもので、オデットも持ち得る知識と知恵を惜しみなく彼らに与えた。

そのせいか、五日も過ぎる頃には、オデットはイーディンの騎士たちに快く出迎えてもらえるようになったのだった。

＊＊＊

牢を出てから、あっという間に二週間が経過した。

オデットの黒髪を丁寧にとかしていた侍女が「うーん……」と悩ましい声を上げる。

「どうしたの？」

「いえ、姫様の髪がずいぶん伸びてきたと思いまして……。結える程度に伸びるのは大歓迎なのですが、おかげで枝毛も増えてきています。伸ばすにしても、傷んだ髪には定期的にはさみを入れて、手入れしていかないといけないんですよ」

ほかの侍女も「確かに、そろそろ散髪するべきね」とオデットの髪を見ながら言っていた。

（髪なんて、伸びたら自分で適当に切っていたものだったが）

それも自分の細剣で……などと言ったら、良家育ちの侍女たちは卒倒しそうだなと思いつつ、オデットは黙って鏡台の鏡に映る自分を見つめる。

髪が肩につくほど伸びたのもそうだが、全体的に血色がよくなった気がする。ずっと厳しい行軍続きで碌なものを食べていなかったし、寝台で眠ることも少なかった。

だがイーディン王城に入ってからの一ヶ月近くは、充分な量の（しかも美味しい）食事と、快適な睡眠と適度な運動、何より侍女たちが美容に気を遣ってくれるおかげでずいぶん女らしさが出てきたなと思う。

最初は違和感だらけだった自分のドレス姿も見慣れてきたし、なんというか、板についてきた。髪がさらに伸びれば、もっと見目よくなるだろう。

（……女らしい外見を、このわたしが気にするようになるなんて）

女であることを否定する生き方をしてきたこれまでの自分が見たら、目を剥きそうな変化だなと思う。

だが、心はこれまでにないほど穏やかで、ここでの生活は……楽しかった。なにかを教えられるのも、何かを教えるのも、新鮮でわくわくする。

だからこそ、そろそろ己の身のふり方を考えるべきだという気持ちも強くなってきた。

(王女隊が持参した親書はとっくに届いているはずだ。ゼア王とジョセフ王のあいだで、どのような話し合いが進んでいるのか……)

ジョセフに尋ねれば教えてくれるだろうが、なんとなく聞くのははばかられた。彼も最近は忙しいのか、鍛錬場にも顔を見せない。

もうオデット一人で鍛錬場に出てもいいと言われているので、彼女はいつも通りの時間に、簡易鎧に着替えて外に向かった。

(ずいぶんと暑くなってきたな)

暦はいつの間にか初夏に移っている。

エアロンでは社交期に入る季節だ。抵抗が激しかったスナブジも平定して、西側諸国はエアロン一強時代に入ったと言ってもいい。きっと盛大な催しが続いているだろう。もしかしたらジョセフが忙しいのは、イーディンは、社交期はもう少し遅くはじまるらしい。もしかしたらジョセフが忙しいのはその兼ね合いもあるのだろうかと思えた。

(そもそも彼は一国の王。忙しいのが常である立場なのだ)

そうでありながら、何かとオデットを気にかけては、よく訪ねてくる。

夜にやってきて、激しく抱いてくるのはもちろんだが……たまに昼間もふらりと姿を見せては、菓子や花を持ってきてくれたりした。

侍従に任せればいいことなのに、休憩がてら顔を見に来たのだと言われると……大切にされ、また愛されていると感じられて、胸の奥がほっこりと温かくなる。

夜に激しく求められ、あられもない声を上げるまで抱かれるのもきらいではないが……こんなふうに気遣われるとどうにも面はゆくて、たちまち頬を染めてしまうオデットだ。

こんな恋する乙女のような反応も、自分の人生には無縁であろうと思っていたのに。

そんなことを考えながらも、鍛錬場でしっかり身体を動かし、日が暮れる前に部屋に戻ろうとしたときだった。

「失礼します、王女殿下。少しよろしいでしょうか」

「？　なんだ」

数週間目から指導している小柄な兵士がやってきて、何やら手紙のようなものを差し出した。

「門番から、王女様に渡してほしいと頼まれました」

「ああ、ありがとう」

……ここ数日、こういう手紙が差し入れられることが多くなっていた。

最初は得体の知れないものに感じられて、自分では開封せずに、その場にいた騎士や兵たちに頼んで開けてもらっていた。

だが、書いてある内容は実にたわいもないことだった。

『王女様が剣を振るう姿を拝見しました。とても勇ましく美しかったです』

『鍛錬場だけでなく、女官がおしゃべりしている裏庭にも是非来ていただきたいです』

『素敵なお花が咲いていたので、是非王女様に』

という感じの、いわゆる……ファンレターのようなものだったのだ。

リボンでまとめた花束や、押し花、匂い袋などが添えられていることもある。

鍛錬場の外からオデットを見た女使用人が、可憐ながら勇ましい立ち居振る舞いの王女将軍にすっかり骨抜きにされた……ということのようだ。

騎士の姉妹や恋人の中にもオデットのファンという女性は多いらしく、騎士や兵士から、この手の手紙が差し入れられることもしょっちゅうだった。

(エアロンの王城で針のむしろ状態だったのが、悪い夢みたいに思えてくるな)

恥ずかしいけれど、嬉しい変化だと思いながら手紙を開けたオデットだが——そこに書かれていた文章を見て、思わず足の動きが乱れかけた。

「なんだって……!?」

驚きのあまり大きな声が出て、オデットはあわてて口を塞ぐ。さっと周囲を見るが、手紙を渡した兵も去ってしまい、近くには誰もいない。そのことにほっとため息が漏れた。

そしておそるおそる手紙の文面を再読する。何度読んでも内容は無論変わらなかった。

「そんな、リック……!」

手紙は王女隊の副隊長、リックからのものだった。

なんと王女隊の面子は現在、エアロンの国軍に追い回され、命を狙われているという。

『イーディン側に逃げ込んできたので、かくまってほしい――』

そう記された手紙に、オデットは心臓がどくどくといやな鼓動を刻むのを感じた。

（なぜエアロンに戻った彼らが国軍に追われることに……。まさか）

イーディン国王の親書を持っていったことで、逆賊と認定されたのだろうか？

（そんな……。王女隊に所属する者はそのほとんどが良家の出身だぞ。リックだって侯爵家の次男なのに）

使節として働いただけで国を追われる事態になるなど。彼らはもちろん、その家族にとっても想定外のはずだ。

（だが、かくまうと言っても……）

オデットは客人待遇で置いてもらっている身だけに、勝手な真似はできない。

（ジョセフ王に相談を）

だが、彼はリックが暴れたのを不快そうに見つめていた。かくまってほしいとオデットが言ったところで、聞いてくれるかどうか……。

そう逡巡しているあいだに、王宮女官が「王女様」とぱたぱた駆け寄ってきた。

「王女様にお手紙ですよ。最近多いですね」

女官はふふっと笑いながら手紙を差し出してくる。オデットはなんとか平静を装い「ありがとう」と受け取った。

女官が去ったあとでそっと手紙を開く。それもまた、リックからの手紙だった。

「『夜に鍛錬場に一人で出てきてほしい』……？」

手紙の内容にオデットは首をかしげる。

王城の外で待ち合わせならまだしも、城の敷地内である鍛錬場に呼び出されるなんて。

「……」

リックたちのことは心配だ。エアロン軍に追われているなら、なおさら助けたい。

しかし……なんとなく引っかかるものがある。

こういうときの違和感は無視してはいけない。度重なる戦場で何度も経験してきた。

そしてこの手の第六感は、悲しいことにだいたい当たる。

「……」

その場にどれほど立ち尽くしていただろう。帰りが遅いことを心配してか、オデット付きの侍女が駆け寄ってきた。

「オデット様！　遅いお戻りでしたね。鍛錬のあと、お散歩でもされていたのですか？」

にこにこと近寄ってくる侍女に対し、オデットは意を決して口を開いた。

「ジョセフ王にお目にかかりたい。わたしから会いに行くのは禁じられているだろうか？」

侍女は目を丸くしたが「いいえ」と首を横に振った。

「特にそのようなことを禁止されてはおりません。ですが――」

「何？」

「ジョセフ陛下はちょうど今、外務大臣のオンジェル侯爵とお出かけになっているところです。何かの手続きとやらで……。お戻りがいつかはわからないのです」

「なんだって……？」

「そのことで、陛下からカードも預かっております」

侍女が差し出したカードには『視察がてら少し城外に出てくる』と記されていた。

（なんというタイミングの悪さ……）

オデットはくちびるを噛みしめる。オデットの様子がおかしいことに気づいて、侍女も不安そうな顔になった。

「……それなら、すまないが、宿舎に戻った騎士を呼び戻したい。可能だろうか」

「もちろんです。少しお待ちください」

侍女はすぐに動いて、訓練を終えて散り散りになろうとしていた騎士たちを呼び戻してくれた。

だがジョセフからの招集ではないため、集まったのはオデットが普段から親しくしている十人ほどだ。彼らはオデットの思い詰めた顔を見て、不思議そうに目をまたたかせる。

「王女殿下、どうなさったのです？」

「……その」

オデットは先ほど届いた二通の手紙を示した。

「わたしが率いていた直属部隊の、副隊長からの手紙だ」

「……こりゃあ、臭いますね」

集まった中でも一番立場が上の者が手紙を受け取り、思い切り顔をしかめた。

「書いてある通りかもしれませんが、罠の臭いもプンプンしません？」

「やはり貴殿らもそう思うか……」

オデットは肩を落とす。

「わたしもそうではないかと考えて、陛下にご相談しようと思ったのだ。だが陛下は視察に出かけてしまわれた」

「それで、おれたちに声をかけてくださったんですね。その判断はたぶん正しいです。こういうのは馬鹿正直にお一人で出て行って対処するのが、一番駄目な奴です」

手紙を返しながら騎士が真面目な面持ちでうなずいた。

「ただ、可能性は低いですが、殿下の部下が本当に困っている可能性もあります。とりあえず我らは茂みにでも潜んで、この副隊長がやってくるのを待ちますね」

「すまない……疲れているところに、妙なことを頼んで」

「なんの。殿下がジョセフ陛下と結ばれりゃ、おれたちはお二人の護衛にもつきますし。その予行練習みたいなもんですよ」

騎士たちは頼もしい笑顔で請け合う。

オデットも「よろしく頼む」とうなずきを返した。


——そうして、夜。

指定された時間に鍛錬場に出てきたオデットは、門に近い位置で一人待つ。

リックは本当に来るのだろうかという不安と、来たら来たでどう話せばいいのかという不安で、胸の中がとにかく重苦しい。

やがて——いったいどこから入り込んだのか、リックは門のかたわらにある小さな穴からごそごそと這い出してきた。

「こんなところに穴が……」

「驚きましたか？　数日前から少しずつ掘り進めていたのですよ」

ちょうど茂みに隠れて見えない位置にあっただけに、オデットはあんぐりと口を開ける。

同時にリックが『数日前から』と言ったことに眉をひそめた。

「どういうことだ？　おまえは今日になって命からがらここまで逃げてきたのではないのか……？」

どこにでもいる傭兵の格好をしたリックは、パンパンと土や砂を払いながらオデットの前に出てきた。

「おれの手紙を信じるなんて、さすがは隊長。お優しいです——ね！」

「っ！」

一瞬で肉薄されて、オデットは反射的に飛びのいて剣を引き抜こうとする。

だが長く一緒に戦ってきたリックは、オデットの動きを心得ている。それより先に、足元の砂を彼女に投げつけてきた。

「うっ……！」

細かい砂が目に入って、思わず体勢が崩れる。すぐに踏ん張ろうとしたが、その前に後ろから首に腕を回されきつく締め上げられた。

そこへ、隠れていた騎士たちが一気に出てくる。

「姫君に何をする、ならず者め！」

武装した十数人に囲まれるが、リックは特に驚いた様子もなく、暴れるオデットの首を腕で締めつける。

「ふふ、さすがは隊長だ。情に流されず理知的な判断を下して、イーディン兵を大量に潜ませてくれましたね」

どうやらリックは、最初からオデットが一人でやってくるとは思っていなかった様子だ。わざわざ『一人で来い』と指定することで、かえって大勢を引きつれてくると予想していた感じすらある。

「わたしをどうするつもりだ」

締め上げられて顔をゆがめながら、オデットは鋭く尋ねる。

リックは答える代わりに、何やら妙な香りを染み込ませたハンカチをオデットの口と鼻に押しつけてきた。

「うっ……！」

「姫君！　てめぇ、オデット様を離せ！」

イーディンの騎士たちが凄んで、剣を抜いて駆け寄ってくる。

しかしリックはオデットを片手で抱えたまま後ろに大きく跳躍し、懐から取り出した手投げ弾を迷わず彼らにぶち込んだ。

「うわぁ！」

ボンッと音を立てて手投げ弾が爆発する。もうもうとした煙が立ち込め、騎士たちはゲホゲホと咳き込んで膝をついた。

「畜生っ、催涙効果のある煙だ！　――げほげほっ！」

リックはオデットを引きずって走りながら、またいくつかの手投げ弾を投げる。

立ち上る煙が煙幕代わりになり、彼はまんまとオデットをさらうことに成功した。


「わたしをさらってどうするつもりだ、リック……！」

後ろ手に縛られ馬に乗せられたオデットは、激しく揺れる馬上で必死に叫ぶ。

あの布にはしびれ薬か何かが仕込まれていたのか、指先から徐々に力が抜けていくのがわかった。

エアロンの方角へ馬を走らせるリックは、ふふっと小さく微笑む。

「どうするも何も、国王陛下のご命令なんですよ」

「ゼア王陛下の……!?」

目を見開くオデットに対し、リックは忌々しそうに眉をひそめた。

「おれもあの男のために動くのは不本意ですけどね……。あなたを五体満足で連れ帰れば何をしてもいいと言われているので、この仕事に乗ったのですよ」

「仕事……っ？」

だんだん頭の中が痺れてきて、オデットは必死に顔を上げて意識を保とうとした。

「ま、陛下があせるのも無理はない。あなたが抜けたエアロン軍は、どうしようもないゴミどもの集まりだ。統制が取れない軍など、穀潰しでしかない」

「なんだって……？」

オデットのほかにも将軍職に就いている者は何人もいた。確かに、実戦経験はオデットが頭一つ飛び抜けていたが……王女将軍を欠いただけで、エアロン軍がそこまで瓦解しているとは。

リックはもうオデットの質問に答える気はないらしく、馬に鞭をくれてさらなる速さで国境へと突き進んでいった。

荷物のように運ばれたこともあってか、国境から広がる森へ入る頃には、オデットはもう足元がおぼつかない状態になっていた。馬から下ろされるなり地面に倒れ込むと、リックが面倒くさそうに舌打ちしてくる。

「さぁ、さっさと入ってくださいよ」

どんっと突き飛ばすように押し込められたのは、狩猟小屋とおぼしき、どこにでもありそうな古い小屋だった。

「ここは……」

「イーディンに再潜入してから探し当てた場所です。さすがに一日で国境まで行くのは難しいですし」

「うっ……」

「おれも、おめおめと王の命令に従う気もないのでね」

真っ暗な小屋に小さな明かりをつけて回ったリックは、オデットの胸ぐらを掴むとその身体を粗末な寝台に投げ込んだ。

「リック……っ」

「気安く呼ばないでもらえませんか、まんまと穢されたエセ王女め」

オデットの髪をぐっと掴み上げて、リックが凄む。

その目に宿る光は、運動場で見せたあの狂気と同じものだった。オデットはすっと背筋を冷やす。

「やめろ……っ」

「なぜあんな男に穢されたのです？　高潔で清廉な王女将軍なら、貞操の危機にあれば舌を噛んで自害するくらいのことをせねばならぬはず……！　あの男に穢されることを悦んでいたのですか？」

「ちがっ……！　うっ」

「口答えするな！　裏切り者が！」

オデットの頬を容赦なく打ち据えて、リックがヒステリックな声で叫んだ。

「おれはね、ずっと隊長に憧れていたんですよ……ゼア王陛下にあれだけ冷遇されながら、腐ることなく戦場で功績を挙げ続けた、美しく不憫な王女将軍……！　おれはそんなあなたが大好きで、誇らしくて……同時に恨めしかった。うだつの上がらない次男坊にとって、あんたは憧れでもあったが、目障りでもあった！」

「っ！」

がちゃがちゃと留め具を外して、リックはオデットの胸から簡易鎧を剥ぎ取った。

鎧の下の胴着ももどかしげに脱がせて、はぁはぁと荒い息をつきながらオデットの胸元に視線を注ぐ。

「あんたが自軍を鼓舞するためのただのお飾りなら、こんな気持ちにもならなかったさ。戦場に出されたかわいそうな王女様と思うだけでよかった。……だがあんたは実際に強く、命を懸けた戦いでは誰も敵わない——だからこそ美しく、唯一無二の存在で——処女だからこそ、よけいに神がかって見えたのに……！」

オデットのシャツを引きちぎるように剥いだリックは、その下の絹の下着を見て鼻息を荒くする。

「ただの女に成り下がるなんて、あり得ない。あんたは王女将軍でいなければいけないんだ。王家の皆にさげすまれ、王宮で嘲笑され、それでもなお凜と立つ穢れのない騎士——それがあんたのすべてだったのに、むざむざと他国の人間に散らされやがって!!」

ビリッと音を立てて下着を破られ、豊かな乳房が蝋燭の明かりの下にさらされる。それを目の当たりにしたリックは真っ赤な顔をゆがませ、ふくらみを乱暴に掴んだ。

「くそ、くそっ！　この売女《ばいた》！　淫乱め！　こんな胸をこれまで隠しやがって……！」

「うっ……！」

ぎゅうぎゅうと乳房の肉を掴まれ、痛いくらいの力で揉まれる。それなのに肌の奥が一気に熱くなり、オデットは大いに戸惑った。

「あ、うっ……？」

「ははは、残念だったな！　あんたに嗅がせた薬には、興奮剤も入ってたんだよ。しびれ薬との併用でより効きやすくなるそうだが、さぁ、どんな具合だ？」

オデットの胸に舌を這わせながら、リックがはぁはぁと興奮気味にささやく。胸の谷間に顔を埋めて舌を伸ばす様は、さながら犬のような醜さだ。

それなのに薬のせいなのか、気持ち悪い愛撫にすら肌がぞくぞくと震えて、身体の芯が炙られたように熱くなってくる。

「な、にを……するつもりだ……っ？」

「今さらそれを聞くか？　おれの崇拝する処女じゃなくなったおまえなど、ただの淫売だ。おれもイーディン王と同じくおまえを堕としてやるよ……！」

興奮と性欲と、憎しみと憧れの入り交じった複雑なまなざしで、リックはオデットを睨みつけてきた。

「陛下はとりあえずおまえの存在さえあればいいという風情だったからな。おれがここでおまえを薬漬けにして堕としても問題にはされないさ……！」

「んあぁあう……！」

――勝手に憧れを抱き、勝手に幻滅して怒りをぶつけてくる相手に感じたくなどないのに、もともと敏感な乳首を引っぱられ舐め回されるだけで、下腹部の奥が熱くたぎって止まらなくなる。薬のせいだとわかっていても、身体が心を裏切る現実に胸が潰れそうだ。

(気持ち悪い……っ)

ジョセフにされているときは気持ちいいばかりの刺激が、相手が変わるだけで吐き気がするほどの嫌悪感に見舞われるなんて。

ほどなく脚のあいだが潤んでくるのを感じて、オデットはくちびるを噛みしめた。

「はぁ、はぁっ、この好き者め。いやらしい女め。高潔然としていながら、こういうことが好きなんて、やっぱりあの悪女マドリンの娘だな」

オデットの胸に顔を埋めて舌舐めずりしながら、リックは勝手なことをべらべら話す。

「いやらしいことなんか興味ないって顔をしていたくせに！　真面目に務めているのに誰からもさげすまれて、そんなおまえがかわいそうで、哀れで、だからこそ可愛いと興奮していたのに！　それを裏切りやがって……！」

自己中心的な幻想にひたって、勝手に崇めていたのはそっちだ。オデットは心の中で罵倒しながら、どうやったらこの状況から逃れられるか、必死に頭を働かせようとする。

だが薬と刺激による快感を抑えるのに精一杯で、とてもではないが良案は浮かばない。

煙幕に巻かれた騎士たちのことも気がかりだ。誰も怪我をしていないといいが……。

何より……。

(ジョセフ王に顔向けできない……)

自分の元部下にさらわれ、こんなふうにもてあそばれたなど。彼が知ったらどう思うだろう。あきれられる？　……きらわれる？

（きらわれたくない）

オデットの眦に自然と涙が浮かんだ。

（ジョセフ王には……きらわれたくない）

なぜだか強くそう思う。

同時にジョセフのことを思い出したのがいけなかったのか、身体がそれまで以上に熱く火照って、乱暴な愛撫にすら感じはじめてしまった。

「んあ、あっ……んぐぅ……！」

「は、はは、はははは っ……！　なんだよ、感じているのかよ！　やっぱり淫乱じゃないか！　裏切り者がっ、隠れた淫売が！」

無反応だとムキになってさわってくるくせに、いざ声を出すとそれが許せないようで、リックは高笑いしたかと思ったら急に憤怒の面持ちになり、オデットの頬を打ち据えた。

「くそ、くそっ！　犯してやる！　あんなクソ王なんて忘れるくらいによがらせて、奴隷にしてやる……！」

身体を起こしたリックはオデットのベルトに手をかける。硬い革製のベルトは下着のように引きちぎるわけにはいかず、留め具を外すのに苦労しているようだ。何度も「くそっ！　ちくしょう！」と罵りの言葉が響く。

やがて留め具がガチャリと音を立てて外される。もう駄目だ——とオデットの目の前が絶望で染まったときだ。

扉がバンッと乱暴に開き、重たい足音と打撃音が響き渡った。

「うがぁっ!!」

リックが無様な悲鳴を上げて床を転がる。

きつく目をつむっていたオデットは、身体から重みが消えると同時に力強く引き起こされ、ハッと目を開いた。

「ジョセフ王……!」

「すまない、駆けつけるのが遅れたな」

息を切らしやってきたのは、騎士の軽装にマントを羽織ったジョセフだった。かなりの速度で駆けつけたのか、金の髪が汗で肌に貼りついている。

オデットは安堵のあまり急に力が抜けて、ほろりと涙をこぼした。

そんな弱々しい反応とはだけた胸に、何があったのかすぐに察したのだろう。ジョセフ王は見るのも恐ろしい顔つきになって、床でのたうち回るリックを見やった。

リックは頭を思い切り打擲《ちょうちゃく》されたのか、顔の半分を血で染めながら必死に起き上がろうとしている。

「き、さまっ……!　貴様ぁあああッ!」

「ああ、うるさい奴だ。負け犬ほどよく吠えるとは聞くが、本当だな。――おい、縛りつけておけ」

「はいはーい」

入り口からひょっこりと現れたのは、真っ黒な装束を着込んだ二人の黒だった。顔は見えなかったが、どうやら彼らはオデットを世話していたあの二人のようで、こちらをちらっと見ると「お久しぶりです」と手を振ってきた。

オデットに対してはのんびりと友好的な黒たちは、逃げようとしたリックを意外と俊敏な動きで押さえつけて、さっさと縛り上げる。後ろ手に縛った上で柱にくくりつけるそのやり方は、神がかった速さだった。

「んぅ、ん――ッ!!」

布を噛まされたリックが、柱がきしむほどの激しさで抵抗を見せる。

彼がジタバタとうるさくする中、オデットはジョセフによって戒めを解かれた。

「は、ぁ……っ」

滞っていた血流が流れたせいか、あるいはジョセフの体温を感じてすっかり安心したのか。嗅がされた興奮剤の効果が一気に出てきて、熱いため息が漏れた。

「何かされたか？」

オデットの様子に気づいて彼が鋭く尋ねてくる。

「あ……くすり……興奮剤って……」

「……なるほど。その男は首を刎ねてエアロンに送り返そうと思ったが、その前に拷問にかけたほうがよさそうだな？」

冷え冷えとした怒りを隠そうともせず、ジョセフがリックを睨みつける。リックは怒りのあまり我を忘れているのか、そんな目を向けられてもうるさく暴れるばかりだ。

「猿ぐつわを噛ませてもこのうるささか。どうにかできないか？」

「すみません、急に陛下が飛び出して行かれたので追いかけるのに必死で、薬の用意などはなく」

黒が申し訳なさそうに答える。一方で「こんなのはありますよ」と、もう一人の黒がいつかの羽根を取り出した。

「オデット様もおつらそうですし、見せつけて差し上げたら、それこそ精神的なよい拷問になるかと」

しれっとした黒の言葉に、ジョセフは「確かにな」と意地悪く微笑んだ。

「どうやらそこの騎士は、我が女の媚態にさまざまな感情を掻き立てられている様子だ」

「――あんっ！」

不意にジョセフの指先に乳首を引っぱられて、オデットは甲高い声を漏らした。

同時に身体に渦巻く熱が一気に広がって、はぁはぁと速い呼吸が漏れる。

「あ、あっ……、熱い……っ」

「薬が回ってきたな？　すぐ楽にしてやろう」

寝台に腰かけたジョセフは、力の入らないオデットを自分の膝に座らせ、その背後から豊かな胸を揉みしだく。そう、リックに見せつけるように――。

「んぅ、ン――ッ！」

リックが何やら大声でわめく。布のせいでかわからないが、真っ赤な顔とつり上がった眉から、やめろとでも言っているように感じられた。

だがジョセフの手から施される愛撫は気持ちいいばかりで、快楽に駆られるオデットはリックにかまっている余裕などない。リックにふれられた気持ち悪さの反動もあってか、乱暴に乳首をこすられるのも引っぱられるのも、ひどく感じてたまらなかった。

「あ、あひっ、あぁあん……！」

「よしよし、可愛いオデットめ。下も脱いでしまおうか」

ベルトがすでに外れていたため、ジョセフはさっさとオデットの脚衣を下着ごと下ろす。

そして腰に腕を回し、力の入らない彼女ごと立ち上がった。

「あ、あぁっ、いやぁ」

脚衣からオデットの右足を引き抜かせたジョセフは、彼女の右脚を高々と掲げ、濡れそぼった秘所をリックにさらす。

リックはより真っ赤になって何事か叫ぶが、ジョセフが器用に花芯を刺激してきたせいで、オデットは甘い声を上げるばかりだ。

「はぁ、あぁああ！　ひぁ、あ、あぁあう、きゃあああう……！」

「ふふ、花芽がぷっくりふくらんで、可愛いことだな。こちらにも欲しいか？」

「ひやぁあああん！」

指を二本、蜜壺に埋められ、じゅぷじゅぷと音を立てながら抜き差しされる。

高々と持ち上げられた右足の内腿をぷるぷるさせながら、顎を反らしたオデットは恍惚の面持ちを見せた。

「は、あぁ、いい、いいのぉ……！」

「素直でいいな。ああ、大洪水だ」

「やぁああうっ！」

親指の腹で花芯をぐりぐりと圧され、オデットはたまらず激しくのけぞる。豊かな乳房が上下に弾み、ジョセフはそれにも愉悦の笑みを浮かべた。

「んぐっ、ぐぅう……！」

一方のリックは苦しげなうめき声を上げる。その目には涙がにじんでいて、全身がぶるぶると震えていた。

「……おい、そっちの奴も大変そうになっている。おまえたちで可愛がってやれ」

「はいはい、そう言われるのをお待ちしておりました」

ジョセフの低い命令に楽しげな言葉を返して、黒たちはリックのベルトを外しにかかる。脚衣の前を開くと、すっかり勃起した一物がぶるんっと震えながら顔を出した。

「ほう、なかなか立派なものではないか。おれには敵わぬがな」

「ぐぅう……！」

局部を露出させられた怒りか、リックは柱を折るのではないかというほどに暴れる。

しかし黒たちが手にした羽根で勃起した根元を優しくこすると、びくんっと面白いほどに身体を跳ね上げさせた。

「ふぐぅうう！」

「おいおい、たったそれだけでいくつもりか？」

ビュクッ！　とたまらずに射精したリックを見て、ジョセフがあきれた声を出す。

彼は屈辱に涙ぐんでフーフー言いながら、全身を激しく震わせた。

一方のオデットはジョセフの手が止まったのを感じ、湧き上がる快楽に負けてすすり泣きを漏らす。

「あ、あ、やめないでぇ……っ、動いてぇ……！」

思わず腰を振りたくって哀願すると、ジョセフが「うむ、すまぬな」と抜き差しを再開させる。

「んあぁあああ……！」

下腹部の奥から湧き上がる燃えるような愉悦に、オデットは真っ白な喉を反らして感じ入った。

「はぁ、あぁ、あぁあ……！　いくぅっ……！」

蜜壺がきゅうっとうねるのを感じてか、ジョセフがすばやく指を引き抜く。

「んやぁああ！」

あとを追うように大量の潮がぷしゃっと噴き出し、リックの足元にまで飛び散った。

「ふぐぅう……！」

リックが怒りとも絶望とも取れぬうめき声を上げる。その一物は一度精を出したはずなのに、再度むくむくと勃ち上がった。

「なんだ。さわらずとも、見るだけで勃たせるのか。ならばそこで愛する女が堕ちていくのを見物しているといい」

ジョセフは楽しげにリックをせせら笑い、自身の脚衣に手をかける。

そして露わにした男根で、絶頂の余韻にピクピク震えるオデットを、一気に真下から貫いた。

「……んぁあぁああ……!!」

忘我の縁にいたオデットはたちまち快感に引き戻され、自分を満たす雄をきゅうっと締めつけた。

「ふふ、相変わらずの締めつけだな、オデット」

「んぅう、んあ、あっ、あっ、あひっ、ひあぁああ……!」

真下からじゅぷじゅぷと突き込まれて、愉悦にひたるオデットは舌をのぞかせて激しく喘ぐ。

ジョセフもリックなどどうでもいいという様子でオデットに目を向けると、片手でふくらんだ花芯を、もう片手でたっぷりとした乳房を刺激した。

「きゃうぅう!」

片方の乳首と花芯をいっぺんにこすられて、オデットは再び達して大量の蜜をこぼす。

失禁したのではないかというほど抽送のたびに蜜を飛ばすオデットを見て——黒たちの羽根責めに遭うリックも再び精を吐き出した。

「ぐぅうう……!」

腰を突き出し、我慢できないとばかりに射精するリックのせいで、青臭い臭いが室内に充満する。

自分に突き込んでくるジョセフのことしかもう頭にないオデットは、鼻先をかすめる臭いにより興奮が煽られて、彼の腕にすがりついた。

「あ、あぁ、もっと……もっとぉ!」

「おっと」

すすり泣きながら崩れ落ちそうになったオデットをしっかり捕まえて、ジョセフはそのまま座り込む。

床が汚れていることを見た彼はすぐに自身のマントを外して床に敷いて、オデットをその上に四つん這いにさせた。

「あぁ、あっ……、んきゃぁああう！」

そして彼女の尻を高々と持ち上げたジョセフは、今度は背後から突き入れる。

オデットはびくんっと全身をしならせ、やわらかなマントに頬を埋めながら、みずから腰を振りたくった。

「んあっ、あっ、あああぅ……！」

「オデット、自分で胸をいじってみろ」

オデットははぁはぁと喘ぎながら、ジョセフの声に従順に動く。そうするともっと気持ちよくなると、本能で知っているからだ。

「はぁ、はぁ、あぁ、ひっ、んぁあああ……！」

みずからの豊かな胸を掴み、乳首を指先で引っぱって大量の蜜と甘い声をほとばしらせる。

ジョセフは満足そうな笑みを吐き、オデットの腰をしっかり掴んで背後からどちゅどちゅと怒張を突き込み続ける。

ちらっと彼が目をやれば、リックもまた全身をがくがく震わせながら、黒たちの攻めによって三度目の精を吐き出したところだった。

さすがにもう何も出ないのか、一物はすっかり萎えて本人の顔色も真っ赤から真っ青に転じはじめている。

だが黒たちはここからが本番と言いたげに、腰から下げた袋からいろいろな道具を取り出した。

「ふふふ、楽しくてたまりませんな、痛みのない優しい拷問というのは」

「我々は男の機能を失っているゆえ、みずから愉しむことはできませんが……」

「代わりにほかの人間をこのようにいじめて、悲鳴を聞くのが楽しくて楽しくて――」

「ぐ、ふぅ、ふぅ、ふぅううう――ッ……!」

何やら萎えた一物に妙な道具を嵌められたリックが、悲愴な面持ちでボロボロと涙を流している。

これから待ち受ける運命におののいているのか、崇拝していた女が自分以外の男を咥えてよがっているのが受け入れがたいのか……。

見開いたリックの目が絶望に染まっていく中、ジョセフは力強く己を突き入れ、愛おしい女の中に熱い精をぶちまける。

「んあぁあああ……!!」

注がれる熱さに再び達してか、オデットは薄い瞼をピクピクさせながら身体を突っ張らせた。

ぎゅうっと締めつけてくる媚壁の熱さにジョセフもうっとりと目を細め、最後の一滴まで注ぎ込む。

オデットはそれをしっかり受け止めて、柔らかなマントの上にぐったりと身体を弛緩させたのだった。

第五章

気づけばオデットは、イーディン王城の宛てがわれた部屋に寝かされていた。

あちこちの関節がミシミシ痛んで、湿布が貼られた頬がヒリヒリする。思っていたより容赦なく叩かれていたらしく、頬の腫れは数日はこのままだろうと医師から診断された。

「ご無事でよかったです、オデット様ぁ……！」

ほかにも細かい擦り傷や切り傷がたくさんあるオデットを取り囲んで、侍女たちがさめざめと涙を流す。

オデットは寝起きでぼうっとしながらも、自分のためにこんなふうに泣いてくれる人がいるのだという事実に、ジーンと感動してしまった。

「これくらい、たいしたことはないよ……。戦場ではもっとひどい怪我もたくさんしたし」

「ひぃっ！　もう二度と戦場になんか出ないでください！」

「わたしたちの心臓が保ちませんから！」

涙ながらに訴える侍女たちに、オデットは思わず微笑んだ。

それを見た彼女たちは、雷に打たれたように大きく跳び上がる。

「オデット様が笑ってくださった……！」

「なんて美しくてお優しい笑顔……！　も、もはや国宝級ですわ！」

「オデット様の笑顔が見られる日が来るなんて――！」

……ちょっと口角を引き上げただけで、こんなに騒がれるとは……。

だが言われてみれば、オデットはこれまで笑うということをしてこなかった気がする。

笑えるようなことが、何一つない人生だったからだが――。

（そういえばリックは……？）

今さらながら、自分を辱めようとした元部下のことを思い出す。

しかし嬉し泣きしながら飛び跳ねる侍女たちに聞くのははばかられる。早くジョセフが来てくれればいいのにと思った途端、彼が今どうしているかが急に気になった。

「あの、陛下は……？」

「ああっ、すぐにお呼びしますね。陛下もオデット様のお目覚めを大変気にされていましたから！」

侍女の一人がぱたぱたと出て行き、ほどなくしてジョセフを連れてきた。

「ふむ、頬がずいぶん腫れてしまったな。昨夜は熱もあったのだが、具合はどうだ？」

閨の彼は激しいが、日の光の下で会う彼はただただ優しい。いたわるように髪をなでられると心からほっとして「大丈夫です」とうなずいた。

そのときも無意識のうちに微笑んでいたらしい。ジョセフまで目を瞠って「そなたの微笑みは女神からの褒美のようだ」などと言っている。

「大げさだ」

「そんなことはないさ。湿布がなければより美しいのだろうが。……とにかく、よく食べてよく寝ることだ」

ジョセフが目配せすると、侍女たちがすぐさま食事の用意を調えた。

「どれ、食べさせてやろう」

オデットを起こし自分の胸にもたせかけたジョセフは、粥を匙ですくってわざわざ口元に持ってくる。

子供のような扱いに、オデットは戸惑いと、少しの嬉しさを感じて頬を赤らめた。

「自分で食べられる……」

「おれが食べさせたいのだ。今はそなたを甘やかしたい」

そんなことを堂々と言われても……。

二人の雰囲気を見てか、控えていた侍女たちがすみやかに退室する。扉が閉まるなり、ジョセフは待ち切れないとばかりにオデットのくちびるに吸いついてきた。

「病み上がりだからな。キスだけで我慢だ」

「もう……」

苦笑したオデットはふと表情を改めた。

「リックはどうしています？　……んあっ」

「金輪際、あのクソ野郎の名前は口にするな。そなたを辱めようとしただけで万死に値するのだ。二度と聞きたくない」

耳元を舐められながら低い声音で言われて、オデットは恐怖と興奮でぞくぞくと背筋を震わせた。

「ん……わかりました」

「うむ。――とはいえ尋問内容を伝えぬわけにはいかないからな。奴はエアロン王の手引きで我が国に一人入国したようだ。その後、王城へ入る策を練っていたらしい」

門の近くに穴を掘っていたくらいだ。それなりの期間、オデットをさらうために動いていたのであろう。

「そなたが受け取った手紙のことなら、そなたが伴を頼んだ騎士たちから聞いた。一人で対処しようとせず、我が騎士を頼ったのはよい判断だったな」

「彼らに怪我はありませんでしたか？」

「煙にやられただけだからな。みすみすそなたを連れさらわれて歯がみしておった。無論、守るべきものを守れぬ無能どもには罰を与えておいたが」

今は懲罰房で謹慎中とのことだが、皆オデットを守れなかったことを悔いて、真面目に反省しているようだ。

「反省はもう充分でしょう。明日には出してあげてください」

「そなたがそう言うなら、そうしよう」

「……リックは、エアロン軍の統率が取れていないと言っていましたが」

「風のうわさ程度だが、そのようだ。やはり常勝無敗の戦女神、【王女将軍】が表に出てこないことで、周辺諸国がざわついているらしい。隙を突いて周辺国がエアロンに攻め入ったり、あちこちで小競り合いが頻発しているそうだ。その上、エアロン軍は暴動や反乱に対し、上手く機能していないとも聞いている」

「そんな……」

自分一人を欠いただけでエアロン軍がそのような状態になるとは。

複雑な心境に陥るオデットだが、ジョセフは「エアロンの自業自得だ」と肩をすくめた。

「【王女将軍】の威光に頼りすぎなのだ。特にゼア王は軍事には疎い様子。そなたがいなくなったことの弊害を、ようやく感じはじめたのではないか？」

「そうかもしれないが……」

スナブジを蹴散らしエアロン一強時代をようやく手に入れたと思っていた矢先だけに、オデットからしてみれば悔しいようなむなしいような、なんとも情けない結果である。

とはいえオデットはみずからそこを離れることに決めたのだ。それだけに口惜しい気持ちを口に出すのははばかられた。

「総大将として勝ち取った結果を、身内にむざむざ散らされたのだ。そなたの懊悩は察して余りある」

だが軍神王と言われるジョセフには、そんな気持ちはお見通しだったようだ。

オデットは「女々しくてすまない」とうなだれたが、ジョセフは「気にするな」と鷹揚にうなずいた。

「――とにかく、そういう情勢だけに、今後もそなたが狙われる可能性は大いにあるな」

「イーディンにとっては迷惑千万だな」

「この程度のことで迷惑とは思わぬが、そなたが落ち着かぬであろう。ふむ」

顎に手をやって考えたジョセフは、ふと何かを思いついた様子で問いかけてきた。

「ちょっとした提案なのだが、そなた、自分の存在が死ぬのはかまわぬか？」

「——は？」

真面目な顔でなされた突拍子もない『提案』に、オデットはまさに鳩が豆鉄砲を食らったような顔になった。


それからのジョセフの動きは速かった。

オデットが答えを出したその日のうちに、イーディン王国からエアロン国王ゼアに向けて『貴国を訪問したい』という旨の書状を届けさせた。

内容はイーディンの王城に忍び込んだ不届き者を送り届けるためと——その不届き者が殺害した、オデット王女の亡骸を返還するため。

世に名高い【王女将軍】に敬意を表し、イーディン国王ジョセフみずから、その亡骸を運びたいと希望したのだ。

使者に書状を預けると同時にジョセフはエアロンまでの旅支度を命じた。お忍びではなく国王として堂々と訪問するからには、格式ある装いや隊列を組んでの移動が不可欠だ。

オデットもともに行くことになるので、移動の準備のために忙しない日々を送ることになった。

「療養中だというのに、ゆっくりさせてやれずにすまないな、オデットよ。なるべく急いでエアロンに行かないと、あなたの死体が腐ってしまうからな」

にこにこと笑うジョセフの言葉にオデットは「……」と閉口しつつ、とにかく周りに言われるままに採寸を受け、髪を整え、肌を磨き、来たる日に備えた。

そして二日後にはジョセフとオデット、多くの使用人や数人の黒たちが、エアロンに向けて出発したのだった。

物々しい隊列のいっとう目立つところに、オデット王女の骸を乗せた葬礼用の馬車が陣取る。

掲げる旗はイーディンの旗と、喪を意味する黒い旗だ。イーディン王国からエアロン王国へは山脈のあいだに設けられた小都市を通るが、そこを行き交う人々はかの【王女将軍】が死んだことに仰天し、驚きのまま方々に報せに走る。

こうして一行がエアロン王国の王都に入る頃には、王女将軍オデットの死は大陸中に広まっていた。


王都に入るまではジョセフと同じ一等の馬車に乗っていたオデットだが、王城に入る前にそこから降りて、イーディンで仕立てた侍女のお仕着せに身を包む。

金色の鬘をかぶり頬にそばかすを描き、野暮ったい眼鏡をかけて猫背になると、図体ばかりが大きい侍女見習いの完成だ。

彼女はほかの侍女たちが乗る馬車に同乗し、イーディン王国の侍女としてエアロンの王城に入ったのである。

ジョセフが数人の近衛兵を連れ、迎えの者について堂々と謁見の間に向かうのを見送ってからは、侍女たちの指示のもと大きな衣装櫃を運んだりしてせっせと働いた。

おかげで胡乱げな目を向けるエアロンの衛兵たちもオデットの正体には気づかず、彼女を滞在用の部屋へあっさり通したのであった。


オデットが侍女らしく働いている頃、エアロン王城の謁見の間に通されたジョセフは、沈痛な面持ちで椅子に腰かける。かたわらには豪華な装飾を施された棺が置かれていた。

少し遅れて、高い場所に用意された玉座の背後からエアロン国王ゼアが姿を現す。

ジョセフはゆっくりと立ち上がり、他国の王に対し胸に手を当て一礼した。

「エアロン国王ゼア陛下に、イーディン国王ジョセフがご挨拶申し上げる。急な来訪にかかわらず、このような謁見の場を用意してくださったこと、大変ありがたく」

ジョセフのゆっくりとした挨拶の声は、高い天井に響いて部屋全体にどっしりと広がっていく。

流暢なエアロンの言葉での挨拶に、ゼア王はもちろん、ともに出てきた王妃や王女たち、そして重鎮とおぼしき数名の男性陣もわずかに気圧された様子だった。

神経質そうなゼア王は眉根をぎゅっと寄せたまま玉座に座り、高いところからジョセフを睥睨《へいげい》した。

「滞在中はジョセフ陛下には不自由をおかけするやもしれぬ。おっしゃる通り、あまりに急な来訪だったゆえ、準備が間に合わなかったものでな」

「承知しております。ただ、こちらもなるべく早く駆けつけたい思いが勝りまして。何しろ、我が東側諸国にもその名をとどろかす【王女将軍】オデット殿下の変事とあっては」

オデットの名を出した途端に、ゼア王の眉がぴくっと神経質に動いた。

「そちらからの書状では、我が国の王女が死んだとのことだったが」

「はい。まったく、悲しく口惜しいことでございました。このような凶事が我が国で起きたなど、未だ信じたくはございません。ましてオデット殿下は陛下の大切な妹御《いもうとご》。……ああっ、きっと早く妹御のお顔が見たいでしょうね。わたしとしたことが失礼を。少々、衝撃を受けるやもしれませんが——」

沈痛な面持ちで鼻をすすったジョセフは、きっとそうに違いないと信じ切った顔で、背後に控える近衛兵に命じた。

「棺の蓋を開けよ」

甲冑に身を包んだ近衛兵たちは手間取ることなく棺の鍵を開けて、蓋を大きく開いた。

「うっ……！」

「ひぃっ！」

玉座の周りに集まるエアロンの人々が一斉に後ずさる。中でも鋭い悲鳴を上げたのは王妃をはじめとする女性陣だ。

棺の中にいたのは、皮膚が真っ黒に焼けただれ、顔の判別もできない焼死体だったのだ。死に装束とおぼしき白いドレスが着せられているため、かろうじて女だとわかるが、剥き出しの歯や縮れた髪の毛が見るからにおぞましく、人間であったことすら信じたくない有様だった。

「そ、そのようなものを見せるな!!　なんという無礼を……!」

ゼア王が真っ青になって叫んでくる。一方のジョセフは呆然とした顔になった。

「なんと……愛すべき妹御の骸ともなれば、いくら変わり果てた姿であろうと、悲しみと愛おしさに胸が張り裂けそうになるものかと思っておりましたが。そのようにお怒りになるとは。いやはや、なんとも予想外でした」

ジョセフはなんと悲しいことかという面持ちで目に涙を浮かばせた。

「我が東側諸国では、王女将軍の名は尊敬を持って語られているので、兄君であるエアロン王も妹御をさぞ大事にされていると思っていましたが……」

「誰が大事になどするものか、悪女の娘など!　ええい、さっさと蓋を閉めろ!!」

ゼア王が大声で命じるが、イーディンの近衛兵たちは動かない。彼らはジョセフの命令しか聞かないのだから当然だ。

「まぁまぁ、確かにこんな状態になりましたが、これでも我が国の納棺師がしっかりと防腐処理を施し、できる限り息絶えた直後の状態で保っておりますゆえ。どうぞお顔を見て差し上げて――」

「いらん!　さっさと蓋を閉めろ」

「おお、なんとおかわいそうな王女殿下だ。わたしはひどく胸が痛い。彼女を愛し、求婚していた身としては、ご家族にこのような扱いをされていると知って動揺が隠せないほどだ……」

ジョセフは今にも泣きそうな顔になりながら、近衛兵に命じるのではなく、みずから棺の蓋を閉める。

その蓋に愛おしげに口づけする彼を、ゼア王はもちろん王妃も王女も「正気か？」という顔で見つめていた。

「……し、しかし、王女はなぜそのような状態になったのだ。場合によっては、王女を保護していたイーディン王国に罪を問わねばならなくなるぞ……！」

気を取り直したゼア王が鋭く指摘してくる。

しかしこれにもジョセフは悲しげな顔を崩さなかった。

「おお、それもまた悲しきことなのです。ゼア陛下は、王女将軍直属の部隊にいた、リックという男をご存じでしょうか？」

「リック……？」

さる侯爵家の子息で副隊長だと、ゼア王の側にいた側近がこそこそとささやいた。

「その者がどうした？」

「オデット王女を殺害したのが、そのリックという男なのですよ。彼はゼア王陛下、あなたからオデット王女をお国に連れ戻すよう命令を受けていたそうですが――オデット王女への許されざる恋慕を暴走させて、とんでもない凶行に走ったようなのです」

「なんだと……？」

「リックをここへ」

ジョセフが命じると、近衛兵の一人がすばやく謁見の場を出て、廊下に待っていた者たちを引っぱってきた。

連れてこられたのは縄で縛られたリックと、それを支えるようにして歩く二人の黒だ。

西側諸国ではまず見ない格好をした黒たちにエアロンの人々は怪訝な顔をしたが、それ以上に、リックの様子にやや腰が引けている。

もともとは落ち着いた容貌の好青年だったリックだが……その肌は青白く、目は白目を剥いて、視線は当然のように定まっていない。半開きにしたくちびるからはよだれがだらだらと垂れており、まっすぐ立てないようで、黒が支えていなければ今にも倒れそうな雰囲気だった。

全体的にやつれ、無精髭も生えているためか、死にかけの浮浪者もかくやという姿だ。

「そ、その者が王女隊の副隊長だと……？」

リックの異様さに気圧されてか、ゼア王が引き攣った声で確認してきた。

「左様。彼はわたしの留守中にイーディン王国の王城に忍び込み、オデット王女を誘拐しようと目論んだようです」

ジョセフは悲痛な面持ちでよどみなく語った。

「しかし王女自身がかなり抵抗したこと、騒ぎを聞きつけ我が軍の騎士が駆けつけたことで、自暴自棄になったのでしょうか。催涙弾を使って我が軍の者を巻くと、こやつは王女とともに塔の一室に逃げ込んだのです。そして――」

ジョセフは一度言葉を切り、悲しげに首を振ってから、重々しく告げた。

「あろうことか、塔全体に火を放ち、王女との心中を図ったのです。王女はそのとき、縛られていたため身動きが取れず、このような無惨な姿に……」

棺を見やったジョセフは涙をこらえるように目頭を押さえた。

「リックのほうは、いざ死が迫ってきたら怖くなったのでしょう。塔の窓から飛び下りなんとか一命は取り留めたものの、このようにうつろな状態になってしまったのです。今お話ししたことも、逃げる際に彼が我が軍の者に叫んでいた言葉をもとにした推測ですが、少なくとも火を放ったことは間違いない事実。この者は王女殺害の罪人として、この場にてゼア陛下にお引き渡しいたします」

ジョセフがうやうやしく頭を下げると同時に、近衛騎士や黒たちも同じように深々と腰を折る。

そして二人の黒はリックの背を容赦なく蹴った。

リックはぐらぐらと揺れるように前に進み、玉座の前で無様に倒れた。

だが倒れる寸前に身体を大きく痙攣させ、泡を吹きながらうめいたと思ったら、いきなり背筋が凍るような笑い声を響かせた。

「ひっ、ひひ、ひひひっ――！　こ、ころしてやった、おれが、王女、コロして、ヤいて、おれだけのものにしてやった――ひっ、ひひひひ！　ひひひひひ！」

引き攣った笑い声が天井にガンガンと反響する。リックは泡を吹きながらなおも笑い続け、激しく咳き込み、痙攣し、また笑うことをくり返した。

あまりに異様な光景に、エアロン側はすっかり腰が引けて言葉を失っている。

「捕らえた間際からこのような状態なのです。愛する王女をみずからの手にかけながら、相当の衝撃を受けたようで……まこと、恋する男とは哀れなものですな」

ジョセフが目元を拭いながらため息をついてみせた。

「……な、何をしている、衛兵！　この者をさっさと、地下牢にぶち込んでおけ！」

我に返ったゼア王の言葉により、控えていた衛兵たちがハッと身をこわばらせる。

全員いやそうにリックに近づいていくが、衛兵の手がふれた途端、リックの形相が一瞬にして変わった。

「さわるなあああああ！　汚い手でおれにさわるな、無礼者ども！　殺す！　殺す殺す殺す殺す！　殺すぅううあああああああ――ッ!!」

突如として目の色を変えたリックは、縛られた状態でありながら起き上がり、ゼア王目がけて走り出してくる。さながら獲物を噛みくだこうとする獅子のごとき動きだ。

あまりに突然の事態に、ゼア王はもちろんエアロン側の全員が動けずにいたが――。

ジョセフが近衛兵の手から槍を奪う。そしてその槍を、迷いなくリックに投擲《とうてき》した。

「――ガッ!!」

槍はリックの背から腹部を一気に貫いた。今にもゼア王に襲いかかろうとしていた彼は、玉座が置かれた場所から階段をゴロゴロと転がり落ち、悲鳴を上げてのたうち回る。

「ゼア王陛下、ご無事で!?　お怪我はないか!?」

槍を投げた姿勢のまま、ジョセフは心配の色を隠さずにゼアに呼びかける。

玉座の肘掛けを握ったまま、凍りついたように動かなくなったゼア王に対し、ゆっくり歩み寄ったジョセフは「よかった、ご無事のようだな」と心底ほっとした様子で笑顔になった。

「我が国の牢ですっかりおとなしくしていたから、このような力がこの者に残されていたとは予想外だった……。ゼア王陛下をはじめ、エアロンの皆様がご無事で何よりだ」

ジョセフは笑顔を浮かべたまま、ピクピクと震えるばかりになったリックに歩み寄ると――刺さったままの槍を手に取り、思い切り引き抜いた。

「ぐぎぃい!!」

ドシャア！　とあふれる血とともにリックの悲鳴がほとばしる。

身体から噴き出た血はジョセフの礼装に容赦なく飛び散り、彼は足元から胸元まで血まみれになった。

だがそんなことはまるで問題ないとばかりに、ジョセフは胸元に手を当て優雅に一礼する。

「ゼア王陛下の御身をお守りできて、このジョセフ、安堵しております。――ああ、ご安心を。ひどい出血ですが急所は外しましたので、すぐに止血すればこやつは助かります。さらなる尋問や拷問にかけることも容易でしょう」

「……」

「あ、失礼。すっかり汚れてしまいました。このような格好で謁見を続けるなど無礼ですな。一度部屋に下がらせていただき、身繕いしてまいりますゆえ」

「……」

「それでは、下がらせていただきます。あ、オデット王女の棺もこのままお返しいたしますので、丁重に弔って差し上げてください。それでは失礼」

ジョセフは愛想よく微笑んでから、血だまりを踏んで堂々と扉へと歩いて行く。

ジョセフが歩くたびに血の足跡が点々と残され、塵一つない床を汚していったが、それを咎められる気概のある人間は一人もいないようだ。それどころかジョセフが背を向けた途端、二人の王女がふらりと気絶し、王妃も真っ青になってへたり込んだ。

ゼア王も重鎮たちも一言も発することができないまま、イーディン側の人間が出て行くのをただただ見送るのだった。

「エアロンの王城って貧乏くさいですねぇ。ここ、本当に特等客室なのですか？　装飾も微妙だし、寝台も小さめで……なんだかがっかりしちゃう」

そう愚痴っているのは、オデット付きの侍女たちだ。荷物を運び入れ、快適に過ごせる準備をてきぱきとはじめた彼女たちに、部屋をぐるりと見回したオデットは答えた。

「いや……ここは特等室ではないよ。特等室は確か三階。ここは一階で、おまけに庭が見えない場所だ。おそらく三等室ではないかと思う」

「――はぁっ!?　三等!?　他国の国王を迎えるのに!?　地方貴族に割り振られるような部屋を宛がったというのですか？」

「とんだ嫌がらせではないですか！」

侍女たちの声を背に聞きつつ、戸棚の中や鏡の裏を見やったオデットは見解を述べた。

「嫌がらせというより、監視をしやすくするためだ。ほら、ここに穴があいている」

「えっ!?」

侍女たちが急いで寄ってきて、オデットが指さすところを見る。鏡台の裏には確かにのぞき穴のようなものがあいていた。

「……最っ低！　エアロンにはお客様をもてなしたり、快適に過ごしていただくという気遣いはないのですか！」

「突然やってくる客は、もれなくあやしいと思っている節があるからな」

兄王ゼアの気質を思い出して、オデットは申し訳なく思いつつもうなずいた。

「荷ほどきの前に部屋中を点検したほうがいいかも……」

「ならば、それは我々が請け負いましょう」

はい、と手を上げたのは一緒についてきた黒のうちの一人だ。声からしてオデットを世話していた二人とはまた別の黒らしい。

「我々は隠密の役割を請け負うことも多いゆえ、盗聴やのぞき見がどうやって行われるか、それに適した場所はどこかということも心得ております。それを探るのも得意ですよ」

「確かに、その通りね。では黒たちに任せます」

侍女頭がうなずくと、黒は一礼してすぐに作業に取りかかる。

小一時間も経った頃に黒は「終わりました～」と楽しげな様子で戻ってきた。

「いやぁ、穴だらけでしたね。ここはもちろん奥の寝室や浴室も。今が冬だったら隙間風でつらいところでしたよ」

塞ぎがいがありました、と達成感を滲ませる黒に、侍女たちは「本当になんて部屋でしょうか」

といやそうに顔をしかめた。

「しかし黒がいてよかったですね。わたしたちは陛下や姫様のお世話はできても、隠密的なことはさっぱりですし。……そういえば、陛下が今頃引き渡しているであろう焼死体。あれも黒が用意したものなんですよね？」

侍女の一人が話を振ると、黒はぐっと親指を立てて見せた。

「王城で出る罪人の死体処理も我ら黒の仕事ですからね。死体を加工して腐敗を遅くしたり、偽装するのもお手のもの。外法の術をご入り用の際は、是非我々にご依頼を」

「できれば、そういう依頼とは一生無縁で生きていたいわね」

ぞーっと背筋を震わせる侍女たちと一緒に、オデットも思わず深くうなずいてしまった。

「今回はオデット様の自由のために必要だったとはいえ……。あれでしょう？　オデット様を連れ去ろうとしたエアロンの騎士にも、あなたたちが何か細工をしたのよね？」

黒は「よくぞ聞いてくれました」と嬉しそうに手を打ち合わせた。

「リックという名の騎士なのですけどね。そこそこの拷問のあと、開発中の薬やら毒やらの被検体になってもらい、いい感じに弱ってきたところで暗示の術を施しました」

「暗示の術……？」

黒は「あいにくとその先は企業秘密です」と流したが、黒い布の向こうで笑っているのは明らかだった。

「いずれにせよ陛下のことですから、とっとと突っ返していると思いますよ。愛する婚約者の姫君を手込めにしようとしていた男をここまで生かしておいたほうが奇跡ですし」

「……」

さらりとジョセフの残酷性を暴露された気がするが……まぁ、そのあたりはあまり考えないようにしよう。

とにかく残っていた荷物をほどき終えて、一応それなりの生活空間を整える。

よし、きれいになったと思った直後だ。血まみれのジョセフが入ってきて、侍女たちはもれなく悲鳴を上げた。

「いったい何をしたらそんなことになるんだ」

悲鳴こそ上げなかったものの、戦場帰りかとおぼしきジョセフの出で立ちにさすがのオデットも引いてしまう。

「安心するがいい。おれ自身は無傷だ」

「顔色を見ればわかります。とにかく風呂へ行ってください」

「そなたも一緒に入るならいいぞ？」

「馬鹿なことを……」

そんな押し問答をしていたときだ。入り口のほうが騒がしくなり、やがて扉を守る衛兵が困り顔でやってきた。

「エアロンの外務大臣様がおいでです。謁見の間での出来事への抗議と、今後の予定を伝えに来たとかなんとか、わめいておりますが」

「うむ、入ってもらえ」

ジョセフが鷹揚にうなずくと、顔を真っ赤にしていきり立ったエアロンの外務大臣が入ってくる。オデットはあわてて侍女たちと一緒に隅に控えて、そっと頭を下げた。

幸か不幸か外務大臣は使用人には目もくれず、ジョセフにさっそく食ってかかる。

「ジョセフ王陛下！　さ、先ほどのあの所業、あ、あ、あまりに、無礼にもほどがあるのではありませぬか……!?」

勢い込んで怒鳴っている割に、その声はひっくり返っている上、かなり震えている。真っ赤な顔も、怒っているというより極度の緊張でそうなっているだけのようだ。

そしてジョセフは「そうは言ってもなぁ」と困った顔で顎をさすする。

「ゼア王陛下の危機に、とっさに身体が動いてしまったのだ。結果的にゼア王をはじめ、ひな壇にいた王族の皆様が無事だったのだから、よかったではないか」

「そ、そ、それは、まぁ、そうかもしれませんが……！」

「それより今後の予定とやらを聞かせてくれ。あれか？　一緒に飯でも食おうというお誘いか？　我が国には『同じ釜の飯を食う』ということわざがあってな、ともに同じ食事をすることで親近感や連帯感を得るということなのだが――」

笑顔でペラペラ語り出すジョセフに対し、外務大臣は「この男、正気か？」と言いたげな顔で、目を白黒させている。何か言いたくてもジョセフが話し続けているので、すっかり気を削がれた様子だ。

「ああ、はい、あの、晩餐会を用意させていただきますので、それに出席していただければ……」

ジョセフが話し終えたタイミングでようやくしおしおと口を開いたが、端から見てもげっそりした様子だった。

しかしジョセフはにこにこしたままで、出て行こうとする外務大臣を引き留める。

「飯もいいが、肝心のオデット王女の国葬はいつ行うのだ？　近日中に実施されるとは思うのだが」

すると、外務大臣はぽかんとした面持ちになった。

「オ、オデット王女の国葬ですか……？」

「うむ。何せ大陸中にその名をとどろかす【王女将軍】が亡くなったのだ。それも彼女に懸想する愚か者のせいで。当然、その葬儀は大々的なものになるであろう？」

ジョセフはごく当たり前のことを聞く様子でそう告げる。

だが外務大臣は困り顔だ。

それはそうだろうとオデットは思う。あのゼア王が唾棄すべき妹王女の葬儀など、まず執り行うはずがない。

それどころか無惨な焼死体を見せつけられたのだ。潔癖なゼア王のこと、今頃は死体を裏手の森に捨ててこいと命じているかもしれない。

しかしエアロン側のそんな事情など知るよしもない（というふうを装っている）ジョセフは「まさか葬儀を行わないつもりか？」と、唖然とした面持ちになった。

「大がかりな葬儀が催されるものと思って、ここまで王女の死を喧伝《けんでん》しながら移動してきたというのに！」

「な……！　な、なぜそんな、よけいなことをしたのですか!?」

「よけいなこと？　おかしなこと言う。【王女将軍】の偉大なる功績に敬意を表してに決まっているであろう。よもやエアロンの者たちは、オデット王女が成し遂げてきた戦果を知らぬとでも？」

ジョセフが嘆かわしいとばかりに首を横に振る。

「なんとも悲しきことだ。国に戻る際には、エアロンは【王女将軍】をこれ以上ないほど軽んじていたと喧伝しながら進むとしよう」

それはそれで困るのだろう。外務大臣は「そ、葬儀についてはすぐに確認してまいります」とあわてて取り繕った。

「うむ、そうか。国葬でなくても、しっかり弔って差し上げてくれ。そして、晩餐会の件も承知した。ちなみにその席に我が婚約者を連れて行く予定だから、そのつもりで」

ジョセフがさらっとつけ足した言葉に、今度こそ退室しようとしていた外務大臣は、またぎょっと目を見開く。

「こ、婚約者様ですか？　いったいどちらに……」

「ははは。強行軍での移動ゆえ、疲れたようだな。今は奥の部屋で寝ておるよ。晩餐会までには回復するであろう。そういうわけで、諸々よろしく頼む！」

ジョセフは爽やかに言い置き、衛兵にさくさく命じた。

「外務大臣殿のお帰りだ。丁重にお送りして差し上げろ」

衛兵たちはすかさず外務大臣の両腕を掴み、丁重に部屋の外へと連れ出していく。足が宙に浮いた外務大臣は悲鳴を上げて罵ったり助けを求めたりしていたが、やがて廊下へ思い切り放り出される音が聞こえてきた。

「国賓である我々をこんな狭苦しい部屋に案内したのだ。あの程度の罰は受けてもらわねばな」

ジョセフはふふんと鼻で笑って、唖然とするオデットの肩を抱いてくる。

「さて、風呂に入ろうか、我が婚約者殿？　せっかく侍女の仮装をしているのだ、背中を流してくれると嬉しいが」

「自分一人で入りなさい……！」

オデットはジタバタと抵抗したが、ジョセフの力に敵うわけもなく。結局一緒に入浴することになり……。

「ちょっと、どこをさわっているのですか……！　駄目ですって……あんっ」

オデットの高い声は、浴室から居間にまでよく響く。

それを聞いた侍女たちはやれやれとあきらめ顔で首を振り、ぐったりして出てくるであろう女主人のために、あれこれ支度を調えておくのであった。

＊＊＊

「……まったく！　エアロンの出迎えの悪さに腹が立ったのはわかりますが、晩餐会を控えておきながら、一時間以上もオデット様を浴室で抱き潰すなんて！　オデット様は陛下のいらだちを晴らすための存在ではないというのに！　陛下の絶倫のほうがよっぽどいい迷惑です！」

晩餐の開始時間まで、気づけばあと一時間だ。目が覚めたら浴室ではなく寝台にいたオデットは、湯あたりのせいでまだふらふらしながらも、侍女たちの怒りに——中《あ》てられてしおしおと姿見の前に立った。

だが地に足がつかない気持ちも、コルセットを身につけドレスを着せられていくと、徐々に緊張に取って代わる。最初の打ち合わせ通りとはいえ、これから兄ゼア王や王妃たちと顔を合わせると思うと、考えるだけで憂鬱だった。

そんな中、欲望を吐き出してすっきりした顔のジョセフが、ノックもせずに入ってきた。

「陛下、オデット様はお着替え中でございます」

オデット様を気絶させるまで抱き潰して！　とぷりぷりしている侍女たちは冷たく言い放つが、ジョセフはのんびりと笑顔を返すばかりだ。

「だらこそやってきたのだ。ふむ、やはりその形のドレスにして正解だったな。最高に似合うぞ、オデットよ」

ジョセフは満足げだが、オデットは微妙な心地だ。晩餐のためのドレスは上半身どころか、膝あたりまで身体にぴたりと沿う形になっていた。

膝から下はスカートがひらひらしているので移動に支障はないが、こんなに身体の線を見せるなんて、あまりに破廉恥ではないだろうか？

「そなたは背が高く腰の位置も高い。下手にスカートが広がっているドレスを着たら、ともに並ぶわたしがその裾を踏んづけかねないしな」

「それはわかりますが……」

「それに、そなたがこれほど美しい女であることを、わたしはエアロンの馬鹿どもに見せつけてやりたいのだ。自慢したいと言っても過言ではない」

にやりと微笑むジョセフに、オデットは本能的にいやな予感を覚える。

「何か、妙なことを考えていませんか、陛下？」

「ふむ、さすがは我が愛する姫君だ。勘がいいな。——少し外せ。なに、十分程度だ」

声音を改めたジョセフの命令に、侍女たちはすばやく従う。何人かが心配そうなまなざしを向けてきたが、オデットは「大丈夫」と言う代わりに微笑んで見せた。

「そう怖がってくれるな。そなたの緊張を少しほぐしてやろうと思っているだけだ」

ジョセフは楽しげに笑いながら、懐からずるりと何かを取り出す。金色に光るそれは細かい鎖を繋いだもので、遠目に見ると金のレースのようだった。

妙な形の鎖の中央には、淡く輝く丸い何かが縫い止められている。

「これは……真珠？」

オデットは目を見開いて、乳白色に輝くそれを見やる。見たことがないほど大きな真珠で、ジョセフの親指の爪より大きいのではないかと思えた。

真珠は特大の一粒だけでなく、小ぶりの真珠が脇に三つほど連なっている。

「美しいであろう？　特大の真珠はもちろん、小さい一粒だけでも一財産だ。エアロンもそうだが、我がイーディンも内陸の国。海で採れる真珠や珊瑚は高値で取引される」

「きれいですね……」

「そうであろう？　そなたに贈ろうと思ってな。こうして加工してみた」

真珠は確かに素晴らしいが、金色の鎖に縫い止められているのは不穏でしかない。碌でもない予感につい顔をしかめると、ジョセフは声を立てて笑った。

「なるほど、何に使うものか察せられたらしいな？　そなたの想像通り、これはただの宝飾品ではない」

「聞きたくなかった事実だ……」

「さぁ、そこの花台に腰かけて、片足を上げるといい」

おまけにそんな命令までされて、オデットは仏頂面になる。ジョセフはまた笑って「表情が豊かになってきたな」とうなずいた。

「実によい変化だ。騎士らしいすまし顔のそなたにもそそられるものは多いが、少女らしく表情がコロコロ変わる姿にも、いじらしさを大いに覚える」

「うわ」

ジョセフはオデットが動くのを待たず、彼女を抱え上げると花台に座らせる。そしてスカートの脇に備えられたスリットを留めるボタンをさっさと外してしまった。

身体にぴたりとしたスカートは用を足すときに不便ということで、太腿から裾までスリットが入れられているのだ。しっかり留めていればスリットがあることすら気づかれないだけに、上手いつくりだなと思ったが……。

（こういうことをするためにつけられたものではないだろう……！）

さほど大きくない花台だけに片足を上げてしまうとバランスを崩しそうで、オデットは床に着いたほうの足でなんとか身体を支えた。

そしてオデットの下半身から下着をするりと取り去ったジョセフは「そのままでいろ」と短く命じて――。

「んあっ、あ……！」

おもむろに彼女の秘所に顔を寄せて、慎ましく閉じた襞をこじ開けるように舐めはじめた。

「んん……！」

隣室には侍女がいるだけに、オデットは声が漏れないように口元を押さえる。

その努力がいつまで保つかなといった様子でジョセフは舌先で蜜口をこじ開け、あふれる蜜を啜り上げた。

「んぁぁあ……！」

背筋を伝い上がってくる甘い快感に、耐え切れずにのけぞったときだ。

「んあっ……!?」

不意にジョセフの舌が離れ、代わりにつるりとした冷たい何かが、蜜口に押し当てられた。

戸惑っているあいだに、下着ではない何かが腰に巻きつけられる。ジョセフが離れるのを感じて、すぐに足を閉じたオデットだが……。

「……っ」

わずかに動いただけで、押し当てられたままの何かがぐりっと花芯と蜜口を刺激してきた。中途半端に高ぶった身体が敏感に反応して、ひくっと喉が引き攣る。

「な、何を……」

あわてて花台を下りた彼女は姿見の前に立つ。スカートを持ち上げ、秘所の様子を確認した。

「……！　これは……」

なんと、剥き出しにされた秘所には、ジョセフが持っていた金の鎖でできた何かが下着のように巻きつけられていた。

中央に縫い止められていた大きな真珠は、蜜口の浅いところにすっかり埋められている。

そしてその脇に縫い止められた小ぶりの真珠は、黒い茂みに隠された花芯にぴたりと押し当てられていた。

小粒の真珠の周りは金の鎖が取り囲んでいて、逆三角形の布のようになっていたが、そこ以外は細い鎖が連なるだけのつくりだった。そのため、真珠のちょうど真下から伸びた紐状の鎖が秘裂にしっかり食い込み、尻の割れ目へと渡されていた。

「……っ」

そのような状態で取りつけられたために、少し動くだけで中に入った真珠がじんわり蜜襞を刺激してくる。小粒の真珠も花芯をぐりっと圧してくる上、細い鎖は秘所全体を覆っていた。

「――うむ、よく似合うな。スカートを持ち上げたその姿も扇情的だ」

背後からジョセフがニヤニヤしながら姿見をのぞき込んでくる。

呆然としていたオデットはハッとスカートを下ろして、真っ赤になってジョセフを睨みつけた。

「――いったいなんのつもりだ。これから晩餐会だというのに！」

「晩餐会だからこそ、だ。そなたのことだから、これからゼア王に会うのは気が重いであろう？」

「うっ」

図星を言い当てられて、オデットは思わず口ごもる。

だが、だからといってなぜこんなものをと視線で訴えると、彼女の不安も不満もすべてお見通しという面持ちでジョセフはうなずいた。

「顔を合わせたくない相手と否応なく会う場合は、何かしら気分を逸らせるものを用意しておくのが一番だ。そなたもそれを身につけていれば秘所ばかり気になって、ゼア王どころではなくなるであろう？　奴に睨まれたところで、怖いと思う暇もないはずだ」

「それは、そうかもしれないが……っ」

オデットはもどかしい思いで歯がみする。理屈はわかるが、だからといってこのやり方は受け入れがたい。もっとほかにやりようがあるだろう、とよほど怒鳴ってやりたかった。

「そう怒ってくれるな。極上の真珠が手に入ったから、是非ともそなたに贈りたいと思ったのだ。だがブレスレットやイヤリングにするには一つしかないし、ネックレスでは面白みがない。ならばやはり、金の鎖で作った貞操帯が一番だろうと思ってな」

「どこが一番なんだ、どこが！　んっ……」

怒鳴った拍子に真珠が食い込んで、怒りではなく羞恥と快感で目元が赤くなっていく。

「ああ、快楽に耐えるそなたの顔はいっとう美しいな、オデット。その魅力で晩餐会で出会うであろうエアロンの者どもを籠絡してやれ。全員がそなたにひれ伏せば、そなたはこの王国の女王だぞ」

「絶対にいやだ……！」

オデットの断固とした言葉に、ジョセフは声を立てて笑った。

「――陛下、そろそろ入ってもよろしいでしょうか？　お時間が迫っております」

扉が外から忙しなくノックされる。ジョセフは「ああ、いいぞ」とさらりと言って、オデットから離れた。

「頬紅を差す必要はないな、充分に血色がよくなったから」

「さっさと出て行ってください！」

オデットはかたわらのクッションを思い切り投げつける。わざと頭に喰らったジョセフは楽しげに笑って、侍女と入れ替わりに出て行った。

「大丈夫ですか、オデット様？　まさか、陛下ったらまた無体を……？」

昼もお風呂でしたばかりなのにとあきれ顔の侍女たちに、オデットはなんとも言えずに黙り込む。まさか貞操帯をつけられた、なんて、のちのちバレるとしても自分の口からは絶対に言いたくない。

よくできた侍女たちは何かあったことを察しつつも、てきぱきとオデットの髪を結い上げ、花飾りや宝石で飾り立ててくれた。

支度が調うと同時に、ジョセフも迎えにやってくる。オデットは仏頂面のまま彼の腕を取った。こらえ切れずクツクツと笑うジョセフの脇腹に何度も肘鉄を喰らわせるも、秘所から立ち上る刺激はどうにも消えず、オデットはくちびるをきゅっと引き結んで大食堂までの道を歩くのだった。

夕方を迎える前には、オデット王女の死亡は国内のみならず、国外に向けても正式に発表された。城には喪を示す黒の布が下げられ、国旗が半旗の状態で掲げられる。

夕暮れに照らされた白い城にシミを落とすような黒い布に、城下の人々が不安げに顔を見合わせる中――王城の大食堂では、ジョセフ王とその婚約者を出迎えたエアロンの重鎮の面々が、息をするのも忘れて呆然と目を見開いていた。

「ゼア王陛下、このたびの歓迎、痛み入る。皆様もおそろいのようだ。楽しい晩餐会になることを期待しております」

礼服に喪章を身につけたジョセフ王はほがらかに挨拶をする。

美麗な立ち姿も流暢なエアロン語での挨拶も親しみがありつつ、威風堂々とした雰囲気に満ちあふれていたが……あいにく、エアロンの人間の目を釘付けにしているのは、彼にエスコートされている婚約者の女性のほうだった。

食堂中の雰囲気も時間が止まったように凍りついているが、ジョセフはまるで意に介さずに挨拶を続ける。

「わたしの随行者を紹介させていただこう。我が国の外務大臣であるオンジェル侯爵と、護衛の騎士が二名、それと侍女が二名です。侯爵以外は背後で控えさせていただきますので、どうかお気になさらず。そして、こちらの麗しい女性が、わたしの婚約者であるオデットです」

ジョセフにそっと背中を押され、一歩前に出たオデットは片足を引くお辞儀を優雅に披露して見せる。

その動きだけでも秘所が刺激されて、緊張感も相まって、ますます頬が赤くなった。

(ここへ来るまでも思ったが……漏れている気がするし)

宛てがわれた客室から大食堂まではかなり遠くて、歩くあいだ蜜口に食い込む真珠が気になってたまらなかった。今も片足を引いた途端に鎖と真珠がぐいっと花芯に食い込んできて、危うく声が漏れそうになったほどだ。

(もどかしい……)

おかげでジョセフの理屈通り、自分を見つめるエアロンの面々の視線を気にする余裕がいっさいない。

そんなオデットの肩をジョセフはすぐさま抱き寄せた。

「ははは、皆様、我が婚約者に目を奪われておいでのようだ。確かに彼女は美しいですからな。見とれるのも無理はありません」

ジョセフの手が肩から背中を意味深になでてくる。オデットはそれだけでぞくぞくとした愉悦を感じてしまい、思わずジョセフを横目で睨んだ。

だが拗ねたようなそのまなざしも、今は集まった人々の心をざわつかせるものにしかならない。

事実、身体にぴたりと沿うデザインの青のドレスを着たオデットは美しかった。

喪を示すため、白い肌を飾るネックレスやブレスレット、イヤリングはジェットを連ねたものだ。国宝級の逸品は、彼女の艶やかな黒髪に実によく似合っている。

後頭部にひっつめた髪には、長さをごまかすために大ぶりの花飾りがつけられていた。

袖なしのドレスなので、二の腕まで隠すほどに長いレースの手袋を身につけている。ドレスの襟元や裾に縫い止められたレースと同じ意匠で、華やかさと荘厳さの両方をしっかりと演出していた。

化粧はくちびるに軽く紅を差しただけだが、湧き上がる快楽によって涙ぐんでいるため紫の瞳は平時より大きく見えるし、何より大変に艶めいている。

おかげで醸し出される色香は、同性でさえどきっとするほどだ。最初の衝撃が過ぎ去ると、王妃や王女などは軒並みうろたえた様子を見せていた。

上座に座るゼア王など、大きく目を見開いたまままばたきもせずに固まってしまっている。

それを楽しげに見回したジョセフは、またほがらかな笑い声を響かせた。

「はっはっはっ。わたしの婚約者が、亡き王女殿下と同じ名前で驚きましたか？　おまけに顔もそっくりですから、見入ってしまうお気持ちは大変よくわかりますよ」

理解ある面持ちで言ってのけるジョセフに対し、ゼア王がようやく我に返った様子で、たちまち真っ赤になった。

「……なっ、何を、馬鹿なことを……！　そこにいる女は、まぎれもなく、我が国の王女オデットではないか!!　死体まで偽装して、いったいどういうつもりなのだ!?」

ゼアの怒鳴り声に、着席していた人々もハッとした様子で、「そ、そうだそうだ！」「いったいどういうことなんだ」と怒声を浴びせてくる。

しかしジョセフはきょとんとして、無邪気に首をかしげてみせた。

「皆様こそ何を言っておいでで？　オデット王女の遺体は丁重にお返ししたではありませんか」

「よ、よくもぬけぬけと……白々しいことを！」

「……ああっ、ここにいるオデットが、オデット王女と同じ名前なので、皆様混乱しておいでなのですね。無理もありません、オデット王女の訃報はあまりに急なことでしたから、皆様が事実を受け入れられず、同じ名を持つ女性にその面影を重ねてしまうのは無理からぬことでしょう。わたしもオデット王女を愛するあまり憔悴して、彼女の幻影を見ることもしばしばでしたからな」

悲しいことだと言いたげに目元を押さえ、なんなら鼻をすすって見せたジョセフに、隣にたたずむオデットは（本当に白々しいな）と明後日の方向を向く。

だがジョセフに腰をさわさわとなでられて、あきれた気持ちは快感を耐える意思に、あっという間に掻き消された。

「ん……っ」

心なしか秘所にじわりと熱い蜜が滲んだ気がする。下着をつけていないから、蜜があふれれば内腿を伝って落ちていくしかなくなる。床にシミがついたらどうしようと考えるだけでハラハラして、オデットはきゅっとくちびるを引き結んだ。

そのあいだも、ゼア王とジョセフの応酬は続いていく。

「だから、それが白々しいというのだ！　あの焼死体は偽物であったのであろう？　そこにいる女こそ王女オデットで間違いない……っ」

「おお、ではゼア王陛下は彼女の何をもって、本物のオデット王女だと主張されるおつもりか？　王女だとはっきりわかる特徴が身体にあるとか……？」

ジョセフはわざとオデットを引き寄せ、耳の後ろにくちびるを寄せてくる。オデットが耐え切れずに「あん……」と声を漏らすと、近くにいた重鎮たちがごくりと唾を呑む気配がした。

ゼア王も一瞬うろたえた様子を見せたが、すぐに気を取り直して怒鳴ってくる。

「ほ、本人に聞けばいいだけの話だろう！　そこの女！　おまえは我が王国の王女にして、国軍の大将であるオデットであろう。違うか⁉」

「……」

オデットはくちびるをぎゅっと引き結び、ついでに目も伏せる。意識はゼア王の言葉よりも、尻肉をさわさわとなでてくるジョセフのほうに向かっていた。

(この状況でさわってくるとか、正気か……⁉)

薄目で睨みつけて訴えてみるが、ジョセフは素知らぬ顔だ。それどころか片手を顎に添えて「ふむ」と首をかしげるではないか。

「申し訳ないな、ゼア王陛下。我が婚約者は王国でも東のほうの出身ゆえ、エアロンの言葉に精通していないのだ。そなたが言っている言葉は何一つわからないと思うぞ？」

「な、なんだと――？」

「――オデット、ゼア王陛下はそなたがこの国の王女ではないかと問いかけているのだが、どう思う？」

懲りずにオデットの脇腹をなでながら、ジョセフがイーディン語で尋ねてくる。

あとで絶対に報復してやると思いながら、オデットは嬌声をこらえて必死に普通の声音を心がけた。

「いいえ。わたくしは生まれも育ちも、イーディン王国のオンジェル侯爵領です。父はそこにいる外務大臣、オンジェル侯爵ですわ」

あらかじめ打ち合わせしていた通りのことをイーディン語で無事に話せたが、快感をこらえているために、声はどうしても震えて小さなものになってしまう。

それが逆に、深窓の姫君らしく聞こえたようだ。誰に対しても明瞭な受け答えをして、部下たちには声を張って指示を飛ばしていたオデットを知る者ほど、目の前の女性のおびえたような震える声に違和感を持った様子だった。

秘所の秘密が知られないよう、ついついうつむきがちになっていたことも働いて、（まさか、本当に別人……？）と言いたげな目配せがあちこちで起こる。

困惑の空気の中、ジョセフはほがらかに「そうだよな、オンジェル侯爵？」と背後に控えていた外務大臣を呼びつけた。

「お集まりの皆様は当然、我がイーディンの言葉もおわかりになるとは思いますが、念のために通訳しておきますね。今、我が婚約者は『自分はイーディンの外務大臣の娘である』と答えたのです。

オンジェル侯爵、こちらのオデットはそなたの娘であろう？」

「ええ、左様でございます」

にこにこと進み出てきたイーディン王国の外務大臣、オンジェル侯爵は、ジョセフ同様に流暢なエアロン語で話し出した。

「こちらのオデットは我が侯爵家の一人娘です。領地で大切に育てたゆえに少し内気ですが、根は優しくとてもいい子でしてなぁ。社交界にデビューさせるために今年になって王都に連れてきたのですが、そこでジョセフ陛下のお目に留まり、妃に迎えていただけることになったのですよ」

まるで我が手柄とばかりに、オンジェル侯爵はふふんと胸を張った。

「オデットは女の子にしては背が高いのを昔からの悩みにしておりましてねぇ。人前に出たくないと、デビュー前はずいぶんごねていたのですが。いざ出てみたら、陛下に即座に見初めていただきまして。いやぁ、こんなことが本当にあるのかと、わたしもびっくりいたしましたが。本当に自慢の娘なのですよ。亡き女房に似て美人ですし」

頬を染めて陽気に話す様は、娘が可愛くて仕方ない親馬鹿の雰囲気に満ちている。

ジョセフもまったくその通りという笑顔で、うんうんとうなずいているが。

(よくもまぁ二人とも、こんなうそ八百を堂々と語れるものだ)

と、オデットは一人げんなりしていた。

——無論、オデットはオンジェル侯爵の娘として生まれた覚えはなく、その上、彼と顔を合わせたのもエアロンへ向け出発する当日という有様である。

だが今のオデットが、オンジェル侯爵の娘であるのは間違いではなかった。

……ジョセフはエアロンに出発する前、オデットに「自分の存在が死ぬのはかまわぬか？」と尋ねた。

実際はその少し前から、彼はオデットを自国の貴族の養女として迎えようと計画していたのだ。

オデットをエアロンの王女という身分のまま花嫁として迎えたかったジョセフだが、ゼア王が彼女を取り戻そうとしたことで、考えが変わったらしい。

オデットが『エアロンの【王女将軍】』として生きている限り、これからもゼア王に狙われるのは間違いなく、下手をしたらそれが原因でエアロンとイーディンの関係が悪化する可能性も出てくる。

そもそも、そういう危険因子を抱える王女を国王の妃に迎えることを、イーディンの貴族たちは承知しないだろう。

そのため、ジョセフは手っ取り早くオデット王女の死を偽装することにしたのだ。リックを犯人に仕立て上げ、表向き王女の遺体をエアロンに丁重に運ぶフリをしながら、オデット王女の死をわざと喧伝しまくってきた。

顔もわからない焼死体をエアロン側がオデット王女と素直に信じるかは疑問だったが……結果的にこうして半旗が掲げられ、城外にオデット王女の死が公表されたのだ。

それを取り消すことはもうできない。王族の生死にまつわる情報がころころ変わるなど、王家の威信が揺らぎかねない醜聞になるからだ。

――とはいえ、王女が無事に死んだところで残ったオデットはどうしようという話になる。

ジョセフはオデット以外と結婚するつもりはないと、自国の貴族にあっさり告げた。そしてこうも言った。「どこか、我が妃となる娘を養女にしてくれる家はないか？」と。

多くの家が名乗りを上げたようだが、最終的に選ばれたのは外務大臣を務めるオンジェル侯爵だった。

五十歳を迎える侯爵は、もう二十年も前に最愛の妻と死別している。お産のときに娘ともども亡くなったのだ。妻を深く愛していた侯爵は再婚せず、爵位は弟の子に譲ると早くから明言していた。

そういう状況なので、オデットを迎えるにあたって家族間で揉めるということはまずない。侯爵という身分と外務大臣という社会的な地位も、王妃を輩出する家の長として申し分のないものだ。

何より侯爵本人が語学と話術に長けており、口裏を合わせるようなことも得意だった。

今も、知らぬはずのオデットの幼少期について、あたかも真実のごとく懐かしそうにペラペラと話しまくっている。

おかげでエアロン側の面々は信じる信じないにかかわらず、軒並み口元を引き攣らせている有様だった。

「――というわけで、ここにいるオデットと、エアロンのオデット王女はまるで別人なわけです。わたしも彼女をはじめて見たときは驚きました。あまりにオデット王女に似ていましたからね。ですがこれもまた神のお導きでしょう。オデット王女を喪い、嘆き悲しんでいたわたしに、神が彼女を遣わせてくださったのだと今は信じております」

侯爵の長々とした思い出話のあとで、ジョセフがロマンチックにそうまとめた。そして愛おしさがあふれて止まらないというまなざしで、オデットの肩を抱いてくる。

不用意にさわるなと言いたかったが、今はエアロンの人々を騙している最中だ。

ぎこちないながらも微笑を返してやると、ジョセフもまた、にっこりとニヤリの中間にあるような笑顔を返してきた。この場でなければ足を踏んでやろうかと思えるような、イラッとする表情である。

しかしエアロンの人々は、オデットの微笑みにこそ大きく息を呑んでいた。

無理もない。オデット王女は生まれてこの方、王宮の人間に笑った顔など見せたことがなかった。笑ったら最後、侮蔑され、非難され、折檻を受けることがわかっていたから、オデット王女は発言するとき以外、口元を動かすことはなかったのである。

こんなふうに髪を伸ばして結い上げることも、身体の線を強調するドレスを着ることも、若い娘らしくくちびるに紅を差すことも、艶めいた表情をすることも――さげすまれ、邪険にされていたオデット王女からは、まず考えられないことである。

エアロンの人々もそれにようやく気づいたのか、なんとも苦々しい面持ちになっていた。

周囲をぐるりと見回したジョセフは「ふむ」と思案顔で顎に手をやる。

「――どうやら我らが、せっかくの晩餐の空気を壊してしまったようだ。親馬鹿丸出しで娘のことを語るからだぞ、オンジェル侯爵」

「それを言うなら、婚約者の可愛らしさにあらがえずに娘にちょっかいを出してばかりの陛下のせいでしょう」

「む、そうか？　だが確かに。我が婚約者が魅力的すぎるのがいけない」

「んあっ」

思わせぶりに腰から秘所のほうに手を這わされて、オデットはびくりと震える。エアロンの人々もぎょっとした顔になるが、ジョセフはかまわず踵を返した。

「婚約者の気分があまりよくないようなので、せっかくの晩餐会だが、我々は下がらせていただこう。オデット王女の遺体も無事に引き渡せましたし、我々は明日にはお暇しますよ。葬儀に参加できないことが心残りですが……歓迎されていないことは、残念ながら明らかでしたしね」

――招待された晩餐会を断るなど、無礼もいいところだ。

だがオデットの肩を抱いて退室するジョセフを咎める者は誰もいない。ゼア王ですら何も言えずに、ただただ見送るばかりである。

そして疑惑と不審たっぷりの目を向けられながらも、ジョセフはもちろん、イーディン側は誰一人としてうろたえることなく堂々と大食堂をあとにしたのだった。


晩餐会で少しでも座ることができれば、秘所の違和感から目を背けられるかも……と思っていたオデットにとって、再び長い道のりを歩いて客室に戻るのは苦行だった。

（っ……）

歩くたびに大粒の真珠が蜜壺の奥に入る気がして、気を抜くとすぐ前屈みになりそうになる。それでなくても小粒の真珠がふくらんだ花芯を刺激してきて、甘やかな愉悦が湧いてくるのだ。

ジョセフだけならまだしも、侯爵も近衛兵も侍女も一緒だ。無様な姿は見せられない。オデットは奥歯を食いしばって必死に歩いた。

だが平静を装っていられたのも部屋に入るまでだった。客間の一番奥の寝室に入った途端、緊張の糸が切れたオデットは座り込みそうになる。

「おっと」

ジョセフがすかさずオデットを抱き留め、寝台へと運んでいく。

もうどうにでもなれと半ば投げやりな気持ちになったオデットは、真珠の刺激をこらえながら、かかとの高い靴を脱ぎ捨てた。

そのあいだ、ジョセフは侍女たちに呼ぶまで入らないよう言いつけ、さらに黒を手招いて、何かをこそこそと指示する。

黒が一礼して出て行くと、ジョセフはみずから扉を閉め、寝台に歩み寄ってきた。

「かなりつらそうだな、我が婚約者のオデットよ？」

「……まさかとは思うが、この真珠に何か仕込んだか？　ただ入れられているだけで、こんなに感じるものとは思えないのだが」

はぁはぁと浅くなる呼吸の中で訴えれば、ジョセフは「ご明察だ」とにやりと笑った。

「身体が熱くなる軟膏を真珠に塗らせてもらった。よく気づいたな。わからぬように仕込んだというのに」

やっぱり、とオデットは食いしばった歯のあいだからうめき声を漏らす。食堂に向かうときはそうでもなかったが、いざエアロンの人々のもとから退室したときは気が抜けたせいだろう。一気に秘所が熱くなって、肌を掻きむしりたい衝動に駆られていたのだ。

「その上でよくここまで我慢したものだ。平然と歩いているように見えたから、効いておらぬのかと思っていた」

「効かぬなら効かぬで、そちらのほうがずっとよかった……！」

オデットの恨み節に、ジョセフは声を立てて笑った。

「もう、さっさと外してくれ……！」

「自分で外そうとは思わないのか？」

「あなたのことだ。そんなことをしたら、また仕置きと称して黒を呼びかねないだろう」

「おお、さすがはわたしの愛する女だ。わたしのことをよく学習し、理解しているらしい。嬉しいものよ」

両腕を広げ大げさに称えたところで、ジョセフは「我慢したことに免じて、素直に外してやろう」とオデットのスカートに手を伸ばす。スリットの留め具をすばやく外すと、裾をまくり上げて貞操帯に指をかけた。

「んんっ……！」

彼の手が秘所の近くにあるだけで、あやしいうずきが身体を這い上がってくる。

目をぎゅっとつむって必死にこらえるオデットを悦に入った面持ちで眺めながら、ジョセフはずるりと蜜壺から真珠を引き抜いた。

「は、ぁ……っ」

ずっと内部を圧迫していた真珠が離れていくと、腰が抜けそうな安堵感と喪失感がいっぺんに襲ってくる。

ただ真珠から媚壁に染み込んだ薬は抜けてくれないから、腰奥は依然として熱くくすぶったままだ。

「ん、んぅ……っ」

何もされていないのに腰を振りたくりたい衝動が抑えられず、オデットはついもぞもぞと腿を擦り合わせてしまう。

身体にまとわりつくドレスも邪魔だ。宝飾品から外そうとするが、指が震えて上手くいかない。

「そう急くな。脱がせてやる」

ジョセフは笑いながら自身のマントと上着を脱ぎ捨てる。だが今のオデットにはそれを待つ時間すらつらい。とうとう耐え切れず、彼女は自身の秘所に指を這わせた。

「あぁあん……っ」

熱い媚壁を指でこするだけで、たまらない快感が押し寄せてくる。指を蜜壺の奥へと差し込み出し入れさせると、もう愉悦のことしか考えられなくなった。

「ん、あっ、んンン……！」

「ほう、気持ちよさそうだな。自分で慰められるなら、おれが手を出す必要もないな？」

ジョセフはかたわらに腰かけ、自慰にふけるオデットを楽しげに観賞しはじめる。そっと目を開けたオデットは、彼がいつの間にか全裸になっていることに息を呑んだ。

当然、男のものも剥き出しになっている上、すでに勃起して硬く張り詰めている。

「……っ」

オデットの奥底がまたずくんと激しく反応した。

感じやすい媚壁は自分の細指でも充分に愉悦を覚えるが、この太い肉棒で貫かれるほうがよほど気持ちいいことを知っている。

すぐにでも入れてほしい。しかしジョセフは「まずは自分で達してみろ」と意地悪くささやいた。

「上手にいけたら、こいつをぶち込んでやる。ああ、だがこのままではおれもつらいからな――」

「ん、あっ」

唐突に引き起こされて、オデットは目を白黒させる。ぺたんと座り込んだ彼女は、顔の間にぬっと男根を突き出されて息を呑んだ。

「おれのこいつも、しゃぶって慰めてくれ」

「……正気か？　んっ！」

「おれはいつだって正気だぞ？」

耳の後ろを思わせぶりになでられてびくっと震えるオデットに、ジョセフはにやりと笑う。

そっと目を上げれば、彼の瞳にしっかりと欲情が浮かんでいるのが見えた。

（これを、しゃぶる……？）

オデットはごくりと喉を鳴らす。なぜだか喉の奥がカラカラに渇いて、身体がさらに熱くなる。とても正気のこととは思えないのに、後頭部を軽く引き寄せられると、素直に口を開いていた。

「んんっ……！」

はじめて口に含んだ肉棒は、舌が火傷しそうなほど熱い。竿部のざらついたところに舌を這わすと、口の中でそれはピクピクッと震える。

その途端、なぜだか急に愛おしさが湧いてきて、オデットは丹念に舌を動かしはじめた。

「ん、ふ……ンン……っ」

「ほぉ、はじめてにしては上手いではないか。……誰か、ほかの男とこうしていたのではないだろうな？」

「んんっ！」

ドレスの上から乳首をきゅっとつままれて、オデットはびくんっと身体をこわばらせる。

「だ、れが……っ。あなた以外、こんなことをする相手はいないだろう……！」

思わず口を離して抗議すると、ジョセフは声を立てて笑った。

「うむ、その通りだ。これまでも、これからも、未来永劫、そなたがこうするのはおれのみだ。そうだな？」

「ん、むっ……」

再び後頭部を引き寄せられて、オデットは塩辛い味のする男根に舌を纏わせる。当然だろうという返答を込めて。

「そうだ、もっと舐めしゃぶれ。くちびるをすぼめて、しごくのも悪くない。……ああ、上手いな、そうだ、その調子で続けてくれ」

「んん……！」

褒められるたびになんだかむずむずしてつい従順に舌を這わせるオデットは、言われた通りくちびるをすぼめて、頭を前後させて竿部をしごく。

口を塞がれているからか自身から湧き出る欲情が身体の裡にこもるようで、オデットは再び自身の秘所に指を這わせて、蜜壺に抜き差しをはじめた。

「んん……！　んぅ、んっ……！」

「おれをしごきながら自慰とは、器用なことをする。可愛らしいな。快感に従順なそなたはいつまでも見ていられる」

ジョセフもわずかに息を切らして、うっとりとしたまなざしでオデットを見つめる。彼の視線を感じるだけでぞくぞくして、オデットはますます舌と指を動かした。

ジョセフも彼女の背に手をやって、ドレスの留め具を外していく。上半身を脱がせると今度はコルセットの紐を乱暴にほどいて、窮屈そうに押し込められていた乳房を取り出した。

「んあああっ！」

剥き出しになった乳首をきゅっと引っぱられて、オデットはたまらず顔を上げて悶える。

ピンと尖ったそこは刺激を待ちわびていたらしい。くにくにといじられただけで全身がカッと燃え上がるように熱くなり、オデットはあっという間に達してしまった。

「んあっ、あひ！　ひぁああン……!!」

がくがくと震えながらのけぞるオデットを、ジョセフが「おっと」と引き戻す。

「あいにくおれはまだ達していないぞ」

「んぐっ、んぅうう……っ」

再び竿を口の中に押し込められて、オデットはぽろぽろと涙を流す。亀頭が喉奥を刺激してきて確かに苦しいのに、口内が雄の匂いでいっぱいになると頭が飽和するほどの欲情が押し寄せてくるのだ。もはや苦しいのか気持ちいいのか判別がつかない。

ただ、達したことで身体は間違いなくそれまで以上の飢餓感に襲われていた。達したからこそ、もっと気持ちよくなりたくて、身体も心も異常なまでに貪欲になっていく――。

「んっ、んんぅ、んぐ――」

オデットは舌を伸ばして竿部を舐め回し、時折くちびるをすぼませ頭を前後させた。

ジョセフはそんな彼女の頭を、いい子だと言いたげになでた。そして髪飾りを引き抜き、きつく結ばれていた髪をほどく。

頭の締めつけがなくなりより身体が快感に向けて解放された気がして、オデットは自身の乳首や秘所をいじりながら、何かに取り憑かれたように口淫にふけった。

「んんっ、あむぅ……！」

口内がいっぱいに満たされると、空洞の蜜口が物欲しそうにうずいて、もう自分の指ではもの足りない。

オデットのそんな欲望を察してか、ジョセフが「一度横になれ」と促してきた。

言われた通りに仰向けになったら、真上から肉棒が口内にぐっと差し込まれる。

「んぐぅ……！」

喉奥まで犯してくる男根に苦しげな声を上げたのもつかの間、脚を大きく開かされて、オデットはハッと目を見開いた。

次の瞬間、濡れそぼった秘所に彼がじゅっと吸いついてきて、オデットは息を呑んで激しくのけぞる。

「んんぅう——……ッ!!」

ふくらんだ花芯を強く吸われただけで達したオデットは、がくがく震えながら意識を失いそうになる。

だがそれを許さないとばかりにジョセフが腰を動かしてきて、オデットの口内で肉竿が勝手に出たり入ったりをくり返してきた。

「うぐっ、んっ、んぅう！」

恐ろしく苦しいのに、オデットは自身の顔の横にあるジョセフの腿に手を這わせながら、夢中になって男根に舌を絡ませる。

ジョセフもまたオデットの蜜壺に指を埋め、あふれる蜜を掻き出すようにぐちゅぐちゅと媚肉を刺激してきた。

「ふぅうう——……ッ！」

秘所の奥が燃えるように熱くなって、背筋を伝って愉悦が全身を沸き立たせる。

蜜壺だけではなくふくらんだ花芯を吸われ、舐め回されるともうじっとしていられない。オデットは何度も腰を突き上げ、肉棒で塞がれた口からくぐもった悲鳴をほとばしらせた。

やがてジョセフが花芯にカリッと歯を立ててくる。オデットは頭が真っ白になるほどの悦楽に見舞われ、腰を突き上げて激しく達した。

「んぅっ、んっ！　あぅぅううう――ッ……!!」

ジョセフの指が蜜壺から引き抜かれると同時に、ぷしゃっと音を立てて大量の蜜が噴き上がる。

同時にジョセフも激しく腰を動かして、熱く濃い精を噴き上げた。

「んぐぅう……ッ！」

口内にあふれる青臭い匂いに、オデットはたまらず肉竿を吐き出して顔を逸らす。

ふくらんだ先端からびゅくっとあふれた白濁が彼女の白い頬から首筋に飛び散って、肌を伝ってどろりとこぼれた。

「あ、あ……っ」

むっとする香りを嗅ぐだけで絶頂にまみれた身体がよりぞくぞくっと高ぶって、オデットの秘所からまたぷしゅっと断続的に潮がこぼれた。

意識が遠のきそうになるが、口内に放たれた白濁が喉の奥に流れてきて、驚いたオデットはうつ伏せになって激しく咳き込む。

はぁはぁと喘ぎながら苦しさにぽろぽろと涙をこぼしていると、身体を起こしたジョセフがオデットを正面から掻き抱き、激しく口づけてきた。

「んんっ……！」

乱暴に舌を絡ませられ、オデットはうっとりと目を伏せる。、身体はあっけないほど快感にほだされ、また熱くたぎってきた。思わず彼の背に腕を回し舌を擦りつけ返すと、ジョセフがにやりと微笑む気配がした。

「まだまだ、こんなものでは満足できないであろ、ぅ！」

「……んきゃあぁうッ！」

丸い亀頭が押し当てられたと思ったら、一息に奥までずんっと突き上げられて、オデットは大きくのけぞってがくがくと震えた。

頭が真っ白になって、意識が一気に遠のく。震えが収まった身体からがくりと力が抜けるが、ジョセフは下半身を繋げたままオデットを仰向けに横たえてその両脚をぐいっと持ち上げた。

そして、ギリギリまで引き抜いた肉棒をまたずぶりと奥まで差し入れてくる。

「――んぁうあああ！」

オデットの全身がびくりと跳ね上がり、口から艶やかな悲鳴が漏れた。

「あ、あっ……！」

「さぁ、まだまだ愛し合おうか、婚約者殿？」

「は、ぁ、も……、あぁあっ、あ、あ、あぁうあっ！」

「待って」と言う間もなく肉竿を激しく抽送されて、オデットは揺さぶれるまま切れ切れの声を上げる。

その声も、激しく舌を絡ませる口づけにすぐに呑まれた。

「んんぅっ、んっ、んぅううう……！」

「はぁっ、締めつけがすごいな。よほどおれのコレが気に入ったと見える」

「ひぁあああ！」

乳首をきゅっとつまれ引っぱられて、オデットはくちびるをひくひく震わせながら大きくのけぞる。

ぐちゅぐちゅという水音を立てて抽送されるたびに蜜が飛び散り、二人の下半身はあり得ないほど濡れそぼっていた。

それだけでも意識が遠のくほどに気持ちいいのに、乳首を咥えられ、激しく吸われて、オデットはたちまち前後不覚に陥る。

どちゅどちゅと奥を突き上げられ、乳首をこねられ、舌を吸われ……あまりの快感にオデットは何度も意識を飛ばしかけた。

ジョセフは再び果てたあと、今度はオデットをうつ伏せにして、背後から激しく突き入れてくる。

そして彼女の身体を引き起こし、背後から抱きすくめながら腰を動かしてきた。

「あ、あぅ、ん、んお、んやぁああぅ……！」

度重なる快感に、オデットはもう意味のある言葉も言えなくなる。揺さぶられるまま、ただただ艶やかにうめくばかりだ。

はぁはぁと忙しなく呼吸する口の端からよだれがこぼれて、頬に残る白濁と溶け合って胸の谷間へと流れていく。

豊かな乳房はジョセフの手の中で自在に形を変えるが、乳首だけはピンと尖ったまま、さらなる刺激を欲しがるように濡れ光っていた。

ジョセフが戯れに指先でいじれば、オデットの身体は面白いほどに跳ね上がり、繋がった下半身の部分からぷし、ぷしゃっと潮を飛ばす。

「ひ、ひあっ……、あ、ああん、んあぁあ、お……っ」

真っ白な肌に黒髪を貼りつけ、快感にまみれたうつろなまなざしで喘ぐオデットを、ジョセフは愛おしそうに見つめる。

同時に彼女の身体を抱え直し、タペストリーが飾られた壁に向けてその身体を見せつけるように移動させた。

汗ですっかり濡れ光り、闇に浮かび上がるような真っ白な裸身は、ジョセフの放った白濁とオデット自身が噴きこぼした蜜でこれ以上ないほど淫らに仕上がっている。

はぁはぁと喘ぎ声とよだれをこぼすくちびるは赤く、涙ぐんだ紫の瞳は可愛らしくも淫らに潤んで、これ以上ないほど扇情的だ。

お互いが繋がった下半身を見せつけるように、ジョセフはオデットの両脚を大きく開かせる。そして女を抱えたまま立ち上がり、真下から蜜壺を突き上げた。

「んあぁあああっ！」

びくんっとのけぞったオデットが、後頭部をジョセフの肩口に擦りつけ激しく喘ぐ。

そのくちびるを奪ってやると、彼女はよりびくびくっと激しく痙攣しながら再びどっと蜜を噴きこぼした。

「んぐっ、ぐ、んぅうっ、んあぁぁあああ……!!」

豊かな胸を激しく震わせ、小水ともつかぬさらさらした液体を何度もあふれさせながら、オデットは愉悦のあまり忘我の縁へ意識を飛ばしていく。

その様を見下ろすことが一番の快楽だと思いながら、彼女の口元をねっとりと舐め回したジョセフは――視線だけを、タペストリーの飾られた壁へと向ける。

見えないはずの壁の向こうで、何かががさっと動いた気配が確かに感じられた。

ジョセフはにやりと意地の悪い笑顔を浮かべて、より見せつけるようにオデットの奥をじゅぷじゅぷと激しく突き上げる。

そうしてオデットが意識のないままがくがくと痙攣したところで、濃く熱い精をたっぷりと中へ放ったのだった。

＊＊＊

ジョセフとオデットが絶頂したと同時に、ガサガサと草を踏み分け、逃げるように走り去る人影があった。

「はぁ、はぁっ、くそ……！」

丈長の上着が草に取られて、ただ進むだけでも苦労するのが憎たらしい。

同時にどくどくと速い鼓動を刻む心臓も、興奮のあまり震える手先も、砕けたように力が入らない下半身にも腹が立って仕方なかった。

なんとかイーディン国王に宛てがった客間から離れたその男は、ほうほうの体で外階段を上り、自室のバルコニーへとたどり着く。

「くそ、くそ……！」

そうして悪態をつきながら上着を脱ぎ捨て、長靴も脱ごうとしたところで……自身の下半身に気づいて「ひっ」と喉を鳴らした。

彼の股間部分は、いつの間にかべっとりと青臭い液体で汚れていた。

いったいいつそうなったか、男にはわからない。

だが――タペストリーの陰になる位置にしつらえた、壁ののぞき穴から客間を見ているうちに……自分でも意識せずに、射精していたのは明らかだった。

それがいつなのか、はっきりわからないところが空恐ろしい。もっと恐ろしいのは、それほど無様な自分を認識してなお、股間のものが熱くたぎってどうしようもないことだ。

「う、うぅ……！　ぐぅ、ちくしょう……!!」

口汚く罵りながら男は必死にベルトを外し脚衣を脱ぎ捨てる。そして部屋の隅に下がる紐を乱暴に引っぱった。

遠くでカランカランと鈴が鳴るのを聞きながら、乱暴にガウンに袖を通した男は、入ってきた侍従に「妃を呼べ！」と叫んだ。

「例の格好をさせろ。すぐにここに連れてこい！」

いつになく乱暴な命令に侍従は目を丸くしながらも、よけいな口は叩かずにすみやかに出て行く。

「くそっ……！」

また激しく悪態をつきながら、男はかたわらの丸椅子を蹴り飛ばす。足に痛みが走るが、その痛みすら凌駕するほど欲情が身の裡で暴れ回っていた。

「うぅううう……！」

獣のうめくような声を漏らしながら、男は喉元を掻きむしり破裂しそうな男根を持て余して部屋中を歩き回る。

ほどなく妃が到着したという報せを聞いた彼は、待ち切れないとばかりに寝室へ入った。


「はぁ？　こんなときに、いったい何を考えているのよ」

重たいドレスを脱ぎ捨てた途端、どっと襲ってきた疲れにより長椅子にぐったり倒れていた女は、夫付きの侍従が呼びに来たことを知って目を剥いた。

今日はとにかく、さんざんな一日だったのだ。イーディン王国の国王一行が、こちらの支度も調わない間にやってきて、醜い焼死体を見せつけてきた。それだけでも恐ろしかったのに、正気を失った騎士を、あの若き国王は……槍の投擲で沈めて見せたのだ。

玉座に転げるようにやってきたあの血まみれの騎士も、風をびゅっと切って飛んできた槍も……思い出すだけでも震えが止まらない。

その上で、騎士から平然と槍を引き抜いたあの男――イーディン国王ジョセフ。

悔しいかな、全身を返り血で汚しながらも、その美貌は見とれるほどに麗しかった。

ゼア王も冷たい美貌の貴公子だが……金髪碧眼のイーディン王ジョセフには温かみと親しみがあり、はじめて顔を見たときには女心がぽっと温まるのを感じたほどだ。

それだというのに、焼死体をうやうやしく扱うわ、騎士を殺しかけて平然と笑っているわで……ああ、思い出すだけで吐き気が抑えられない。女はぶるぶると頭を振った。

その男と、夕方も晩餐会で顔を合わせなければならないというのも最悪だった。食事が喉を通る心境ではもともとなかったが……彼が連れてきた婚約者というのが、また最低最悪の人間だった。

「何が侯爵家の娘よ。あれはどう見ても我が王室の汚点、この国の汚物じゃない……!!」

晩餐会に現れたあの女……どんなに繕っても、あれは間違いなくエアロンの王女将軍オデットだ。

だが【王女将軍】と呼ばれていた頃とは別人と言っていいほどの変貌ぶりであった。

ゼア王から女の格好を禁じられていたオデットは、ドレスを着ることはもちろん髪を伸ばすことも許されず、修道女よりもなお不格好な短い髪を保っていたのだ。

それを、あのように伸ばして美しく結い上げるなど……髪飾りが生える青いドレスを身に纏って、堂々と出てくるなど！　思い出すだけで腸が煮えくりかえる思いだ。

（ましてあのドレスと、宝飾品！　あれほどのジェットが連なった首飾り、我が国の王室にだって

存在しない高級品なのに……‼)

どういう経緯でイーディン国王の婚約者の座に居座ったのかは知らないが、我が国の汚点の分際で、とんでもないことである。絶対に許せない。許されざることだ。

(エアロンの王妃である、このわたくしより贅沢をしているなんて!)

腹立たしい……憎たらしい!

(殺してやりたい‼)

晩餐会が中止になってすぐ、あの女のもとには毒入りのワインを運ばせた。だが、運び役を任せた侍女はまだ戻ってきていない。

首尾を確認したかったというのに、その前に夫であるゼア王に呼びつけられるなんて……本当に最悪だ。

まして閨に呼ぶとき、彼は必ず妃にある要求をしてくる。

今回も当然のようにその要求がなされたのだろう。侍女たちがあわてて集まってきて、さっそく王妃の髪にふれようとした。

激昂した王妃は侍女に扇を叩きつける。それだけでは飽き足らず、かたわらのワインのグラスも投げつけた。

「きゃあ!」

グラスが割れる音と侍女の悲鳴が重なる。立ち上がった王妃はうずくまる侍女を蹴りつけ、ほかの侍女たちにも宝石箱や櫛を投げつけた。

「お、王妃様！　落ち着いてください……！」

「ふざけるんじゃないわよ!!　閨に呼ばれるたびにわざわざ髪をひっつめて、黒髪の鬘をかぶるなんて冗談じゃない……!!」

手当たり次第にものを投げつけながら、王妃は結婚から十年のあいだに溜まりに溜まった不満を一気にぶちまけた。

「陛下が抱きたいのはわたくしではなく、あの女！　王室の汚点である、あのオデットなのよ!!　知っているのよ、わたくしは！　陛下が義妹であるあの王女を、女として見ているのをね……!!」

おぞましい上に忌々しい事実だ。美しく整えた爪をガリッと噛みながら、王妃は部屋をぐるぐると歩き回る。

そのことにはもう何年も前から気づいていた。ゼア王が王妃を閨へ呼び出すときには法則性があるのだ。

すなわち、オデット王女を口汚く罵り、唾棄し、おとしめたあと。

特にオデット王女を大勢の前にさらし者にしたあとは、必ずと言っていいほど閨に呼ばれた。

しかし、そのときは必ずオデット王女と同じ長さにあつらえられた黒髪の鬘をかぶらされるし、行為の最中は声を上げてはならないと言われる。少しでも喘ごうものなら容赦なく殴られ蹴り飛ばされることを、王妃は身をもって知っていた。

だが、逆に考えれば楽なものだ。鬘をつけて声を出さずにただ寝転がっていれば、相手が勝手に気持ちよくなって終えてくれる。

幸いにも嫁いで一年足らずで王太子を身ごもったため、それ以降は王妃も閨の快楽をゼア王には期待しなくなった。

自分にはひざまずき、快楽を与えてくれる男はいくらでもいる。なぜなら、自分は王妃なのだ。かしずく男など掃いて捨てるほどいるのに、その手のことが下手くそな夫に期待するなど間違っている。

だからこそ、呼ばれたときには忌々しく思いこそすれ、しぶしぶながらも鬘をかぶって寝室に入っていたのだ。それは王妃としての自分の立場を盤石にするためであり、湯水のように金を使って贅沢をし続けるためでもあった。

たまに我慢できないときは、あとでオデット本人に嫌味を言ったり、嫌がらせをすることで発散していた。

だが……そのオデットがイーディンに行軍してから、どうにも雲行きがあやしくなった。

オデットがイーディン国王に捕らえられたと知ったゼア王はあわてて彼女を取り返そうとしはじめるし、交渉が上手く進まないいらだちを王妃にぶつけてくるようになったのだ。

それこそ連日のように閨に呼ばれ、鬘どころか縛りつけられた状態で行為を強要されることもあり、本当にさんざんな日々だった。

そのため王妃もまた鬱屈を抱えることになった。それまで、多少のいらだちはオデットをいじめることで解消できていただけに、それができないのがこれほど面倒なのかと忌々しく思ったほどだ。

(帰ってきたらいじめ抜いてやろうと楽しみにしていたのに……！　まさかこんな形で、わたくしたちの前に出てくるなんて！）

晩餐会でのきらびやかなオデットを思い出すだけで、叫びたいほどの暴力的な衝動が湧き上がってくる。

ああ、本当に我慢ならない。それもこれも、あの女が、オデットが――自分が持つどの宝石よりも美しい宝飾品を身につけ、身体にぴたりと沿う素晴らしいドレスを着て――見目麗しいイーディン国王に、エスコートされていたからだ！

（それだけでも腹立たしいのに……イーディン国王の、オデットを見るあの目……！）

イーディン国王ジョセフは、居並ぶエアロンの面々に笑顔で接しつつも、その視線にはっきりと軽蔑と嘲笑の色を刻んでいた。オデットの登場に息も継げない王妃たちを、はっきりと嘲笑い手玉に取って遊んでいたのだ。

それなのに、緊張からか頬を赤らめしっとりと汗ばむオデットには気遣いに満ちたまなざしを注いでいた。あれは間違いなく情愛からくるまなざしだ。

（そんなもの、わたくしはゼア王陛下から、いっぺんたりとも浴びたことがないのに！）

そのことを悲しいと感じる時期は、とうに過ぎた。嫁いですぐの頃ならまだしも、夫がオデットに懸想していると悟って以降は、義妹を無意識に偏愛する様を心の底から気持ち悪いと思っていたほどだ。

王妃が腹立たしく思うのは、ゼアに愛されないことではない。自分にはジョセフのように、いたわりに満ちた愛を注いでくれる相手がいないという点だ。

だがそれを認めるのは、彼女の矜持が絶対に許さない。王妃はなおも鬘を持ってこようとする侍女に、花瓶を叩きつけた。

「ぎゃあっ！」

陶器の花瓶はバリンと派手な音を立てて割れ、足元が破片まみれになる。しかし王妃は顔を怪我した侍女を、さらに破片だらけの床へ突き飛ばした。

「ぎあぁああ！」

「うるさいわね！　手足が切れたくらいでぎゃあぎゃあ騒ぐんじゃないわよ‼　その女をさっさと連れ出して——」

王妃がヒステリックに指示しようとしたときだ。

「——おやおや、騒がしいと思って来てみれば、なかなか楽しそうなことになっているじゃないか」

場に似つかわしくない楽しげな声に、王妃のみならず侍女たちも全員が凍りついた。

ばっと振り返った王妃は、そこにたたずんでいた者を見て大きく息を呑む。

「……おまえ！　いったいどうやってここまで——」

「まあまあ、そんなことはどうでもいいじゃないか、王妃様。あんた、ゼア王の閨に行くのがいやなんだろう？」

いきり立つ王妃などまったく怖くないと言いたげに、かかとの高い靴を鳴らして入ってきたその女は、至近距離で微笑みかけた。

「あたくしが助けてあげるよ。なぁに、心配はいらない。あんたはゼア王の寝室まで、あたくしを連れて行ってくれたらいいだけだよ」

　毒を含んだ甘い言葉に、王妃は思い切り眉を寄せる。

「何をたくらんでいるの、この悪女――！」

「あっはっはっ！　悪女か、なるほど！　ガラスの破片だらけの床に侍女を突き飛ばすのは、悪女の所業じゃないと言いたいのかい。おめでたいねぇ」

　ハッと振り返った王妃は、破片まみれになった侍女がヒンヒンと泣く様子を見て歯がみする。一方、女のほうはうっとりした面持ちで「うふふっ」と笑った。

「若い娘の悲鳴はいいねぇ……。悲壮感たっぷりで、本当にぞくぞくするよ。――それで？　あたくしをさっさと連れて行ってくれないかい、王妃様？　そうでなければ、あんたが侍女をいじめていたことを、あたくしはうっかり王宮中に漏らしてしまうかも」

　王妃はギッと憎々しげな目を女に向けたが……踵を返し、先んじて居間を出て行った。

「……こっちよ。さっさとついてくるがいいわ」


　寝室の扉をバンッと勢いよく開け放った男――ゼア王は、そこにいた女を見て目を見開いた。

「き、さま……っ、なぜ我が寝室にいる!?」

　無意識に後ずさったゼア王に対し、寝室をめずらしそうに眺め回していた女――オデットの実母マドリンは「ご挨拶だねぇ」とにやりと笑った。

「あんたのお妃様にお願いしたのさ。向こうは向こうで、鬘をかぶってあんたの相手をすることにご立腹のようだったからね」

　腰をゆらりと揺らしながら歩み寄ってこようとするマドリンを見て、ひゅっと息を呑んだゼア王は青い顔で叫んだ。

「っ、衛兵！　何をしている！　さっさとこの女を捕らえに来い！」

「おやぁ？　捕らえちゃっていいのかい？　――せっかく、あんたの大好きなオデットを抱ける機会だっていうのに」

「……っ!?　何を言って――」

　ふわりとマドリンに抱きつかれて、ゼア王はたちまち硬直した。

「知ってるんだよ。あんたがあたくしの娘であるオデットに、ずぅっと欲情していたことはね。あんたにとっては、あの子を公然と罵って口汚くさげすむことこそが、もっとも興奮する自慰行為だったんだろう？」

「……っ！」

　こぼれんばかりに目を見開くゼアを、マドリンは上目遣いに観察する。

「あたくしを邪魔だ邪魔だと言いつつ生かしておいたのも、オデットを自分のもとに縛りつけておくためだ。あの子はなんだかんだと義理堅いからねぇ。目障りな母親でも見捨てられないからこそ、あんたにいくら罵られてもここを去ろうとはしなかった。本当に、馬鹿で可愛くて、愚かな子だよ、オデットはね」

　硬直したゼア王の首筋にマドリンはねっとりと舌を這わせる。毒々しく赤いくちびると舌に、萎えかけていたゼア王の一物がピクリと反応した。

「ふふっ、ほら、反応している。これまであたくしに欲情することはなかっただろうけど、今は違うはずだ。オデットが女らしく着飾っている姿を見たあとならね」

「……なぜ……なぜ、貴様はそれを知っている」

当然ながら、マドリンは謁見の間にも大食堂にも顔を出していない。そもそも幽閉先である離宮から出られないよう、厳しい監視のもとに置かれているはずなのだ。

「あたくしには目となり手足となる者が無数にいるのさ」

マドリンはおかしそうに笑いながら、ゼア王の手をなでてくる。

手の甲をなぞる力加減は絶妙で、怒りと性欲で高ぶっているゼア王の身体には、まさに媚薬という名の毒でしかなかった。

「ぐっ……」

「ほぅら、あたくしのことが、オデットにしか見えなくなってきただろう？」

豊満な胸を擦りつけながらマドリンが微笑む。

「誰が、貴様のような毒婦になど……！」

「そうやって強がっているのもいいけど、こっちは限界が近いんじゃないのかい？」

「ぐぅっ……！」

ガウンの布地の上から男根にふれられ、ゼア王は低くうめく。マドリンはくちびるの端をつり上げるとすばやく彼のガウンを剥ぎ取り、その股間に顔を埋めた。

「ぐあっ……！」

肉棒をねっとり咥えられて、ゼア王が腰を抜かす。しゃがみ込み絨毯の上を逃げようとする彼を、マドリンのくちびると舌が容赦なく追い詰めた。

「ぐぅう……っ」

巧みな口淫によりゼア王の頭の中はあっという間に沸騰する。同時に、客間の壁にあけたのぞき穴から見えた、オデットの淫らな姿がよみがえった。

精液と愛液で全身を光らせ、恍惚の面持ちでくちびるを薄く開いていたオデット。くちびるからのぞく赤い舌も、潤んだ紫の瞳も、頬に貼りつく黒髪も——何もかもが壊したいほど美しく、扇情的で淫らで……自分が手に入れたいと思っていたそのものだった。

無論、それを口に出して誰かに告げたことなど一度もない。というよりゼア王自身も、自分の中に渦巻く暗い背徳に満ちた欲望に最近まで気づいていなかった。

オデットを虐げ、口汚く罵る上で得られる快感は、不義の娘を糾弾する正義感から生じるものだと本気で信じ切っていたのだ。

黒髪の鬘をかぶった王妃に欲望をぶつける行為ですら、不義の娘にしつけを与えることと同義だと思っていた。そこに男の欲が存在することすら認識できていなかった。

なのに、顔を合わせる機会などまずなかったマドリンはそのことに気づいて、それを逆手にとって口淫を仕かけてくる。

——ジョセフ王の一物を丹念に舐めしゃぶり、仰向けになってからは乱暴に突き入れられながらもなお恍惚の表情を見せていたオデットの姿が思い出される。

その瞬間に全身がかぁっと熱くなり、ゼア王は耐え切れず欲望をぶちまけた。

「うぐぅう……！」

信じられないほどの喜悦が背筋から一物へ走り抜け、先端からビュクッと大量の精が吐き出される。マドリンはそれを一滴残らず啜り上げ、ピクピク震える亀頭をくちびるでしごくように刺激した。

「ひぃぃ！」

出したばかりで敏感になっているそこを巧みに刺激されて、ゼア王の腰がビクビクッと跳ね上がる。

「安心をし。今夜からはオデットに代わって、あたくしがあんたの性を満たしてやるよ」

気だるげに黒髪を掻き上げながら、マドリンは娘そっくりの顔で蠱惑的に微笑む。

「あたくしが毎夜、天国を見せてあげる」

毒婦としか思えなかったマドリンの顔に、薄く色づいた頬をしたオデットの清純な面持ちが重なる。それくらい二人の顔立ちはよく似ていたし、豊満な胸も、張りのある腰もそっくりだった。

絶頂した直後の酩酊感に似た感覚が抜けず、呑み込まれるまま、床の絨毯の上に倒れそうになったゼア王だったが……。

不意に、マドリンの背後で何かがキラリと光るのを目の端で捕らえる。

それに自然と目が惹きつけられた瞬間——その光は、ザンッと音を立ててマドリンの肩に突き刺さった。

「うぎゃあああああああああッ!!」

マドリンの高く汚い悲鳴が寝室に響き渡る。同時にどっとあふれ出た血が、ゼア王の頬にびしゃりとかかった。

心臓を凍りつかせるほどの悲鳴と生温かい血の感触に、ゼア王はびくっと全身を震わせた。

呆然とする彼の前で、マドリンは血が噴き出す肩を押さえて絨毯の上を転げ回る。

「ぐ、うぅうう……! この、あたくしを、よくもぉおお……!!」

怨嗟に満ちたゾッとする声音で叫んだマドリンは、醜悪な顔つきで背後を振り返る。彼女の視線につられて顔を上げたゼア王は、たまらず叫び声を上げた。

そびえ立つように立っていたのは、血にまみれた抜き身の剣を手にしたイーディン国王ジョセフだったのだ。

「こんばんは、ゼア王陛下。顔を合わせるのは晩餐会ぶりだな。ふむ……しかし、お取り込み中とは思わず、大変失礼した」

謁見の間や大食堂で顔を合わせたとき同様、目がまったく笑っていない笑顔で言い切ったジョセフは、痛みにのたうち回るマドリンなど眼中にない様子で胸に手を当て挨拶してくる。

まったく、今日だけでいったい何度、血の臭いを嗅ぐことになったのかとゼア王は倒れ込みそうになる。

謁見の間では恐ろしさのあまり固まっているうち、ジョセフのほうから退室したので問題はなかったが……。

「……ひ、ひぃ……！」

今は寝室で、しかもゼアが着ているのははだけたガウン一枚のみだ。おまけに下半身は剥き出しという体たらくに、背筋がじわじわと凍りついていく。無論、一物もしなしなと力を失った。

だがガタガタと震えるゼア王と違って、マドリンは脂汗を掻きながらも憎々しげにジョセフを睨みつける。

「この……っ、貴様がイーディン国王か！」

食いしばった歯のあいだから絞り出したマドリンに、ジョセフは悠々と「いかにも」とうなずく。

「そういうそなたは、亡きオデット王女のご母堂らしいな、マドリンと言ったか」

「白々しい口を利くねぇ……！　あたくしから娘を取り上げておいて、よくその面を出せたもんだよ」

「取り上げたとは面白いことを言う。そなたはオデット王女を金ヅルと盾としか思っていなかったであろう？　……ん？　ずいぶん驚いた顔をするな。我が国の間諜が、この王宮に入り込んでいないとでも思っていたか？」

だとしたらずいぶんな平和主義だとジョセフは楽しげに笑う。

イーディンの間諜が王宮にいるなどついぞ気づかないどころか、想像もしていなかったゼア王だ。

なぜなら両国は東と西で別れているし、基本的に交流もない。軍事演習をともにしたいと持ちかけられたことが、そもそも異例だったのだ。

お互いにつかず離れず、ふれることもなく歩んできたのに、なぜ間諜を放ってまでエアロンに干渉してきたのか……。

ゼア王の疑問を察したのか、ジョセフは「そなたと同じさ」と軽く肩をすくめた。

「わたしもまた、この国の王女将軍の美しさに惑わされた一人ということだ。わたしの狙いは、最初からオデットだけだ。あの美しく不遇の王女を我が手に収め、淫らに泣かせて、可愛がりたかったのさ」

思わず息を呑むゼア王だが、かたわらのマドリンは「どいつもこいつも」と憎々しげに目元をゆがめる。

「あんな小娘のどこがいいんだろうねぇ……！　あたくしのほうがよっぽど、おまえたちを快楽まみれにしてやれるというのに」

「年増の悪女に何を言われたところで響かぬなぁ。まして、そのような怖ぁいまなざしで睨まれたらな、たいていの男は肝がひゅっと縮んでしまうよ」

マドリンの睨みに堪えないどころか、滑稽だと言いたげな面持ちで揶揄して、ジョセフは剣先を彼女の首に据えた。

「オデットを金ヅルとして、あるいは自分を保護する盾として使えなくなったからこそ、そなたはゼア王を陥落させようと離宮から出てきたのであろう？　これまで通りの生活を続けるには、新たな庇護者が必要だからな。いや、寄生先と言ったほうが正しいか」

「お黙り！　若造が知ったような口を利くなど――ぎゃあッ！」

脂汗を滲ませながらも食ってかかろうとしたマドリンを見るなり、ジョセフは無表情に手を動かす。マドリンの右耳が切れて、肉がぼとりと落ちた。

「うぎぃいいい……！」

「ふむ、年増の悲鳴は麗しくないな。黒よ」

「はい」

新しく聞こえた声に、ゼア王はびくっと全身を震わせる。全身を黒い装束に包んだ、男とも女ともつかぬ者がゼア王の背後からぬっと姿を現した。

「ひ、ひぃっ！」

「悪いが、この女を縛っておいてくれ。ああ、できれば扇情的にな」

「承知しました」

「うぐぅううう……!!」

のたうち回るマドリンはすばやく猿ぐつわを噛まされ、目隠しもされる。黒は彼女の波打つ黒髪を掴んで、ざっくりと肩の長さに切り落とした。

そして暴れ回るマドリンの背を踏みつけると、両手と両足の腱を短剣で切りつける。

「ぐぅうううう――――!!」

マドリンのくぐもった声が響き渡る。猿ぐつわを噛まされていなかったら、断末魔の叫びになったであろう声だ。

黒と呼ばれた者は鼻歌を歌いながら懐から縄を取り出し、それでマドリンの手足を複雑な形に縛り上げる。

「――とりあえずこんな感じでしょうか。どうです、美しいでしょう？」

気づけば彼女は後ろ手に拘束され、脚は片方ずつ、腿の裏とふくらはぎがくっついた状態で縛られた。それでいて両脚は大きく開かされ、めくられたドレスの裾から秘所が丸見えになっている。

猿ぐつわの下で悲鳴を上げながらマドリンは必死にもがいていたが、縄はわずかにきしむだけで少しも緩む気配がなかった。

「縄抜けできない縛り方にしておきましたからね。ああ、あと傷は止血を施しましたので、死にはしません。ジョセフ陛下はそのあたりの力加減がお上手ですからねぇ」

「耳も上手に斬り落とせていただろう？」

「まさにまさに。さて、血まみれですから、寝台に運びましょうか」

黒は見た目からは信じられないような力でマドリンを担ぎ上げると、真っ白な敷布が張られた寝台へ、彼女をぽいっと放り投げる。

止血のために巻かれた布がじわじわと赤くなる中、マドリンはまだまだうめき声を上げ、必死にもがいていた。

「元気なものだなぁ。あれだけ活きがよければ、アソコの絞まり具合も最高でしょうな、ゼア王陛下？」

はっはっはっと笑ったジョセフは、笑顔のままゼア王に同意を求める。

だが床に広がる血だまりと、そこから立ち上る鉄くさい臭い、何より一連の出来事にすっかり心をくじかれたゼア王は呆然と座り込むばかりだった。

「この程度で放心するとは。想像以上に軟弱ですなぁ、ゼア王陛下。この手の拷問の様子は戦場に出ていた者なら日常茶飯事。当然、【王女将軍】と呼ばれたオデット王女も数え切れぬほど見てきた地獄でしょうに」

オデットの名を聞いた途端にゼア王がびくっと身体を震わせる。瞳にはっきり恐怖を浮かべながら錆びついた人形のように顔を向けるゼア王に、ジョセフはにっこりと笑った。

「スナブジを平定してすぐ、オデット王女を国外に出したのが徒になりましたな。おかげでこちらは『【王女将軍】不在の今こそ国を取り戻す好機』と、スナブジをはじめとする西側諸国の将たちを扇動することができました。わたしの読み通り、オデット王女を欠いたエアロン軍は早々に瓦解した。思った以上の早さでね」

ジョセフの言葉を呆然と聞いていたゼア王は、その言葉を理解するなりじわじわと眉をつり上げた。

「き、さま……！　スナブジどもが性懲りもなく反乱を起こしたのは、貴様が裏で奴らを操っていたからか！」

「おお、操るだなんて人聞きの悪い。『今なら行けるのではないか？』とちょっとささやいただけのことですよ」

拗ねた女児のようにくちびるをすぼませ手をひらひらと振るジョセフを前に、カッと頭に血が上るのを感じる。

怒りのまま飛びかかりたかったゼア王だが、こちらの動きなどお見通しとばかりに剣を突きつけられて「ひっ」とすくみ上がった。

「ですが反乱が起きたおかげでオデット王女がいかに必要な人材か、身に沁みてわかったのでは？　これまでは彼女を出撃させれば戦には勝てた。帰ってきた彼女を糾弾すればあなた自身も溜飲が下がり、なおかつ欲望も満たされて一石二鳥だった。そうでしょう？」

「う、ぐ……っ」

「肝心のオデット王女がいなければそれがまったくの不可能だと悟ったから、あんな下手な交渉を我が国に持ちかけ、あわててオデット王女を取り戻そうとした。無論、軍の人間や重鎮に『オデット王女を早く取り戻せ』とせっつかれたのもあるかと思いますが……一番は、オデット王女をさらし者にして糾弾することで、自分自身の欲情を満たしたかったからだ。違いますかな？」

「な、なにを……っ」

「ただ、やり方が少々雑でしたな。あの交渉といい、王女隊の副隊長への命令といい……。『五体満足ならばよい』と命じたために、あの騎士はオデット王女を手込めにしようとしたのですから」

「そ、それはっ、その騎士が勝手にやったことで――ぎゃあああああ！」

たまらず自己保身を口走った瞬間、胸を剣先でちょんっと突かれ、鋭い痛みに見舞われたゼア王は悲鳴を上げた。

「おやおや、ちょっと突いたくらいで大げさな。皮膚の表面が軽く傷ついただけでしょうに」

「ひっ、ひぃ、ひぃぃいい――っ!!」

潔癖なゼア王には浅い傷だろうと少しの出血だろうと、目を回して倒れたくなるほどの恐怖だ。国王である自分の気高い身体から血があふれているなんて、とても耐えられない。

「い、いやだ、いやだあああああ！　た、助けてくれぇ……！」

「おおっ、ゼア王陛下、何をそのようにおびえているのです？　わたしはあなたにオデット王女で満たせなくなった快楽を、別の方法で満たして差し上げたいと思っただけなのに。ほら、ご覧ください」

未だ寝台の上で暴れるマドリンを振り返って、ジョセフは楽しげに笑う。

「オデット王女そっくりの女ですよ。その女を存分に抱いて、どうぞ募りに募った欲情を解放してさし上げてください。ね？」

「ひ……っ、ひぃぃ……っ」

欲情を解放するどころか、ゼア王はひきつけを起こして今にも泡を吹きそうになった。むしろこのまま気絶してしまいたい。イーディン国王ジョセフの前にいるという恐怖から、一刻も早く逃れたい！

ジョセフもそれに気づいたのだろう。「ふむ」と顎に手をやりつつ黒を振り返った。

「せっかく惚れた女とそっくりの女を抱けるというのに、ゼア王陛下は元気があまりないようだ……。黒よ、ゼア王があまりにお気の毒だ。気付けを与えてやってくれ」

「仰せのままに」

黒は再び懐から何かを取り出す。それは小さな瓶だった。蓋を開けた黒は、それをおもむろにゼア王の口内に突っ込んだ。

「ふぐぅっ!?」

全身を震わせ、無意識のうちに後ずさりして逃げようとしていたゼア王は、突如口を塞いできた瓶に目を見開く。

流れ込んできた甘ったるい液体を思わず飲み込むが、いくらか器官に流れたようで激しく咳き込んでしまった。

だが咳が治まると同時に身体がムラムラと熱くなってきて、彼は「あ、あ……?」と戸惑った声を漏らす。

「我が国が誇る、黒たち特性の秘薬です。元気になってきたでしょう?」

「あ、ああぁう、あううう……!」

獣のような声を上げながら、ゼア王は身体を震わせる。元気どころか、今すぐ一物を擦り上げて達したい欲求が急激に高まって、頭がおかしくなりそうだった。先ほどまで恐怖ですくみ上がっていただけに、自身の変化に感情が追いついていかない。

だが混乱も困惑も恐怖も、ふくれ上がる欲望を前にあっさりと消え失せた。

「どうぞ、そこに寝転ぶオデット王女そっくりの女を使ってください。今のあなたには苦痛の悲鳴も甘美な喘ぎ声にしか聞こえないはずだ」

ジョセフの言葉が終わるより先に「うがぁあああ!」と咆哮に似た声を上げたゼア王は、寝台に跳び上がる。一物はギンギンに勃起して、あっという間に果てそうだ。

それを蜜口にねじ入れられて、痛みでうめいていた女の口から悲鳴とも怒号ともつかぬ声が漏れる。いずれも猿ぐつわに阻まれ、ただのうめき声にしか聞こえなかったが。

寝台がギシギシときしむ音を聞きつつ、ジョセフは笑顔で片手を上げる。

「それでは、どうぞお楽しみください。その薬は特注品ですから、一晩中でも盛っていられますので。……そうだよな、黒よ？」

「おっしゃる通りです。――まぁ、一晩お楽しみになったあとは、かなり大変な副反応が待っているのですが。そこは言わないほうがよろしいでしょうね？」

「言ったところで聞こえていないとは思うがな。女のほうも止血したとはいえ、あの状態で縛られて一晩挑まれれば、まぁまぁおとなしくならざるを得ないだろう？」

「まぁ一晩くらいは保ちますから、大丈夫ですよ」

にこにこと楽しげに言葉を交わしながら、二人は国王の寝室を悠々とした足取りで出て行く。

寝室の外は続きの間になっていたが……そこもすっかり血にまみれて、侍従や侍女がものも言わずに床に転がっていた。

その中心に座り込んでガタガタ震えているのは、マドリンをここへ連れてきた王妃その人だ。真っ白な肌からはすっかり血の気が引いて、部屋の暗さも相まってさながら死人のように見える。

「おや、王妃殿下、まだこちらにいらしたか。我々が剣を持ってここにやってきたのを見るなり、悲鳴を上げて逃げようとしておいでだった気がするが」

「あの毒婦が寝室に入るのを、にんまりしながら見送っていたのがなんだかうそのようですねぇ。

腰が抜けてしまったのでしょうか、お気の毒に」

目をぱちくりさせるジョセフとしみじみとうなずく黒に、王妃は引き攣った声で怒鳴った。

「お、お、おまえたち、こ、こんなことをして、ただで済むと……!!」

「ふむ、王妃様は何かおっしゃっておいでのようだが、聞こえるか、黒よ？」

「いいえ、おそらく気が動転して、声が小さくなっておいでなのでしょう。こちらにも気付けを使いましょうか？」

「そうしようか」

ジョセフがうなずくと、黒は懐からまた何かを取り出す。それを見た王妃は「ひぃいい！」と悲鳴を上げた。

これ以上ないほど震えて、なんなら失禁している王妃に、ジョセフはカラカラと笑う。

「まったく。ゼア王といい、あなたといい、何をそのように怖がっておいでかな？　これはあなたが、我が婚約者に友好の証として贈ろうとしたワインですぞ？　あいにく我が婚約者は疲れて寝入ってしまったので、王妃様やゼア王陛下と味わおうと思って、黒に持ってこさせたのですよ」

「このワインを運んできた王妃様の侍女は、ジョセフ陛下がさっさと斬り捨ててしまわれたので、代わりにわたしが運ぶしかなくてですねぇ」

黒は「まったく迷惑なことです」と首を振りながら、コルクの栓をポンッと開けた。

「い、いやっ……、いやぁああああああ!!」

ほうほうの体で逃げ出そうとした王妃の髪をすかさず掴み、その顔を仰向けにさせた黒は、瓶の口を王妃の口にねじ入れる。

「んぐぅううううう!!」

口からどころか鼻の穴からもワインをこぼしながら、王妃は醜い顔でぼたぼたと涙をこぼす。からになった瓶を黒が放り投げると、王妃はゲーゲー叫びながら喉を押さえ嘔吐しようと床を這いつくばった。

そんな彼女の腹を、ジョセフが無感動に蹴り上げる。

「ぐぅうえええ!」

醜い悲鳴を上げて床を転がった王妃は、鼻からも口からも泡だったよだれをあふれさせ、血まみれの床をのたうち回った。

「おお、おお、なんとも汚いことだ。こんなところはさっさと出ようか、黒よ」

「輝かしき我がイーディン王国の国王陛下が立ち入るには、まったくふさわしくない部屋ですからね。おっしゃる通り、さっさと出てしまうのがよろしいでしょう」

そうしてジョセフと黒は国王の私室を出て行く。続きの間から居間へ、居間から廊下へと歩くあいだも、多くの人間が倒れ伏し血を流していた。

「……ま、ま、待たれよ、イーディン国王よ! そ、そ、そなた、いったい何をしたのだ……!!」

途中、衛兵を引きつれた重鎮たちが真っ青になって立ち塞がってきたが、血まみれの剣を手にしたジョセフは平然とうそぶいた。

「ゼア王陛下が、わたしと婚約者の甘い時間を外からのぞいておいでだったのでなぁ。もしやわた

し と話したいことがあるのかと思って訪問したのだが、この通り死屍累々の有様でわたしもびっくりしたところだ」

「な、何を、白々しく……！　そ、そなたが手をかけたのではないのか!?」

こちらを指さしてわめく重鎮に、ジョセフは「はて？」と不敵に微笑む。

「それを見ていた者がいるのか？　誰かが証言したとでも？」

「な、ぐ、ぐぅ……!?」

あいにく、ジョセフがここへ来るのを見ていた人間は、全員が床に転がっている。すでに物言わぬ死体となって、だ。

何も言えなくなった重鎮たちに、ジョセフは軽く肩をすくめる。

「言いがかりをつけてくるのはかまわぬが、その場合は我がイーディン国軍を敵に回すことになると覚えておかれることだ。王女将軍を欠いた途端にスナブジにすら敵わなくなったエアロン軍が、わたしが率いる軍とどこまで戦えるかは定かではないが」

「ぐ……！」

抜き身の剣の平らな部分でトントンと自身の肩を叩きながら、ジョセフは傲然と口角を引き上げる。

「そこへ、王女将軍の訃報が大陸中を駆け回ったのだ。……エアロンに辛酸を舐めさせられた西側諸国は、この機にどう動くであろうな？」

「……っ!!」

重鎮たちが青い顔で立ち尽くす。何も言えなくなった彼らに、ジョセフはひらひら手を振った。

「ま、すぐにここを出る我らには関係ないことだ。王女将軍の遺体も無事に届け終えたし、可愛い我が婚約者も紹介できた。もうこのような場所に用はない」

そのまま立ち去ろうとするジョセフに、重鎮が「ま、待て……！」と果敢に声を上げる。

次の瞬間、その重鎮は黒に口を塞がれ、腹部に深々と短剣を沈められていた。

「がっ……！」

「ひぃ！」

声も上げられずに沈み込んだ重鎮に、ほかの面々は震え上がって腰を抜かす。

涙を滲ませガタガタと震える彼らに、黒は「あーあ」と残念そうに肩を落とした。

「おとなしく陛下を見送っておけば、ここで命を落とすこともなかったでしょうに。お気の毒です」

両手を祈りの形に組んだ黒は、顔を覆う布地の下で悲しげな顔をしたのち——目に見えぬ速さでその場にいた重鎮や衛兵を斬り殺した。

ぐえ、ぐあっ、と背後から悲鳴が上がるのを聞きながら、剣をしまったジョセフはにこにこと廊下を歩いて行く。


——これで、オデットを縛るものはすべてなくなった。

なんだかんだと真面目で、祖国への義理をそれなりに持っているオデットだ。

今回の訪問で里心がつくことはまずないとは思っていたが、罪のない一般の兵士や民のことを考え、やはり王女として戻るべきではないか……と迷う可能性はあると考えていた。

だからこそ、ジョセフはその可能性ごとさっさと潰してしまおうと考えた。

エアロンという国自体が滅びれば、オデットの懸念や憂いも根本から消失する。そうすれば妙な義務感や正義感に突き動かされることもなくなるだろう。

彼女をさげすみ、利用し、あなどっていた人間たちも一掃できて、ジョセフは実に晴れ晴れとした気持ちだった。

客間に戻ると、すでに出発の支度を万事調えた黒や侍女、衛兵たちがそろっていた。

「オデットの様子は？」

「眠り薬を嗅がせて、馬車へお運びしておきました」

「もちろん、お身体は清めさせていただいております」

見張りを務めていた黒の言葉に続いて、侍女頭が仏頂面で付け加える。ジョセフは楽しげに笑い出す。

「では行くか」とうなずいた。

「こんな辛気くさい国とはとっととおさらばして、我らがイーディンに帰るとしよう」

全員がしっかりうなずいて、すぐさま待機させた馬車に乗り込み、全速力でエアロン王宮から脱出する。

一等馬車に落ち着いたジョセフは、毛布にくるまってすやすや眠るオデットの頭を自身の膝にそっと乗せた。

向かいに座る三人の黒が「愛しておいでですねぇ」とほっこりした様子で見つめてくる。

「うむ。我が最愛の妃だからな、オデットは」

「その最愛の妃を抱いているところを、わざとのぞき穴を開放させてエアロン王に見せつけるとは。相変わらず素晴らしいご趣味ですな」

「エアロン王も、まさか本当にのぞきに来るとは驚きましたが」

ねぇ、とうなずき合う黒たちに、ジョセフはクックツと笑った。

「あの愚王が義妹であるオデットを執拗に偏愛しているのは以前から気づいていた。晩餐会をああやって切り上げれば、気になって偵察に来るであろうことも予想できていたが……。侍従や衛兵に命じるのではなく本人がのぞきに来たのは、自身にある義妹への欲望を周囲に悟られたくないという阿呆のような矜持からであろうな」

「なるほど～」

「まぁ、王妃もオデット様の母親もまとめて始末できたのはよかったですね。みずから自爆してくるとは驚きでしたが」

「毒入りのワインとか、悪意がわかりやすすぎて逆に罠ではないかと疑いたくなりましたけど」

「オデット様の母親も、鞍替えを図ったタイミングがよすぎましたよね」

「こちらとしては、わざわざ離宮に忍び込んで暗殺する手間が省けたのでよかったですが」

「本当にね～」

うなずき合う黒たちに、ジョセフもうんうんとうなずく。

彼自身、ここまで上手くことが運ぶとは思っていなかった。無論、オデットを犯そうとした王女隊の副隊長リック、そして彼女に苦境を強いたエアロン国王ゼアを許すつもりはまったくなかったので、懲らしめようとは思っていたが……。

「思っていた以上に腐った奴らだったからなぁ。あれこれ考えずにさっさと斬り捨てたほうが平和な世の中のためだと、手段を改めることにしたのさ」

「さっさと斬り捨てる以上に苦しむ方法で処理してきたかと存じますが」

「すぐに命を取らないだけ恩情であろう？」

晴れやかな笑みで言ってのけるジョセフに、黒たちは布の下で一様に生ぬるい笑顔を浮かべた。

「……ま、そんなあなたが国王陛下でいてくださるからこそ、我らも生き生きと外法の術を極めていくことができますので」

「長い歴史の中で、日陰者である我ら黒をここまで取り立ててくださる王は、ジョセフ陛下ただお一人」

「今後も感謝の気持ちを胸に、誠心誠意お仕えさせていただきます」

そろって頭を下げる黒たちに、ジョセフは国王らしく鷹揚にうなずいた。

「わたしもそなたらの働きには期待している。今後も我がイーディン王国の発展と、我らが幸せのために力を尽くしてくれ」

「御意」

そうしてほのぼのとした空気が馬車の中に広がる中、一行は全速力で国境へと駆けていく。

山脈のあいだに築かれた小都市に到着し、そこを抜けてイーディンに入る頃には――スナブジ王国を中心とした西の小国軍が大国エアロンに反旗を翻したという報せも入ってきた。

戦の要である王女将軍を亡くしたせいか理由は定かではないが、エアロン軍はそれまでの常勝無敗がうそのようにあっけなく敗退し――王族は皆、捕らえられ処刑されたと言われているが。

東側諸国においては、大国イーディンの国王ジョセフの結婚式が間近に迫っており、慶事を前に皆が浮き立っていた。

山の向こうの諍いなどまるで意味のないものとして、語られることすらなかったのであった。

終章

「まぁ、オデット様、大変お似合いです……！　なんと美しいのでしょう」

いつもは硬い表情の侍女頭や、厳しい家庭教師まで頬を染めてほぅっとため息を漏らすほどに、花嫁衣装に身を包んだオデットは美しかった。

「やっぱり、身体にぴたりとしたドレスなのか……」

姿見に映った自分の装いを見やって、オデットは苦笑する。

純白の絹で仕立てられたドレスは、エアロンで着たときと同じ、膝までがぴたりと肌に密着するタイプのものだった。

「ジョセフ陛下がすっかりこの形のドレスを気に入られたようですわ。すでに社交界でも同じようなドレスを着る貴婦人が増えていますから、この結婚式を機に大陸の流行もがらりと変わるでしょうね」

ドレスを仕立てたお針子たちがコロコロと笑う。主人の花嫁姿にすっかり感激した侍女たちは、嬉し涙で目を潤ませながらヴェールを運んできてくれた。

結い上げて花を飾った黒髪の上からヴェールをふんわりかぶせれば、花嫁の支度は完了だ。

ドレスと同じ刺繍の入った、二の腕まで隠す長手袋をぐっと引っ張り上げて、オデットは百合でまとめられたブーケを受け取る。

（いよいよ結婚式か……）

ブーケに鼻先を埋めながら、オデットはしみじみと笑顔を浮かべる。

長かったような、短かったような。この半年のことを思うと、まさに怒濤の日々だったと言わざるを得ない。

半年前、エアロンの客室でジョセフにすっかり抱き潰されたオデットは、気づいたときには国境の小都市に移動していて、ひどく驚いた。

どうやら無意識下での緊張がかなり大きかったらしく、ジョセフと交わったのちに熱を出して、ずっとうつらうつらとしていたようなのだ。

馬車に寝かされた状態で運ばれていたので、無事に意識が戻ったときには心配していた侍女たちに大泣きされてしまった。

『そなたのドレス姿があまりに美しくて、つい盛ってしまった。許せよ』

とのちのちジョセフからは謝られたが、その口元は楽しげににやついていた。

あきれて声も出なかったオデットに代わって、侍女頭が『さすがに無体のしすぎです！』と爆発し、ジョセフにガミガミ説教していたのは、いい気味だと今でも思っているが。

とにかく、イーディンに帰ってからは、息を継ぐ間もなく花嫁修業をすることになった。

家庭教師の厳しい教えにはますます拍車がかかり、オデットは朝から晩まで背中に定規を入れて広間を歩かされたり、歴代国王の名前を暗唱させられたり、カトラリーの使い方に目を光らされたりしていた。

ほかにもイーディン王国の主要な貴族の顔と名前を覚えたり、貴婦人の茶会に出かけたり、招待状を書いたりと、まさに目の回るような忙しさで、行軍とどちらが楽だろうと真剣に悩むくらいに休む間もなかったほどだ。

だがその苦労も、今日の結婚式でひとまずは報われる。

花嫁の控え室を出て聖堂へと歩いて行くと、父親役としてエスコートするために待ち構えていた外務大臣オンジェル侯爵が「おお」と目を輝かせた。

「なんと美しい！　さすがは我が娘だなぁ、オデットよ。亡きおまえの母も、この晴れの日を喜んでいるであろうのう」

オデットは曖昧に微笑むに留める。

どうやらエアロンへの公式訪問をきっかけに、オンジェル侯爵は父娘ごっこがいたく気に入った様子だった。にこにこと親しく声をかけられるが、オデットはなんと反応していいか毎度戸惑うばかりである。

(そもそもイーディンの貴族や王城勤めの者は、ほぼ全員、わたしがエアロンのオデット王女だと知っているしな)

だが、この半年のあいだにエアロン軍は総崩れになり、もはや国としての体裁を保っていないと報告を受けている。

王女将軍亡き軍はこれほどにもろいのかとジョセフが嘆いていたから、エアロン軍の大敗はよほど悲惨なものだったのであろう。

それを聞いて胸が痛まなかったと言えばうそになる。だが、オデットは自身の意思で王女将軍の地位を捨て、イーディンの国民として生きていくことを選び取ったのだ。

イーディンの国民……もっと言えば、ジョセフの妃として。

そう考えれば、祖国が滅びたという報せに悲しみはあれど、惜しい気持ちを抱く必要はないだろう。むしろこれを機に、生まれ育ちや過去ではなくこれからの未来を向いて歩いて行きたい。

(結婚式は、その第一歩だ)

上機嫌のオンジェル侯爵と腕を組みながら、オデットは聖職者の合図でパイプオルガンが鳴り響く大聖堂へと足を踏み入れる。

東側諸国のあちこちから招かれた来賓が、ヴァージンロードの左右を埋め尽くす中……しずしずと祭壇へ向かったオデットは、軍服姿で待っていたジョセフを見てほっと息をついた。

髪をなでつけ、儀礼用のきらびやかな軍服と剣を身につけたジョセフは、惚れ惚れするほど美しく凜々しい。

ジョセフはジョセフで、オデットの花嫁衣装に胸を貫かれたようだ。オンジェル侯爵からオデットの手を渡されるなり、すぐさま自分の胸に引き寄せて「きれいだ」と熱くつぶやいていた。

「……もはや、けったいな誓いの言葉やらを口にしている時間すら惜しいな。すぐにでもそなたをどこかに連れ込み繋がりたい思いだ」

厳かな祭壇と、老齢の聖職者の前だというのに、ジョセフがいつもと変わらぬ軽口を叩いてくる。

だが、そのまなざしは思いがけず真剣で、オデットは「やめてください」とあわてて首を横に振った。

「結婚式を放り出して盛っている国王など、聞いたことがありません」

「前例を切り拓くこともまた、良王の務めと言えるのではないか？」

「自分で自分を良王と称する国王をはじめて見ました」

あきれた顔を隠さずため息をついて見せると、ジョセフは楽しげに笑った。

「ふむ、ここは愛する妃に免じて我慢してやるか。それに、神に我々の愛と誓いを、しっかり見せつけてやらねばならぬ」

良王どころか、罰当たりもいいせりふである。

だがこの不遜さこそがジョセフのジョセフたるゆえんにも思えて、オデットはあきらめつつも笑みを浮かべた。

二人の会話が終わったのを見てか、老齢の聖職者が結婚の教えを説きはじめる。

長い教えに早々に飽きたジョセフがあくびを噛み殺しているのにオデットはヒヤヒヤしたが――

説教を聞き終えた二人は、聖職者に続いて誓いの言葉を口にした。

促されるままジョセフと向き合い、いざヴェールを上げられるときには、さすがに緊張してオデットはこくりと喉を鳴らす。

そんな彼女に優しく微笑み、身をかがめたジョセフは小さくささやいた。

「長い無駄話のせいで、どこぞに連れ込む時間も惜しくなってきた。いっそ、ここで見せつけながらするか？」

誓いのキスよりよほど愛を感じる結びつきだぞ？　と大真面目に提案されて、オデットは開いた口が塞がらなくなる。

ジョセフは楽しげににやりと笑うと、オデットのくちびるをキスで封じた。

わぁっと大歓声が上がり、聖堂が拍手と喝采で満たされる。

呆然としたまま、顔を上げたジョセフを見たオデットは真っ赤になって反論した。

「絶対に、しないからな」

「そんな顔をされるとよけいにしたくなるが、ふむ、我慢すると言ったばかりだしな」

ニヤニヤしながら抱き寄せ居並ぶ来賓に手を振るジョセフは、オデットにだけ聞こえる声でまたささやいた。

「だが、閨ではその言葉は聞けぬ。――今宵は記念すべき初夜だからな。寝かせないから、覚悟しておけ」

「……わりといつものことでは？」

少し考えたのちオデットが大真面目に答えると、ジョセフはきょとんと目を丸くし少年のように明るい笑い声を響かせた。

降り注ぐ祝いの言葉と拍手の中ゆっくりと聖堂から歩み出た二人は、用意されていた無蓋《むがい》馬車に乗り込む。これで城下町を一周して王城へと戻るのだ。

二人が座席に腰を下ろすと、馬車はシャンシャンと鈴の音を響かせながら軽快に走り出す。

国民の歓声と紙吹雪をこれでもかというほど浴びながら、優しい笑顔で手を振るオデットは、ジョセフの手がさっそく自分の尻あたりをなでてくるのを感じて目元を赤くした。

「初夜まで待つのではなかったのですか？」

「いや、やはり無理だ。帰ったらすぐに抱かせろ。十分もあれば充分だ」

「むちゃくちゃなことを……」

今日一日の予定は分刻みでぎっちり入れられているのだ。十分も無駄にできないというのに。

しかしジョセフは城に戻るなり、衣装直しのために近寄ってきた侍女たちを振り切って、さっさとオデットを空き部屋に連れ込んだ。

待ち切れないとばかりにくちびるを吸われ胸を揉まれると、馬車に乗っているあいだもずっとふれられていたオデットも我慢できなくなってしまい……。

侍女たちが部屋の外で気を揉む中、濡れた下半身をあわただしく繋げた二人は――一分一秒が惜しいと言わんばかりに、つかの間の悦楽に溺れていったのだった。

特別書き下ろし番外編　幸せの日々

イーディン国王ジョセフが最初に戦場に出たのは、十三歳のときだった。

その頃から身体が大きく膂力に秀でていた彼は、自分の身長と同じほどの大剣をやすやすと操り、自軍の最前線で暴れ回っていた。

その頃は東側諸国も群雄割拠の時代で、多くの小国が成り上がらんと大国イーディン王国に戦を仕かけてきていたのだ。

彼らにとっての不運は、王太子であるジョセフの圧倒的強さにあった。

恐れでこわばるどころか、楽しくて仕方ないと兜もかぶらず笑顔で飛び込んでくるジョセフに、敵軍は度肝を抜かれあっという間に蹴散らされる。

彼の快進撃は王位を継いだあともさらに続き、十年も経つ頃には、イーディン王国に戦いを挑む余力を残した国は一つもなくなった。

そして東側諸国では畏怖と畏敬を込めて、いつしか彼を【軍神王】と称えるようになったのだ。


「退屈だ」

そうして戦がなくなって平和な世が訪れた途端、ジョセフはふて腐れることになる。

「これまで戦争続きだっただけに、それがなくなると確かに暇ですよね」

「我々は捕虜を使っての実験を日々楽しませていただいているので問題ないのですが」

ジョセフの独り言に応じるのは黒と呼ばれる者たちだ。彼らの前では、うつろな目をして痩せこけた囚人たちが、新たな薬を盛られたり皮膚を剥がされたりして断末魔の悲鳴を上げて苦しんでいる。

だが黒たちにとっては甘美なその悲鳴も、ジョセフからすればもの足りない。戦場暮らしを十年以上続けてきた彼にとって、みずからも命を賭けた場所で聞こえてくる悲鳴や怒号こそが、無聊《ぶりょう》を慰めてくれる最大のものだったからだ。

黒たちのあれこれのおかげで地下牢にはおどろおどろしい怨嗟の空気が流れていたが、ジョセフはそれもまた退屈だとばかりに「ふわ」と、あくびをした。

「常勝のおかげで我が国の財政は潤っているし、優秀な臣下がまっとうに働いてくれるためにわざわざ難癖をつける必要もないしなぁ」

「悪いことをしたら一族郎党、すぐに陛下に殺されることがわかっているから、皆様も下手なことをしたくてもできないのでしょうね」

「そうと知っていたら、もう少し戦場で手を抜いて弱々しく演じてみせたものを。敵を屠るのがあまりに楽しくて、その後のことを考えていなかったおれの失策だ」

はぁ〜あ、とジョセフはため息をついた。

「何か楽しいことはないだろうか、黒よ。捕虜を人体実験の道具にする以上に」

「基本的に地下暮らしの我々に言われましてもねぇ」

「……あ、ですが、西側諸国もここ数年は小国群が大国に挑んで、なかなか騒がしい状況のようですよ」

「西側かぁ……」

山脈の向こうに広がる西側諸国――その大国と言えば、真っ先に浮かぶのはエアロン王国だ。かの国の王も自分と同じくまだ若いらしいが、すでに妻帯して王太子も設けていると聞く。

(妻帯か。おれもそろそろ妃を見つけるべきなのだろうが)

年頃の貴族令嬢の多くは顔に出さずとも、戦場で死神のごとく敵を斬りまくってきたジョセフを非常に恐れていた。舞踏会で踊ったり立ち話をした令嬢もいるにはいるが、いずれも不興を買ったら殺されると言わんばかりに、真っ青になってガタガタと震えていたのだ。

(逆に自分こそは妃にふさわしいという顔で堂々とやってくる令嬢もいるが、そういう者たちはたいていおれではなく、王妃の地位を欲している輩なんだよなぁ)

その心意気はきらいではない。だが、そういう相手と結婚して、夫婦として上手くやっていけるかと問われると甚だ疑問だ。せっかく結婚するのだから、自分が好きだと思える相手と結ばれたい。ジョセフはその点はわりとロマンチストだった。

国内にこれといった令嬢がいないなら、国外に目を向けるのもありかもしれない。

だがイーディンの人間ですら恐れるジョセフに嫁ごうなどという、気骨のある姫君や令嬢が存在するのだろうか。

「ひとまず気晴らしに、別の地域の戦況でも見てくるか」

ジョセフは鬱々とした気持ちを晴らしたい思いで三日後には影武者を立て、護衛の騎士三人とともに西側へと旅立ったのだった。

「――ジョセフ陛下、我々はあくまで陛下の花嫁探しという名目で城を空けているわけですから、他国の戦にのこのこ入っていく真似はよしてくださいね。あくまで見るだけですよ、見るだけ」

幼い頃からともに戦場を駆けていた騎士たちにたしなめられ、彼らとともに森の縁に潜んでいたジョセフは「わかっている」と仏頂面になった。

「だが、少しくらい参加しても罰は当たらぬのではないか？　死体から武器や旗を拝借して、こっそり紛れるのはどうだ？」

「駄・目・で・す」

ちぇっ、とジョセフはくちびるを尖らせる。

そのとき、遠くの丘の上にぞろぞろとエアロン軍が集結してくるのが見えた。

騎士たちが着ている甲冑も武具も、乗っている馬もなかなかのものだ。だが先頭に進み出てきた馬に乗っていたのは小柄な騎士で、まだ子供ではないかと思える。

「エアロンの大将はあんな小さな子供なのか？」

遠いだけによく見えず、ジョセフは騎士から望遠鏡を奪い取る。レンズをのぞき込んだ瞬間、小柄な騎士が兜を取った。

「！　……なんと、エアロンの大将は少女か」

現れたのは、修道女よりなお短い黒髪を風になびかせた、まだ十五歳くらいに見える少女だった。だが馬を巧みに操る姿も、兜を取って自軍に声をかける姿も、すっかり様になっている。よく通るその声は、風に乗って森にまで聞こえてきた。

「――勝機は我らにあり!! このわたし、オデットが戦端を開く限り、我がエアロン軍の勝利は確実だ! 皆、遅れを取るな!!」

おおおおお! と地鳴りのような応答の声が上がって、ジョセフのみならず騎士たちも「おおっ……」と圧倒された。

「まさかあの女騎士、いの一番に飛び込んでいくつもりか……?」

ジョセフがぎょっとしている中、号砲の合図で戦がはじまるなり、女騎士は宣言通り一番に丘を下って敵陣へと飛び込んでいく。

敵も雄叫びを上げて走り抜け、すぐに戦いがはじまってしまい、ジョセフもそれ以上は女騎士の行方を追えなくなった。

「なんということだ。おい、見たか、まだ子供とも言える女が飛び込んでいったぞ!」

――ジョセフが十三歳で戦場に出たときも、こんな子供が戦えるのかと自軍にすら疑われたものだった。

だが当時のジョセフは、すでに並みの大人と同じだけの身長があった。だからこそ活躍できたのだが、あの女騎士はさすがに小さく細すぎる。甲冑に着られている感じすらあったのに、これだけの大軍に揉まれて生き延びられるのかどうか……。

そう考えたら、とても見物などしていられない。さっそく戦いの場からはじき飛ばされ倒れ伏す兵士がいたので、ジョセフは武具を剥ぎ取り、兜をかぶった。

「あっ！　陛下、まさか出て行くつもりじゃ――」

「そのまさかだ！　安心しろ、あの女騎士の無事を確かめたらすぐ戻る！」

「すぐ戻るって顔をしていませんよ！　絶対に暴れるつもりでしょう!?」

部下たちが必死に止めてくるのを、はぐれた馬にまたがることで振り切って、ジョセフは久々に戦場に躍り出た。

「ふんっ！」

エアロン軍も、相対するスナブジ軍も関係なくとにかく斬り捨て前線に進んでいくと――いた！　女騎士はマントをなびかせながらまだ戦っていた。

馬から下りて、飛びかかってくるスナブジの騎士や兵士に向き合っている。そして信じられないほどの低い姿勢から攻撃を繰り出し、相手を一撃のうちに伸していた。

（なるほど、小柄さと速さを生かした戦い方か！）

ジョセフはにやりと微笑み、周囲の攻撃がやんだ隙を見て、女騎士に斬りかかる。

女騎士の反応は速かった。こちらが騎馬で突っ込んできたと見るや、ギリギリのところで地面を転がり、ジョセフの剣から逃れる。恐るべき反射神経だ。

ジョセフは馬から飛び下り、敵兵から奪った槍を突き出して猛然と突っ込む。

立ち上がらずに低い姿勢のままで迎え撃った彼女は、やはり槍をすんでのところで避け、舞を舞うようにくるくると回りながらジョセフの背後を取った。

「むっ⁉」

ジョセフが振り返ると同時に、女騎士は彼の脇に剣の柄を叩き込んでくる。

「っ‼」

これまで背後を取られたことなどなかったジョセフは完全に油断していて、急所への一撃に反応できず、その場に倒れ伏した。

トドメを刺されるかと思ったが、彼女はすぐに別の騎士からの攻撃を受け、そちらもすばやくいなしていく。

よろよろと立ち上がったジョセフは、雄叫びを上げてかかってきたエアロン兵をさっさと斬り捨てながら、まだ呆然と女騎士が去って行ったほうを見つめていた。

「……なんと。このおれを沈める者がいたのか」

あんな攻撃の仕方は見たことがない。いや、そもそも戦場で女を見たのもはじめてだ。

あのように細く小柄な娘が、大軍を率いた上で先陣を切り――【軍神王】と言わしめた自分に膝をつかせるなんて。

「……陛下！　やはり、ちゃっかり参加しておいででしたか！」

ジョセフと同じようにスナブジ軍の武具を奪った騎士が、彼を見つけるなり急いで腕を引いてきた。

ジョセフはあらがわずに戦地を脱出し、潜んでいた森をも出て国境へと走る。

だが、そのあいだも笑いが止まらず、同行する騎士たちの気を大いに揉ませてしまった。

「久々の土埃と血の臭いで気がふれましたか、陛下？」

「ははは！　そういうわけではないが、楽しくてたまらなくてな。おい、城を出た当初の目的通り、おれは花嫁にしたい女を見つけたぞ」

「――はっ!?　まさか陛下、エアロン軍の女騎士に一目惚れでもしたのですか？」

戦場で見かけた女というと彼女一人しかいないだけに、部下たちは全員が「正気か？」という顔をしていたが……。

「うむ。エアロン軍のあの女指揮官、あの女こそ、我が花嫁にふさわしい」

一転して目をきらきらさせたジョセフは、帰国するなりすぐさまエアロン王国に向け間諜を放った。

「エアロン軍を率いていた女騎士の正体を突き止めてこい」

彼女の正体はすぐにわかった。エアロン国王ゼアの腹違いの妹、オデット。

王女でありながら、母親が前王をたぶらかした毒婦ということで侮蔑され、異端視されている娘だった。

それだけならかわいそうな娘で終わるが、なんと自身の生活のために騎士を目指し、あっという間に頭角を現して今や国軍を率いる大将として働いているという。

そんな彼女が【王女将軍】という呼び名で大陸中に知られるようになったのは、それからすぐのことだ。

だがその活躍によって常勝無敗を貫いているエアロンは、相変わらずオデット王女を蔑視し、それどころかさらなる不遇を強いているというから驚きである。

ジョセフが王女の立場なら、そんな国などさっさと捨てて、どこぞに騎士として志願しているところだ。

だが義理堅いらしいオデット王女は、国のために働くことを当然と思っている様子だ。毒婦と呼ばれる母親の管理もこなさなければと、みずからに課しているとの報告もある。

「なんともいじらしいと思わぬか？　間諜からの報告を聞くたびに、その健気さと愚かさに涙が出てくる始末だ」

「そう思うなら、さっさとその王女に求婚するなりなんなりされたらいいのに。あれから三年経っても動かないのはなぜなのですか、陛下？」

きつい鍛錬のあとで、ジョセフの嘆きまじりの話に付き合わされた騎士たちは、げんなりした顔つきで尋ねてくる。

ジョセフは「無論、機が熟すのを待っているからに決まっている」と答えた。

「機が熟すのを……？」

「そう。正しくは、エアロン王国が滅びやすくなる瞬間をな」

にやりと微笑むジョセフに騎士たちが目を丸くする。どういうことだと彼らが聞くより先に、ジョセフは「さてと」と腰を上げた。

「間諜の情報によれば、一週間後にスナブジがエアロンに最終決戦を挑む予定だ。おそらく再びエアロンが勝つ。そうなれば西側諸国はエアロン一強時代に突入する」

そしてその時代は、オデット王女が作り出したものにほかならない。

「だからこそ、そこからオデット王女を奪ってしまえば、エアロンはたちまち瓦解する」

ジョセフの目にはすでにその未来が見えていた。これまでエアロンに足を運んで見聞きしたことと間諜が運んできた情報を精査すれば、オデットが不在になった瞬間に、かの国が泥沼のように沈み出すのは自明の理であった。

エアロン王国の強さと栄光は、【王女将軍】オデットが築き上げたものなのだから。

（ようやく迎えに行けるな、我が花嫁を）

とはいえ、腹違いの妹王女を蛇蝎のごとくきらうゼア王が、オデットの結婚をそう簡単に許すとは思えない。最悪の場合、オデットをさらうことも視野に入れて動くとしよう。

「おれにはじめて膝をつかせた女騎士──我が心を一瞬にして奪い去った【王女将軍】オデット。今度はおれが、そなたの心身を屈服させてやろう」

我が無聊を慰めてくれたことに敬意を表して、その澄ました顔を快楽にゆがませ泣かせてやろう。

（そして、これまでの報われなかった人生のぶんも、おれが心から愛してやる）

＊＊＊

「ん……？」

ふと肌寒さを感じて、ジョセフはゆっくり目を開ける。

あたりはすっかり暗くなっている。寝台の天蓋から下がるカーテンは開け放しているため、窓の外に広がる星空がよく見えた。

「――陛下？　起こしてしまいましたか？」

ふと声がかけられ寝返りを打ったジョセフは、一人がけの椅子に座るオデットを見つけて目を見開く。

裸にローブを羽織り、胸元をはだけさせていたオデットは、息を呑んだジョセフを見て不思議そうに首をかしげた。

「いかがなさいました？」

「いや……」

出会ったばかりの十五歳のオデットの夢を見ていたせいか、目の前の女が彼女であると理解するまで、少し時間がかかったのだ。

何せ今の彼女は黒髪を胸まで伸ばしているし……その腕には、ジョセフとのあいだに生まれた王太子を抱きしめている。

そろそろ生後半年になる王太子は、まだまだ夜に腹を空かせて泣くことが多い。乳母を二人雇っているので夜の面倒は基本的に任せているが、ここ数日かなり冷え込んだせいか、二人とも体調を崩して自宅に戻っているのだ。

そのため、今日は赤子用の寝台を国王夫妻の寝室に運び入れ、オデットとジョセフで面倒を見ることになっていた。

ジョセフは気づかなかったのだが、オデットは我が子がむずかっているのにいち早く気づいたようだ。すでにたっぷり乳を含んだらしい息子は、オデットがそっと寝台に下ろすとおとなしく寝入ってくれた。

「夜中にご苦労だったな、オデット。疲れてはおらぬか？」

するとオデットはおかしそうに苦笑した。

「この程度で疲れるほど柔ではありませんよ。毎夜のことならまいってしまうでしょうけど、たまのことですから」

「ならばよいのだ」

寝台に入ってきたオデットをジョセフはすかさず抱き寄せる。

最初に抱いたときに比べ、女らしく柔らかくなった身体にほっと安堵の息が漏れた。当時のオデットは栄養状態がよくなかったせいか、筋肉と骨以外はあってないような身体つきをしていたのだ。

それだけに豊満な乳房が目立っていたのだが……今は子を生んだこともあってか、身に纏う雰囲気も柔らかく温かいものになり、王女将軍であった頃とはまた違う美しさに満ちている。

(抜き身の刃の美しさから、大輪の花の美しさに変わったとでも言えばいいのか)

黒髪に指を差し入れ梳きながら、ジョセフはふと愛する妃に問いかける。

「オデット、そなた今、幸せか？」

オデットは怪訝そうな面持ちで顔を上げた。

「また、おかしなことを言いはじめて……。何か悪いものでも食べたのか？」

「このおれにそんな口を利くのは、大陸中を探してもそなたくらいなものだ」

思わずクツクツと笑うが、オデットはいまいち理解できない様子で首をかしげる。

それがとても可愛らしくて、ジョセフはその額やこめかみにくちびるを押し当てた。

オデットがくすぐったそうに身じろぐ。それを感じただけでたちまち男の部分が熱を帯びて、たまらず彼女の身体から無粋なローブを剥いでしまう。

柔らかな乳房を揉みながらくちびるを塞ぐと、腕の中でオデットがしなやかに身体を反らせるのが伝わってきた。

「ん、もう……。王太子がいるのに」

「ならば声を抑えておけ」

「あなたが手を離せばいいだけのことでは？」

「無理だな。そなたが可愛すぎる」

もう、とくちびるを尖らせつつ、オデットはすぐに微笑む。

きかん気な子供をなだめるようなその笑顔に、ジョセフの欲情は高まるばかりだ。

険しい顔ばかりだった王女将軍が、今やこんなにも温かく、それでいて婀娜《あだ》っぽい笑みを見せてくる。

（まぎれもなく、このおれの功績だ）

そう思うと、戦場で敵を屠るのとはまったく違う満足感と征服欲で胸が満たされる。かの王女将軍をこれほど手なずけられる男は、大陸中を探しても自分一人のみであろう。

そして――軍神王と恐れられる自分を、微笑み一つで虜にできる女もまた、オデット一人だけなのだ。

たちまち愛おしさとともに情欲が高まって、ジョセフはすぐに妃のくちびるを奪う。

オデットもそれに応えながら――喘ぎまじりに、そっとつぶやいてきた。

「幸せです。これ以上なく」

……この妃は時々、こちらの理性を簡単に壊すことを絶妙のタイミングで言ってくる。

しかも無自覚なのだからタチが悪い。

（おかげでおれは、王太子がいるのをうっかり忘れそうになるではないか）

いや、決して忘れることはないのだが、やはりこんなことを言われると愛する女をめちゃくちゃにしたいという気持ちは拭い切れないもので――。

結局、ジョセフは東の空が白みはじめるまでオデットを抱き潰すことになり、オデットも最後は感じ切って声をこらえるのも難しい状況になってしまった。

おかげで翌朝、真っ赤になったオデットに本気で怒られることになるのだが……そんな彼女の顔も、やはり可愛いと懲りずに思うジョセフである。

――まさかここまで、一人の女に溺れることになるとはなぁ。

だが、それはまぎれもなく幸せなことなのだ。オデットを迎えてからというもの、ジョセフは毎日が楽しく充実していて仕方ない。

だからこそ、彼は説教を前にしおらしく反省するフリをしながら、次はどのような趣向で妃を甘く泣かせようかと一人わくわくと考え続けるのであった。

あとがき

シェリーLoveノベルズ様でははじめまして、佐倉紫と申します。

本作は『第1回シェリーLoveノベルズ恋愛小説大賞』にて、【大賞】を受賞した作品を加筆修正したものとなっております。Web版で楽しんでくださった方も、また新たな気持ちで楽しんでいただけますと幸いです！

本作のヒロイン・オデットは、前国王の愛人を母に持つゆえに異母兄である国王をはじめ、王宮中から冷遇されているという気の毒な王女様……なのですが、生きていくために騎士になって、国軍を率いる将軍として働いているというなかなかタフなタイプです。

そんな強くて格好いい一方もろいところもある彼女ですが、隣国の王であるヒーロー・ジョセフに出会ったことでその運命は一変。

清廉潔白だった彼女がジョセフに捕らえられたのち、身体と言わず心までもからめ取られていく様子を、濃密なラブシーンとともに楽しんでいただければと思います！

そんな強くも美しい二人を描いてくださったのは、すらだまみ先生です。儚げなオデットの表情も、してやったりと言いたげなジョセフのまなざしも最高です！　本当に素敵な表紙絵を手がけてくださってありがとうございました。感謝、感謝です。

そして担当編集者様をはじめとする編集部、出版関係の皆様にもこの場を借りて深く御礼を申し上げます。

特に『第1回シェリーＬｏｖｅノベルズ恋愛小説大賞』の選考に関わった皆様には感謝の念がつきません。本作を【大賞】に選出していただいたことは、わたしの作家人生においても大変嬉しく励みになることでありました。

２０２３年のわたしはスランプに近い精神状態になっておりました。

商業誌ともなると、レーベルが望む作品や流行のジャンルを執筆することが多かれ少なかれ求められるものです。その結果、『そのときに書きたいものを書く』という機会が久しくない状態になっておりました。

それだけに、「このコンテストへの参加が現状の打開につながらないだろうか」と強く思ったのです。

とはいえ執筆スケジュールはすでにカツカツ。いつ書こうかと悩んでいるうちに、気づけば〆切まで残り一週間（！）。

それなのに「時間がない！」と思ったその瞬間に、なぜか火がついたんですよね……必死に書き進めて、規定の10万字までなんとかこぎ着けたときには、〆切まであと数時間という本当のギリギリのところになっておりました（笑）。

我ながら「よくやるな……」とドン引きするほどの強行軍でしたが、結果的に「今の自分が読みたくて書きたい話」で【大賞】を受賞できたことを大変嬉しく思います。
今後もこの結果に恥じぬよう精進してまいりますので、何卒よろしくお願いいたします。
最後に、本作をお手にとってくださった読者様に最大級の感謝を。本当にありがとうございました！　またお目にかかれる日まで、どうぞお元気でお過ごしください。

佐倉紫

◆ファンレターの宛先
〒101-0054　東京都千代田区神田錦町三丁目17番地廣瀬第1ビル
(株)宙出版 シェリーLoveノベルズ編集部

シェリーLove ノベルズ

軍神王は不遇の王女を淫らに堕とす

発行日
2024年7月2日　初版第1刷発行

著　者
佐倉 紫

イラスト
すらだまみ

発行人	北脇信夫
発行所	**株式会社 宙(おおぞら)出版** 〒101-0054　東京都千代田区神田錦町三丁目17番地廣瀬第1ビル
電　話	03-6778-5700(代表)　03-6778-5731(販売)　03-6778-5721(資材製作)
宙出版のホームページ	https://ohzora.jp/
製版所	三共グラフィック株式会社　製本所　株式会社若林製本工場
印刷所	三共グラフィック株式会社　装　丁　杉田薫子